111 ACTION SZENEN DER WELT LITERATUR

Die Andere Bibliothek

Begründet von
Hans Magnus Enzensberger

111 ACTION SZENEN DER WELT LITERATUR

Herausgegeben
von *Mara Delius* und
Marc Reichwein

Mit 11 Illustrationen
von *Paul Fretter*

INHALT

VORWORT

Kann Literaturgeschichte so lebendig sein, als wäre man selbst dabei? Traditionell ist die Antwort ein staubiges Nein. Im Deutschunterricht lernen wir Autorenbiographien, Epochenmerkmale und kulturgeschichtliche Wegmarken, Strömungen und Stile, doch fast immer kommt das Ganze abstrakt, schematisch und seelenlos einher: die Literaturgeschichte – ein Tafeldiagramm. Dass leibhaftige Personen hinter der Weltliteratur stecken, dass Klassiker zu allen Zeiten Menschen aus Fleisch und Blut waren, deren Erlebnisse, Abenteuer und Idiosynkrasien uns oft so viel über ihr literarisches Schaffen erzählen wie die Werke selbst, das erfährt nur, wer jenseits der Schullektüren weiterliest. Etwa in den Biographien, Briefwechseln, Tagebüchern und Reisenotizen der Schriftsteller: Dort verstecken sich Anekdoten, aus denen kein Schulwissen wurde – aus ihnen spricht eine ganz andere, konkrete, lebensnahe und noch Jahrzehnte oder gar Jahrhunderte später erlebbare Literaturgeschichte.

Dass Agatha Christie einmal von der Polizei gesucht wurde, dass Marcel Proust sich duellierte und Friedrich Dürrenmatt ein Hotel abfackelte, das nennen wir: Actionszenen der Weltliteratur. Wir meinen damit nicht actionreiche Stellen in Werken der Weltliteratur, sondern eigentümliche, kuriose, unerhörte Episoden im Leben ihrer Schöpfer. Da ziehen Literaten in den Krieg (Miguel de Cervantes in die Seeschlacht von Lepanto), da droht ihnen die Erschießung (Fjodor Dostojewski im Jahr 1849), da werden sie Opfer oder Täter von Messerangriffen (Samuel Beckett, Norman Mailer). Da kommt es zu spektakulären Unfällen (Ernest Hemingway, Saint-Exupéry, Bob Dylan), Ohrfeigen (Karl Kraus) oder Prügeleien (Thomas Wolfe). Andere Actionszenen erzählen von Flucht, Verbannung und Vertreibung (Schiller, Dante, Victor Hugo, Hilde Domin), von U-Haft (Christa Wolf), Pranger (Daniel Defoe) oder Knast (Denis Diderot, Theodor Fontane). Unser Begriff von Action erstreckt sich auch auf Beziehungsdramen (August Strindberg, Helen Hessel), Affären (Patricia Highsmith) und Avancen (Johann Wolfgang von Goethe). Auf merkwürdige Krankheitsepisoden (Stendhal, Franz Kafka). Kuriose Hausbesuche (Susan Sontag bei Thomas Mann, Rainald Goetz bei Marcel Reich-Ranicki). Peinliche Momente (Anna Seghers wird am FKK-Strand von Johannes R. Becher beschimpft). Kapriziöse Gesten (Stefan George schickt Hugo von Hofmannsthal rote Rosen), traumatische Erlebnisse (Joseph Conrad im Kongo). Oder Situationen, die bis heute mysteriös geblieben sind (Heinrich von Kleist in Würzburg).

Manchmal verwischt die Grenze zwischen dem, was gewesen sein könnte, und dem, was wirklich war (Francesco Petrarca auf dem Mont Ventoux, Max Frisch auf dem Piz Kesch). Manchmal entpuppt sich die schiere Realität für einen nur imaginär Gereisten als Stress (Karl May). In wieder anderen Biographien findet das Prinzip Action innerlich statt, weshalb es auch die stillen Beben zu betrachten gilt (Robert Walser) und die prägenden Erlebnisse aus Kindheit oder Adoleszenz (Herta Müller, die ein Akkordeon im Brunnen versenkt, Sylvia Plath beim ersten Date).

Der französische Denker Roland Barthes nannte all das, was uns auf der Ebene des Anekdotischen, Zerstreuten und Splitterhaften als Teil von Biographien begegnet, »Biographeme«. In allen Actionszenen der Weltliteratur sind es verbürgte oder kolportierte Begebenheiten. In einigen Fällen treten sogar Personen der Zeitgeschichte auf, so etwa Napoleon, der 1808 Christoph Martin Wieland traf, oder Angela Merkel, die 1992 mit Karin Struck in einer Talkshow stritt.

Das vorliegende Buch basiert auf einer Reihe, die seit 2019 in der Zeitungsbeilage *Die Literarische Welt* erscheint. Als die Kolumnenidee in einem redaktionellen Gedankenaustausch entstand, nahm das Format schnell Konturen an: Kurzweilig sollte es sein, lebendig und lebensnah einen Ausschnitt aus der Welt der Schriftsteller erzählen, sie als Menschen anschaulich werden lassen, mit Macken und Marotten, aber eben auch besonderen Fähigkeiten, Interessen und Spleens – biographischen Umständen, die oft in vielgestaltiger Verbindung zu den literarischen Werken stehen. Als Motto der Reihe wurde von unserem Kollegen Wieland Freund erdacht, was noch heute unter jeder Episode steht: »Alles Schriftstellerleben sei Papier, heißt es. In dieser Reihe treten wir den Gegenbeweis an.«

Die Sammlung erhebt also auch Einspruch gegen das Klischee, dass ein Schriftsteller am heimischen Schreibtisch sitzt und nichts erlebt, Werk und Leben säuberlichst voneinander getrennt.

Lebendigkeit und Lebensnähe wurde bereits in unserem historischen Ahnen *Die literarische Welt*, 1925 von Willy Haas begründet, großgeschrieben. Das legendäre Journal, das mit seinen Umfragen unter Schriftstellern, der ersten Bestsellerliste Deutschlands, mehrseitigen

Essays von Geistesgrößen wie Thomas Mann oder Walter Benjamin, einem kosmopolitischen Ausblick auf die Welt und allerlei klugen Spielereien und Späßen (die wichtigsten Bärte der Weltliteratur) für Furore sorgte – bis Willy Hass 1933 ins Exil gezwungen wurde –, stand 1998 Pate, als der Titel für die Wochenendbeilage der Zeitung *Die Welt* wiederbelebt wurde. Dieser Tradition fühlen wir uns bis heute, da *Die Literarische Welt* als Monatsbeilage der *Welt am Sonntag* erscheint, verpflichtet.

Autorinnen und Autoren mit ganz unterschiedlichen Temperamenten haben zu unseren »Actionszenen der Weltliteratur« beigetragen. Dass sie in der ANDEREN BIBLIOTHEK, die seit ihrer Gründung die Idee eines verspielt erhellenden, alternativen Kanons kultiviert, mit 111 ausgewählten Episoden eine Heimat finden, freut uns ganz besonders. Auch deswegen ist unsere Sammlung nicht nach Alphabet, Epochen oder Kulturräumen sortiert, sondern als Lesebuch zum Entdecken konzipiert. Man möge – unterstützt durch die Illustrationen von Paul Fretter – blättern und hängen bleiben, wo sich ein ganzes Schriftstellerleben und das damit verbundene Werk auftut, das einen besonders anspricht. Unser Ideal ist eine seriöse, aber unterhaltsame Literaturgeschichte, deren beste Szenen, einmal gehört oder gelesen, von ganz allein im Gedächtnis und vielleicht auch Herzen haften bleiben. Und jetzt bitte: Action!

Mara Delius und Marc Reichwein

1

ALS ***SUSAN SONTAG*** BEI ***THOMAS MANN*** KLINGELTE

Am 28. Dezember 1949 ist die 16-jährige Susan Sontag noch keine berühmte amerikanische Intellektuelle. Wie ein Groupie besucht sie den deutschen Nobelpreisträger Thomas Mann in Pacific Palisades. Beide erinnern sich höchst unterschiedlich.

»Heute um 18 Uhr haben E., F. und ich Gott befragt«, schreibt Susan Sontag am 28. Dezember 1949 spätabends in ihr Tagebuch. Erst 16 Jahre ist sie jung, seit Herbst Studentin in Chicago. Gerade verbringt sie die Weihnachtsferien im heimischen Kalifornien. Bei E. und F. handelt es sich vermutlich um Kommilitonen. Und Gott? Der stammt ursprünglich aus Lübeck und residiert gerade in einer Villa in Pacific Palisades, dem Promi-Exilanten-Viertel von Los Angeles. Auf seinem Klingelschild steht Thomas Mann. Seine Nummer kann man einfach im Telefonbuch nachschlagen. Offenbar hat er nichts dagegen, wenn Groupies sich gelegentlich zum Kaffee bei ihm einladen.

Sontag und ihre Begleiter erscheinen überpünktlich. »Von 17.30 bis 17.55 saßen wir vor dem Haus, starr vor Ehrfurcht.« Sie proben die Fragen, die sie Gott gleich von Angesicht zu Angesicht stellen wollen. Dann öffnet Göttergattin Katia (»dünn, graue Haare, graues Gesicht«) die Tür. Hinter ihr sieht man ihn schon auf der Couch sitzen (»beigefarbener Anzug, braune Krawatte, weiße Schuhe«), ein großer schwarzer Hund zu seinen Füßen. Thomas Mann sieht exakt so aus wie auf einem Thomas-Mann-Foto. Die Unterhaltung entspricht jedoch weniger Sontags Erwartungen. Mann doziert weitschweifig über seine Bücher. Indirekt beschwert er sich über das »Englishing«, die Übersetzungen von *Der Zauberberg* und *Doktor Faustus,* die von Helen Tracy Lowe-Porter stammen.

An den Rand des fragmentarischen Tagebucheintrags schreibt Sontag: »Der Autor betrügt sein Werk durch banale Äußerungen.« Knapp vierzig Jahre später weitet sie den kleinen Seitenhieb zur fulminanten Abrechnung aus. *Pilgrimage* betitelt sie ihren Essay, der 1987 im Magazin *The New Yorker* erscheint. Zwar nimmt Sonntag es darin mit der Wahrheit nicht immer ganz genau und lässt ihren Besuch bei Thomas Mann zwei Jahre früher stattfinden. Demnach ist sie erst vierzehn, als sie dem Großliteraten gegenübertritt. Die Komparsen E. und F. werden zu einem Schulfreund namens Merrill fusioniert. Dafür rekonstruiert sie selbstironisch und eindrücklich ihr intellektuelles Erweckungserlebnis bei der Lektüre des *Zauberbergs.* Hier habe sie ihre großen Lebensthemen (Europa, Krankheit als Metapher etc.) gefunden. Thomas Mann, der mit onkelhafter Selbstgefälligkeit (»Nur zu, nimm noch einen Keks.«) lauter Plattitüden von sich gibt, wird ein nostalgisch-spöttisches Denkmal gesetzt.

Nachdem Sontag und Merrill (aka E. und F.) die Schriftstellervilla wieder verlassen hatten, seien sie sich vorgekommen wie »halbwüchsige Jungen nach ihrem ersten Bordellbesuch«. Merrill triumphierte, Sontag fühlte sich »beschämt und niedergeschlagen«. Susan und der Zauberer: Die Geschichte einer Entzauberung.

Bei Thomas Mann wiederum hat die Begegnung damals nur einen flüchtigen Eindruck hinterlassen. Gestern Nachmittag habe er ein »Interview mit drei Chicagoer Studenten über den ›Magic Mountain‹« gehabt, steht in seinem Tagebuch am 29. Dezember 1949. Das war's. Wie hätte er auch ahnen sollen, wer da vor ihm stand. Mann lebte längst nicht mehr, als Sontag 1964 mit ihren *Notes on Camp* über Nacht zur Glamourkönigin der amerikanischen Theorie-Avantgarde wurde. (Fun Fact: in diesem Jahr wurde in New York der Urenkel der »Zauberberg«-Übersetzerin, Boris Johnson, geboren.) Sontag starb 2004. Im Jahr davor erhielt sie den Friedenspreis des Deutschen Buchhandels. In ihrer Dankesrede erklärte sie ein letztes Mal den *Zauberberg* zum »wichtigsten Buch« ihres Lebens.

Marianna Lieder

2

ALS ***KAFKA*** IN EINEM ***NEUEN STAAT*** AUFWACHTE

Prag, im Oktober 1918. Als Franz Kafka an der Spanischen Grippe erkrankt, ist er noch Untertan der Habsburgermonarchie. Als er nach fünf Wochen wieder vor die Tür kann, lebt er in der Tschechoslowakei. Ein kurioses Fieber hat alles verändert.

»Das war keine gewöhnliche Grippe mehr. Es waren die Symptome einer Krankheit, die sich zu einer verheerenden, den ganzen Erdball umfassenden Pandemie entwickeln sollte. Und dies mit einer Geschwindigkeit, welche die massenhafte Infektion wie eine Naturkatastrophe hereinbrechen ließ ... Ende September wurden die ersten Fälle bekannt, innerhalb der ersten Oktoberwoche starben in den Metropolen Wien und Berlin je etwa zweihundert Menschen, bereits Mitte Oktober waren es bis zu zweihundert *pro Tag.*«

Man hat Reiner Stachs große, großartige Kafka-Biographie im dritten Band aufgeschlagen und kann nur die

Luft anhalten: Schulen, Theater, Kinos zu, Leichenhallen überfüllt, Ärzte und Pfleger am Ende ihrer Kräfte. Die Wucht, mit der sich die sogenannte Spanische Grippe Ende 1918 durch Europa wälzt, ist auch wegen der raschen Inkubationszeit von nur ein bis zwei Tagen fatal. »Kafka traf es auf dem Höhepunkt der Welle«, lesen wir bei Stach weiter, am Montag, den 14. Oktober, muss der Arzt kommen. Kafka (er wohnt bei den Eltern) hat vierzig Grad Fieber, muss in häusliche Quarantäne, braucht intensive Pflege. Für die Überführung in ein Krankenhaus ist er bereits zu schwach. Denn er hat eine Vorerkrankung: Die Tuberkulose, an deren Folgen er 1924 stirbt, hat er sich 1917 eingefangen, vielleicht bei seinem Arbeitgeber. Die Arbeiter-Unfall-Versicherungs-Anstalt in Prag ist eine, wie der Kafka-Biograph betont, »Behörde mit Publikumsverkehr«. Klar, dass Kafka als Sachbearbeiter dort »häufig Menschen um sich hatte, denen es schlecht ging, und dass dort reichlich gehustet wurde«. Tuberkulose ist damals für ein Viertel aller Sterbefälle unter Arbeitern verantwortlich. 1922 verschlechtert sich der Zustand des Angestellten Kafka so sehr, dass er in Frühpension geht. Höchstwahrscheinlich hat er durch die Infektion mit der Spanischen Grippe einen irreversiblen Tuberkulose-Schub erfahren; Reiner Stach spricht vom »tödlichen Schlag«.

Im Oktober 1918 liegt Kafka mit Lungenentzündung im Schlafzimmer seiner Eltern, in Prag herrscht eine seltsame »Überlagerung von Epidemie und politischer Krise«. Die Tschechen machen Revolution, wollen raus aus Österreich-Ungarn, wollen einen eigenen Staat. Unterm Fenster der Kafka-Wohnung am Altstädter Ring passieren ungeheuerliche Dinge. K. u. k. Militär marschiert auf, zieht unter Gelächter wieder ab. Draußen kämpft ein

Patient namens Habsburgermonarchie ums Überleben, drinnen ein Familienmitglied.

Am 28. Oktober willigt der österreichische Kaiser in einen Waffenstillstand mit den Alliierten ein, eine Depesche von US-Präsident Wilson spricht vom Recht der Tschechen auf Autonomie. Vom Fenster aus beobachtet die Familie Kafka die Gründung des tschechoslowakischen Staates ohne Blutvergießen. Drinnen hat Kafka, wie üblich bei Grippe-Patienten mit Tbc, wahrscheinlich wieder Blut gehustet. Als er nach fünf Wochen Grippe zum ersten Mal wieder ins Büro geht, ist Österreich-Ungarn Geschichte. Der Franz-Josephs-Bahnhof in Prag heißt jetzt Wilson-Bahnhof, und die Arbeiter-Unfall-Versicherung, Kafkas Arbeitgeber, hat Tschechisch als Amtssprache eingeführt. Kafka selbst bekommt wenige Monate später einen neuen Pass: František Kafka. »Als Untertan der Habsburgermonarchie im Fieber zu versinken und als Bürger einer tschechischen Demokratie wieder aufzuwachen: Schon das war unheimlich, aber auch komisch«, notiert Reiner Stach. Kafkas ganzes Leben liest sich wie ein Roman – zumindest in der brillanten Form, in der es sein Meisterbiograph aufgeschrieben hat.

Marc Reichwein

3

ALS *GOETHE* NACHTS ZU EINEM *PFARRERS-MÄDCHEN* RITT

Es schlug sein Herz, geschwind zu Pferde. Er lebte in Straßburg, Friederike auf einem Dorf in der Nähe. Die Details zur Affäre, von der Goethes Gedicht »Willkommen und Abschied« handelt, verblüffen bis heute.

Auf unseren hell erleuchteten Straßen, in Städten, über denen man kaum noch den Sternenhimmel sieht, vermag man sich nicht vorzustellen, wie dunkel einst die Nächte sein konnten. Wenn man dann zu Pferde sitzend durch Wald und Nebel sauste, dann konnte einen schon der Grusel erfassen. Goethe hat den Schauder nächtlicher Ritte in gleich zwei seiner berühmtesten Gedichte eingefangen.

Das eine ist die Ballade vom Erlkönig mit der Eingangsfrage: »Wer reitet so spät durch Nacht und Wind?«

Das andere ist »Willkommen und Abschied«, in dem es heißt: »Die Winde schwangen leise Flügel, / Umsausten schauerlich mein Ohr; / Die Nacht schuf tausend Ungeheuer – / Doch tausendfacher war mein Mut.« Es schildert einen nächtlichen Ritt zur geliebten Pfarrerstochter Friederike Brion nach Sessenheim und zurück.

Die Entfernung zwischen Straßburg und dem nördlich davon im Elsass gelegenen Sessenheim beträgt etwa 36 Kilometer. Goethe legte sie zum ersten Male zurück, als der 1770 aus Frankfurt gekommene Student eine seiner »Streyffereyen« in die weitere ländliche Umgebung der 46 000-Einwohner-Stadt unternahm. Solche Outdoor-Aktivitäten dienten auch der endgültigen Gesundung. Goethe hatte in Leipzig 1768 einen Blutsturz und eine Lungenentzündung. Sehr langsam erholte er sich wieder davon. Aber in Straßburg »regte sich bald wieder die Lebenslust«. Nun wollte er für seinen neuen Freund Johann Gottfried Herder auf dem Lande Volkslieder sammeln.

Er fand dann im Herbst 1770 etwas anderes: eine Liebe, deren Leidenschaft sein eigenes Dichten und damit auch die gesamte deutsche Literatur sofort auf ein neues Niveau hob. Im Dorf Sesenheim (so schrieb er es) lernte er die Familie des Landpfarrers Johann Jakob Brion und seiner Frau Maria Magdalena kennen. Das dritte von deren fünf überlebenden Kindern war ein Mädchen namens Friederike. Sie war kränklich, aber außerordentlich hübsch. Die erste Begegnung mit dem blonden blauäugigen Mädchen in Elsässer Tracht schildert Goethe in *Dichtung und Wahrheit:* »In diesem Augenblick trat sie wirklich in die Türe; und da ging fürwahr an diesem ländlichen Himmel ein allerliebster Stern auf. Beide Töchter trugen sich noch deutsch und diese fast verdrängte Nationaltracht kleidete Friederiken besonders gut.«

Nach einigen Wochen, in denen harmlose Tändeleien, Verkleidungen und Spaziergänge die Liebe befeuerten, beschließt Goethe nach einem mürrisch und mit psychosomatischen Symptomen (lebenslang mied er alles Kranke) absolvierten Besuch in einem Straßburger Klinikum, spät am Abend noch zu Friederike zu reiten: »So stark ich auch ritt, überfiel mich doch die Nacht. Der Weg war nicht zu verfehlen, und der Mond beleuchtete mein leidenschaftliches Unternehmen. Die Nacht war windig und schauerlich, ich sprengte zu, um nicht bis morgen auf ihren Anblick warten zu müssen.« Spät ankommend, ist er überglücklich, die Geliebte noch wach zu finden und von ihr in sein Zimmer geführt zu werden.

Körperliches ist zwischen den beiden wohl nie passiert. Doch Goethe sublimiert umso heftiger. In ihm erwacht die durch die Krankheit fast abgetötete Lust am Dichten neu. Und als wäre dies der Hauptzweck der Liebe zu Friederike gewesen, zieht der bindungsscheue junge Mann sich schon im Sommer 1771 wieder von ihr zurück. Selbst die Scham darüber macht er sich künstlerisch nutzbar. Friederike wird verwandelt in die Blume, die der wilde Knabe im Lied vom »Heidenröslein« bricht. Sie selbst liebt nie wieder einen anderen Mann und stirbt 42 Jahre später unverheiratet.

Matthias Heine

4

ALS *ANNA SEGHERS* AM *FKK-STRAND* BESCHIMPFT WURDE

Sommer 1951. Johannes R. Becher, später Kulturminister der DDR, genießt die sozialistische Ostsee. Nur die FKKler ärgern ihn. Eine Unbekleidete, die ihr Antlitz hinter dem Parteiorgan verbirgt, ganz besonders.

Ein warmer Sonntag im Juli oder August 1951. In Ahrenshoop, dem Fischerdorf auf dem Darß, tummeln sich die Erholungsuchenden und genießen das Zusammenspiel von Bade- und Kulturfreuden. Ende des 19. Jahrhunderts bereits hatte sich hier um Paul Müller-Kaempff, Elisabeth von Eicken und Fritz Grebe eine Künstlerkolonie gebildet, und gleich nach dem Zweiten Weltkrieg schickte man sich an, diesen Ruf fortzuführen und »im schönsten Land der Welt« (Uwe Johnson) ein »Bad der Intelligenz« zu etablieren. Maßgeblichen Anteil daran hatte der 1945 aus dem Moskauer Exil heimgekehrte Johannes R. Becher. Als Präsident des kurz darauf gegründeten

Kulturbundes zur demokratischen Erneuerung Deutschlands machte er sich daran, Schriftsteller, Künstler und Wissenschaftler an die Ostsee zu locken. Ein »Intelligenz-Sammelpunkt« mit weiter Ausstrahlung sollte sich auf diese Weise bilden.

Becher selbst fand früh Wohlgefallen an Ahrenshoop, spielte mit dem Gedanken, ein Anwesen, das heutige Dünenhaus, zu erwerben, und hoffte auf Inspiration für sein eigenes Schaffen. 1950 jedoch musste er seine Sommerfrische jählings abbrechen. Eine Sommerliebschaft drohte seine Ehe zu gefährden, es kam zu offenem Zwist am Urlaubsort, und von da an reiste er immer seltener nach Ahrenshoop. Im Sommer 1951 freilich ließ er es sich nicht nehmen, im weißen Leinenanzug den Strand entlangzuschreiten, den er – anders als der meist in seiner Ferienwohnung hockende Bertolt Brecht – gern aufsuchte. Zuvor hatte er in der Ortsmitte, in der Bunten Stube, nach dem Rechten gesehen und seine Werke unauffällig in die vorderste Reihe gerückt.

Binnen weniger Sekunden verdüsterte sich seine Stimmung. Becher galt als erklärter Gegner der Freikörperkultur, die in der ostdeutschen Bevölkerung keineswegs, wie heute oft behauptet, von Anfang an leidenschaftlich praktiziert wurde, empörte sich beim Anblick provokativ zur Schau gestellter »deformierter Körper« und wollte das allein »im Interesse der Ästhetik« nicht dulden. Und was kommt ihm da, am Strand Richtung Wustrow, unter die Augen? Eine splitternackte Frau um die fünfzig gibt sich hemmungslos der Sonne hin, lediglich ihr Antlitz schützt sie vor der Hitze mit einer Zeitung, genauer: mit einem Exemplar des *Neuen Deutschland*.

Becher vermag es nicht, seine Erregung zu zähmen, stürzt auf die Nackte zu und sorgt so für eine Ansprache, die alsbald in den Anekdotenschatz der Weltliteratur einging. »Schämen Sie sich nicht, Sie alte Sau?«, soll Sonettspezialist Becher der ahnungslos Ruhenden zugerufen haben – eine pointierte Frage, die in Peinlichkeit umschlägt, als die Angesprochene die Zeitung entfernt. Es ist Anna Seghers, die Grande Dame der DDR-Literatur. Beide verstummen, man wechselt ein paar belanglose Worte, tut so, als wäre nichts vorgefallen, und wünscht sich einen schönen Tag. Brecht und Hanns Eisler, die diesen Sommer ebenfalls in Ahrenshoop verbringen, sollen von dieser Szene nichts mitbekommen haben.

Allein das wäre schon eine feine Geschichte, doch sie erfährt eine zusätzliche Pointe, als Anna Seghers wenige Wochen später in der Deutschen Staatsoper zu Berlin der Nationalpreis I. Klasse der DDR verliehen wird. Überreicht wird ihr die Auszeichnung vom späteren Kulturminister Becher, der mit einem zarten »Meine liebe Anna ...« ansetzt. Diese hat indes den verbalen Zwischenfall von Ahrenshoop nicht vergessen und zischt ihm ein »Für dich immer noch die alte Sau« zu – in einer Lautstärke, die die verdutzten Festgäste in den ersten Reihen an diesem Dialog partizipieren lässt.

Rainer Moritz

5

ALS ***FLAUBERT*** ERFOLGLOS ***LEUTNANT*** WAR

Gustave Flauberts weltberühmte Ehebrecherin Madame Bovary kennt man. Sein Engagement im Deutsch-Französischen Krieg 1870 ist weniger bekannt: »Wir werden die Preußen besiegen und mit Trommelwirbel über den Rhein jagen.« Das war etwas voreilig geprahlt.

»Meine Landsleute widern mich an, ihre Dummheit bringt mich zur Verzweiflung. Um ihrem Enthusiasmus zu entgehen, möchte ich am liebsten krepieren«, schreibt Gustave Flaubert am 22. Juli 1870 an seine Freundin George Sand. Vor vier Tagen hat Frankreich Preußen den Krieg erklärt. Flaubert sieht darin den ersten Akt eines Dramas, auf den die »soziale Revolution«, der Bürgerkrieg, folgen wird – Vorahnung der Pariser Kommune.

Flaubert fühlt sich nicht als Patriot, doch in den nächsten Kriegstagen »krampft sich sein Herz so zusammen, dass ich darüber erstaunt bin«. Intensiv verfolgt er die Truppenbewegungen, die Londoner *Times* ärgert ihn, weil das Blatt die militärischen Erfolge der Franzosen verschweigt. An die »arme Literatur« ist nicht mehr zu denken, die Untätigkeit lässt Gustave ersticken. Um wenigstens etwas zu tun, engagiert er sich in Rouen als Krankenpfleger im Hospital Hôtel-Dieu, wo sein Bruder Achille als Chirurg tätig ist. Flaubert fürchtet, dass sich das Kaiserreich nur wenige Tage halten wird, »aber man muss es bis zuletzt verteidigen«! Sein Trübsinn weicht bald »kriegerischen Ambitionen«. In mehreren Briefen macht Flaubert sein »altes Rothaut-Blut dafür verantwortlich, dass ich unermessliche Lust habe, mich zu schlagen«. Der Normanne glaubte, von den Natchez oder den Irokesen abzustammen.

Flauberts Patriotismus steigert sich: »Wir werden die Preußen besiegen und wir werden sie mit Trommelwirbel über den Rhein jagen. Die pazifistischen Bourgeois, wie ich einer bin, sind wild entschlossen, sich eher töten zu lassen, als sich zu ergeben. Wer hätte das vor sechs Monaten gedacht!« Als Flaubert dies am 7. September 1870 schreibt, sind den martialischen Worten längst Taten gefolgt. Seit drei Tagen ist er im heimischen Croisset Leutnant einer Kompanie der Nationalgarde, täglich exerziert er mit den Männern seiner Miliz. In Rouen versucht er sich militärisch weiterzubilden. Der Lokalpresse bleibt seine kriegerische Aktivität nicht verborgen. Im *Nouvelliste* erscheint am 12. September folgender Artikel: »In der Nähe von Rouen bewohnt Gustave Flaubert ein kleines Anwesen, das ganz und gar mit den herausgetrennten Seiten der *Éducation sentimentale* bedeckt sein soll. Unser berühmter Romancier hat sich der Nationalgarde angeschlossen und zeigt eine bewundernswerte Energie. Neulich rief er seine Hausangestellten zusammen, um ihnen folgende Rede zu halten: ›Wer Angst hat, der soll abhauen. Denn ich erkläre hiermit feierlich, dass, falls je ein Preuße es wagen sollte, die Schwelle dieses Hauses zu überschreiten, würde ich es in die Luft sprengen.‹ Nur ein treuer Diener und seine alte Mutter sind geblieben. Madame Flaubert, die siebzig und von angegriffener Gesundheit ist, macht ihrem Sohn die Ehre streitig, in diesem Fall die Lunte an das Pulverfass zu legen. Ach, wenn doch alle Franzosen aus diesem Holz geschnitzt wären!«

Handelt es sich bei dem Artikel um einen Scherz? Flaubert freut es, dass viele Leser den Artikel ernst nehmen und ihm für sein Engagement in der Nationalgarde Komplimente machen. Am 27. September geht Flaubert zum ersten Mal auf Nachtpatrouille. Vorher hält er »seinen Männern« eine »väterliche Ansprache«. Er droht, jeden, der im Kampf zurückweicht, mit seinem Degen zu erstechen, und fordert die Nationalgardisten auf, ihm ein paar Gewehrsalven zu verpassen, wenn er selbst versuchen sollte zu fliehen. Ansprache und Exerzieren aber bleiben wirkungslos, einen Monat später klagt der Leutnant Gustave Flaubert: »Die Miliz, die ich kommandiere, ist derart undiszipliniert, dass ich meinen Rücktritt eingereicht habe.« Seine militärische Laufbahn ist beendet.

Wolf Lepenies

6

ALS *CHARLES DICKENS* MIT DEM *ZUG* VERUNGLÜCKTE

Am 9. Juni 1865 sitzt Charles Dickens im Zug nach London. Dann fehlen auf einer Brücke die Gleise, der Zug stürzt ab. Dickens bleibt unverletzt, er hat ein anderes Problem: Im Zug ist sein größtes Geheimnis.

Am Nachmittag des 9. Juni 1865 rattert Charles Dickens auf London zu. Aus Frankreich kommend – er ist zuletzt sehr häufig in Frankreich gewesen, im Januar, im März, Ende April und zuletzt seit Ende Mai –, hat er in Folkestone einen sogenannten Tidal bestiegen, einen jener Züge, deren Fahrplan sich noch nach den Gezeiten richtet.

Natürlich sitzt Dickens (53) in einem Erste-Klasse-Abteil, gemeinsam mit der Schauspielerin Ellen, genannt Nelly Ternan (26), und Mrs Ternan, Nellys Mutter. Mit an Bord ist auch das Manuskript des erst seit Mai in den üblichen Fortsetzungen erscheinenden Romans *Unser gemeinsamer Freund*, in dem Nelly Ternan als kapriziöse

Bella Wilfer eine nicht nur schmeichelhafte Rolle spielt. Und vermutlich herrscht auch an diesem Nachmittag in Dickens' Abteil eher dicke Luft. Anders lässt sich der von Nelly überlieferte Satz »Lasst uns an den Händen fassen und als Freunde sterben« kaum erklären. Der Satz fällt kurz nach drei auf der Eisenbahnbrücke über den Beult, während der Tidal entgleist, weil da plötzlich gar keine Gleise mehr sind. Lok, Tender und ein Gepäckwagen schießen über die Schwellen, der Waggon mit Dickens, Nelly und Mrs Ternan bleibt noch irgendwie an der Brücke hängen, viele der folgenden Waggons jedoch stürzen in den Fluss.

Eine Verkettung menschlicher Fehler – falsch übermittelte Abfahrtszeiten, falsche Abstände bei den Telegraphenmasten, an denen sich ein Bauarbeiter mit Signalflagge orientiert – hat den Zug mit hoher Geschwindigkeit in eine Baustelle rasen lassen. Zehn Insassen sterben, vierzig tragen Verletzungen davon.

Dickens, unverletzt, aber gichtkrank, verlässt das Abteil durch das Fenster. Eine zeitgenössische Illustration zeigt ihn sogleich bei den Opfern, denen er seinen Brandy und einen Hut voll Wasser reicht. Ganz gewiss hat er einen Schock erlitten – eine Reaktion, über die sich die mobilisierte Gesellschaft gerade zum ersten Mal Gedanken macht. Jedenfalls mag er an den schrecklichen Unfall bald schon nicht mehr erinnert werden. »Ich möchte nicht während der gerichtlichen Untersuchung aussagen müssen«, teilt er wenig später brieflich mit. »Ich würde ... wahrscheinlich nur zu mir selber sprechen können.«

Daran allerdings ist nicht der Schock alleine schuld. Und Nelly Ternan fehlt auch nicht umsonst auf den Bildern, die den mitfühlenden Dickens bei den bedauernswerten Opfern zeigen. In Wahrheit zerrt man sie, leicht an Arm und Hals verletzt, eilig aus dem Zug, wobei sie auch noch Teile ihres Schmucks einbüßt, und schafft sie fort, bevor die Presse Wind bekommt. Denn natürlich verbindet sie und Dickens, den berühmtesten Schriftsteller der Welt, keine platonische Freundschaft, wie Dickens stur behauptet; natürlich hat er seine Frau Catherine auch nicht wegen häuslicher Differenzen verstoßen; und natürlich ist er zuletzt auch nicht einfach so alle vier Wochen nach Frankreich gereist. Stattdessen hat er, nach allem, was sich heute noch erschließen lässt, Nelly in höchster viktorianischer Not dorthin geschafft. Tatsächlich taucht Nelly erst mit dem Zugunglück von Staplehurst überhaupt wieder auf – die drei Jahre davor liegen für die Dickens-Forschung im Dunkeln. Wahrscheinlich aber ist, dass Dickens' und Nelly Ternans gemeinsamer Sohn wenige Wochen vor dem Zugunglück in einem Versteck in Frankreich gestorben ist.

Dickens übrigens kletterte nach dem Unglück noch einmal in das zerstörte Abteil und rettete sein Manuskript. *Unser gemeinsamer Freund* wird der letzte Roman sein, den er vollendet, und vielleicht geht es nicht von ungefähr um lauter falsche Identitäten darin.

Wieland Freund

7

ALS *DOSTOJEWSKI* ZU SEINER *ERSCHIESSUNG* GING

St. Petersburg an einem Wintermorgen anno 1849. Fjodor Dostojewski, 28 Jahre alt und Sozialist, betritt den Paradeplatz der Semjonowski-Garde. Er ist zum Tode verurteilt und soll erschossen werden.

Es war eine große, zynisch inszenierte Besserungstheaterperformance, die an einem Wintermorgen im Dezember 1849 auf dem Paradeplatz der Semjonowski-Garde in St. Petersburg aufgeführt wurde. Die Requisiten: ein Karren, mit dem eine Gruppe junger Leute zum Richtplatz gefahren wurde; weiße Leichenkittel, die man ihnen anzog; Pfähle, an die man sie band – und ein Peloton aus Kosaken mit Gewehren. In einer der Haupt- und Opferrollen: Fjodor Dostojewski, damals 28 Jahre alt und Mitglied eines frühsozialistischen Zirkels, in dem man – anders als Sozialisten heute – davon träumte, die Leibeigenen zu entstaatlichen, sie also aus ihrer vom Zaren verordneten Sklaverei zu befreien. Weil das zaristische

Innenministerium bei ihnen einen Spitzel eingeschleust hatte, wurden sie verhaftet, bevor Dostojewski seinen Roman *Njetotschka Neswanowa* vollenden konnte. Ein Militärgericht verurteilte ihn und 13 weitere Mitglieder des Kreises zum Tode – aufgrund ihrer bloßen Teilnahme an den Sitzungen und weil sie in einem Brief an Gogol Religion, Leibeigenschaft und den Zaren angegriffen hatten.

Ein Jahr nachdem ein Sturm von Revolutionen durch Westeuropa gefegt war, wollte man in Russland das Aufkeimen von durch Charles Fourier inspirierten frühsozialistischen Ideen scharf unterdrücken. Stefan Zweig malt die Szene in seinem Buch *Sternstunden der Menschheit* lyrisch aus: Das ganze Leben wird in dem Moment, »da sie ihn an den Pfahl gebunden« und ihm die Binde vor die Augen gelegt haben, noch einmal durch Dostojewskis Seele gespült: »Die Kindheit, bleich, verloren und grau, / Vater und Mutter, der Bruder, die Frau, / Drei Brocken Freundschaft, zwei Becher Lust, / Einen Traum von Ruhm, ein Bündel Schmach.« Dann unterbricht ein Schrei des Offiziers die rasselnden Trommeln. Er tritt vor mit einem weiß flackernden Papier in der Hand und verliest einen vom Zaren abgesegneten Erlass, aufgrund dessen das Todesurteil in Zwangsarbeit und Festungshaft umgewandelt wird. Zar Nikolaus hatte die von seinen Beamten vorgeschlagene Strafe von acht Jahren sogar noch handschriftlich abgemildert: »Für vier Jahre. Danach gemeiner Soldat.«

Die Begnadigung stand schon fest, bevor die Scheinhinrichtung inszeniert wurde. Es ging nur darum, dass die Sozialisten möglichst nachhaltig eingeschüchtert werden sollten. Die Strafe büßte der junge Schriftsteller 3000 Kilometer entfernt in Sibirien ab. Weil die Werke vor dem Hinrichtungsspektakel so viel bedeutungsloser sind als diejenigen, die Dostojewski in der Verbannung und nach seiner Rückkehr schrieb, wird der 22. Dezember 1849 als eigentlicher Geburtstag des Weltschriftstellers Fjodor Dostojewski angesehen. Sicher hat das Geschehen bei seiner Wendung weg vom Sozialismus, hin zum Christentum mystisch-russischer Prägung eine Rolle gespielt. Stefan Zweig lässt Dostojewski als Erstes ein von göttlichem Licht erstrahlendes Kirchendach erblicken, als ihm die Binde abgenommen wird. Dann erleidet er, noch am Pfahl, einen epileptischen Anfall. Erwachend, mit weißem Schaum vor dem Mund, »wird ihm klar, / Dass er in jener Sekunde / Jener andere war, / Der vor tausend Jahren am Kreuze stand, / Und dass er, wie Er, / Seit jenem brennenden Todeskuss / Um des Leidens das Leben liebhaben muss«. Um seine Lippen hängt »das gelbe Lachen der Karamasow«. Es dauerte dann allerdings noch 16 Jahre, bis Dostojewski den ersten seiner großen Romane, *Schuld und Sühne*, schrieb, und gar 27 Jahre, bis das Werk über die Brüder, deren Lachen ihm Zweig schon 1849 andichtete, entstand.

Matthias Heine

8

ALS *KARIN STRUCK* MIT *ANGELA MERKEL* STRITT

Am 3. Juli 1992 kommt es in der NDR-Talkshow zum Eklat. Die Schriftstellerin Karin Struck echauffiert sich über die Bundesfrauenministerin Angela Merkel. Es geht ums Thema Abtreibung – und Struck will sich keinen Maulkorb geben lassen.

Es ist der 3. Juli 1992: Angela Merkel, Bundesministerin für Frauen und Jugend, sitzt in der NDR-Talkshow und redet über das System der Beratungsstellen für den Schwangerschaftsabbruch. Merkel spricht mit etwas mehr Uckermark-Akzent als in späteren Jahren. Vor allem aber muss sie gegen Karin Struck anreden, denn die Schriftstellerin und prominente Abtreibungsgegnerin fällt der Ministerin nonstop ins Wort: »Keine allgemeinen Schwabbeleien!«, was eine hübsche Wortkreation ist – irgendwo zwischen Schwafeln und Schwurbeln. Als der Moderator der Sendung, Wolf Schneider, Struck ermahnt, sie möge Merkel doch bitteschön auf seine Frage antworten lassen, legt Struck ihre Stirn in Falten und fragt zurück: »Soll ich jetzt gleich gehen?« Ihre Stimme und ihr Blick wirken adrenalingeladen.

»Ich glaube, Erpressung kann nicht das Motto dieser Talkshow sein.« Mit diesen Worten geht die spätere Bundeskanzlerin dazwischen und will ihr Argument fortführen – was Karin Struck nur weiter in Rage bringt: Wie viele Millionen die Bundesregierung für Aufklärungsangebote zum Thema ungewollte Schwangerschaft bezahle, das wolle sie hier und jetzt wissen. Merkel sagt, sie habe die Zahl nicht im Kopf. Talkmaster Schneider ermahnt Struck erneut, die faucht ihn an: »Wollen Sie nicht einen Maulkorb holen? Holen Sie doch einen Maulkorb!«

Merkel lächelt, sagt: »Ich versuch es noch mal.« Struck erhebt sich, will sich ihres Mikrofons entledigen, dessen Verkabelung unter ihrem Kleid festhängt. Wütend lupft sie das Kleid hoch, so weit, dass sie in Unterwäsche in der Runde steht. Die Szene wirkt lasziv. Gejohle im Studio, eine Stimme, die nach Schneiders Co-Moderatorin Alida Gundlach klingt, ruft: »Nein! Ist ja grauenvoll.« Karin Struck reißt sich die Verkabelung vom Leib und pfeffert sie in hohem Bogen ins Studiopublikum. Ein Weinglas wirft sie hinterher, ziemlich dicht an Angela Merkels Kopf vorbei. Die zuckt zusammen. Es klirrt. Entrüstung, jemand ruft: »Das darf ja wohl nicht wahr sein.« Struck greift jetzt wortlos nach ihrer Handtasche und stampft vor laufenden Kameras aus dem Studio. Auftritt und Abgang Strucks sind bis heute bei YouTube zu sehen. Zur Nachricht wird der Eklat erst in den Zeitungen des folgenden Dienstags. Man merkt, dass es 1992 noch keine Schnellverbreitungsmedien wie Twitter gab und Montagsredaktionen erst darüber zu konferieren hatten. Talkshow-Moderator Wolf Schneider gibt der

Süddeutschen Zeitung zu Protokoll: »Wir wussten, dass Frau Struck rhetorisch schwierig ist. Dass sie aber dermaßen ausrasten würde, war nicht vorherzusehen.«

Karin Struck, 1947 bei Greifswald geboren und mit ihrer Familie 1953 in den Westen geflohen, war Mitte der 1970er Jahre als rebellisch-feministische Schriftstellerin bekannt geworden, ihr Debüt *Klassenliebe* hatte »soziale Wucht« (Heinz Bude) und einen kometenhaften Erfolg, auch im Ausland. In dem tagebuchartigen Roman schreibt eine Studentin namens Karin schonungslos über ihr Gefühls- und Sexualleben und zugleich über ihre Klassenherkunft.

Der Talkshow-Eklat mit Angela Merkel 1992 fällt in die Zeit, als der Deutsche Bundestag die unterschiedlichen Gesetzesregelungen von Bundesrepublik und DDR zur Abtreibung zusammenführt. 1991 veröffentlichte Struck den Roman *Blaubarts Schatten*, in dem sie – auf der Basis des Märchenstoffs des Königs Blaubart und autofiktional zugleich – das Thema Schwangerschaftsabbruch verhandelt. In Essays und Streitschriften nahm die Mutter von vier Kindern die »Abtreibungsgesellschaft« zunehmend radikal ins Visier. 1996 konvertierte Struck zum katholischen Glauben. Sie starb 2006 an Unterleibskrebs, wie die *taz* in ihrem Nachruf konstatierte.

Marc Reichwein

9
ALS *PETRARCA* AUF DEN *MONT VENTOUX* STÜRMTE

Am 26. April 1336 wagen Francesco Petrarca und sein Bruder den Aufstieg zum windumtosten Mont Ventoux. Doch der Gipfelsturm läuft anders als gedacht. Wird der Dichter den Berg bezwingen?

Am Abend des 24. April 1336 erreichen Francesco Petrarca, sein Bruder Gherardo und zwei Diener das Basislager in Malaucène. Akklimatisieren müssen sie sich nicht, sie gönnen sich dennoch einen Tag Ruhe. Den Aufstieg zum Gipfel wagen sie am 26. April. »Ein langer Tag, liebkosende Luft«, erinnert sich Petrarca, »einzig die Beschaffenheit des Ortes bot uns Widerstand.« Verglichen mit den Gipfeln der Alpen mag der Mont Ventoux kein hoher Berg sein, seine Kargheit jedoch und der zehrende Mistral, der dem Giganten der Provence den Beinamen »der Windige« eingetragen hat, machen den Berg zu einem unwirtlichen Ort. Petrarca erlebt »eine schroffe und beinahe unzugängliche Felsmasse«. Und ausgerechnet er, dessen »ungestümes Verlangen« die Seilschaft ohne Seil erst auf den Weg gebracht hat, gerät beim Aufstieg bald in Schwierigkeiten. Gherardo strebt geradewegs bergan, Francescos Aufstieg hingegen verläuft künstlertypisch mäandernd, bis er die Höhe um den Preis der Erschöpfung »auf direktem Wege« nimmt.

Den Gipfel des Ventoux und sein kleines Plateau erreichen die Brüder schließlich gemeinsam. »Wolken lagen zu meinen Füßen«, berichtet Petrarca, und von 1900 Meter Höhe kann er sogar die eisstarrenden Alpen sehen – »ganz nah, obwohl sie weit entfernt sind«. Dann jedoch geschieht etwas Seltsames: Petrarca erstickt den Entdecker in sich. Er wendet den Blick von der überwältigenden Natur und zieht seinen Augustinus aus der Tasche, »ein faustgroßes Werklein, von winzigstem Format«. Noch auf dem Gipfel beginnt er über die Sünde der Augenlust zu lesen und über Menschen wie ihn, die »die Höhen der Berge« bewundern und dabei sich selbst »verlassen«.

Wortlos und wie betäubt steigt Petrarca danach vom windigen Ventoux herab, um im Basislager von Malaucène noch in derselben Nacht einen langen Brief an seinen Theologieprofessor zu schreiben, das einzige Zeugnis der Besteigung, das es gibt. »Den höchsten Berg dieser Gegend ... habe ich am heutigen Tag bestiegen«, fängt er an, um im nächsten Halbsatz zu beichten, allein der Drang, »diesen außergewöhnlich hohen Ort zu sehen«, habe ihn dabei beseelt. Ein geschundener, erschütterter Petrarca in einer Schenke in Malaucène: Hier endet die Geschichte.

Oder besser: Hier fangen die Zweifel an. Denn die Intellektuellen wollen Petrarca nicht mehr glauben. Während der berühmte Jacob Burckhardt in Petrarcas

Besteigung des Mont Ventoux noch den entscheidenden Schritt über die Schwelle zur Neuzeit sah und den frommen Beichtbrief an den Theologen noch als bloßen Trick gedeutet hat, der das mittelalterliche Weltbild ein letztes Mal zum Schein bestätigt, haben spätere Deuter den Spieß schlicht umgedreht: Petrarca sei nie auf dem Berg gewesen, der Mont Ventoux sei eine bloße Allegorie – genauso übrigens wie die berühmte Laura, die Petrarca auch bloß erfunden habe. Nie habe sich Petrarca in der Schenke von Malaucène an den Tisch gesetzt, um einen so meisterlich ausgeformten Brief zu schreiben. Der Brief sei wesentlich jünger, sein Adressat, als Petrarca anhob, ihm den vermeintlichen Gipfelsturm zu beichten, lange tot, und was das Naturverständnis dieses allegorischen Kunststücks angehe: Petrarca habe die Revolution gesehen und schreibe als Reaktionär.

Und was stimmt? War Petrarca oben oder nicht? Der Philosoph Hans Blumenberg hat von einem »der großen, unentschieden zwischen den Epochen oszillierenden Augenblicke« gesprochen. Wir aber, die wir die Action lieben, sind uns sicher: Petrarca hat das Andere der eisstarrenden Alpen mit eigenen Augen gesehen.

Wieland Freund

10

ALS ***NORMAN MAILER*** ZUSTACH – UND MIT ***BEWÄHRUNG*** DAVONKAM

November 1960. Der Schriftsteller Norman Mailer will Bürgermeister von New York werden. Doch die Party, auf der die Kandidatur bekannt gegeben werden soll, endet blutig. Mailer sticht auf seine eigene Frau ein.

New York City, Samstag, 19. November 1960. In ihrem Apartment an der Upper West Side geben die Mailers eine Party. Norman Mailer, 37, ist ein berühmter Schriftsteller, Journalist, gewaltbesessener Macho, Boxer, Trinker. Seine zweite Frau Adele Morales, 35, ist Schauspielerin und Malerin, sie haben zwei Kinder. Mailer hat sich in den Kopf gesetzt, Bürgermeister von New York zu werden, er will seine Kandidatur für die Demokraten auf der Party bekannt geben. Etliche einflussreiche Leute sind eingeladen. David Rockefeller und der Aga

Khan haben abgesagt, Allen Ginsberg ist da und mit ihm etwa 200 Gäste. Die meisten gehören zu den »Entrechteten«, über die Mailer in seinem Essay *The White Negro* geschrieben hat, Obdachlose, Halunken, Bohemiens, Hipster. Mailer hat sie selbst von der Straße verpflichtet, er will die Leute zusammenbringen. Die Stimmung ist gereizt, es wird getrunken, geprügelt, mehr getrunken. Ein Verleger spricht später vom »gefährlichsten Abend, den ich je erlebt habe«. Irgendwann verlässt Mailer die Party, um woanders jemanden zu schlagen oder auch nicht, »er war außer sich«, schreibt Adele Morales viel später. Um 4.30 Uhr kehrt Mailer derangiert zurück, er hat ein blaues Auge. Ein paar Gäste sind noch da. Es gibt verschiedene Versionen, was gesagt wurde, Mailer soll gar nicht gesprochen haben. Adele Morales, selbst betrunken, will ihn im Schlafzimmer angeschrien haben: »Los, du Schwuchtel, wo sind deine Eier – hat deine hässliche Hure von Geliebter sie dir abgeschnitten, du Scheißkerl?«

Mailer zieht sein Taschenmesser mit einer knapp sieben Zentimeter langen Klinge und sticht zweimal auf seine Frau ein, erst in die Brust, dann in den Rücken. Er trifft den Herzbeutel, knapp verfehlt er das Herz. Die Frau liegt auf dem Boden, Gäste stürzen in das Zimmer, Mailers Worte sind verbürgt: »Rührt sie nicht an. Lasst die Schlampe sterben.« Die Frau wird erst einen Stock tiefer zu einem Nachbarn gebracht und dann mit dem Taxi ins Krankenhaus. Sie wird operiert und bleibt auf der Intensivstation. Mailer taucht am OP-Tisch auf und belehrt den Chirurgen über die Wunde. Morales erzählt den Ärzten, sie sei »irgendwie auf ein Glas gefallen«. Am nächsten Tag geht Norman Mailer zu einer Fernsehshow und spricht dort über seine politische Kandidatur. Außerdem analysiert er das Schwert als Symbol von Männlichkeit. Er sagt: »Die Klinge ist sein Wort.«

Erst nach drei Tagen gesteht er auf der Intensivstation die Tat gegenüber der Polizei. Mailer wird festgenommen und kommt für 17 Tage zur psychiatrischen Untersuchung in ein Krankenhaus. Er sei ein gesunder Mann, sagt Mailer mehrfach. Nach der Entlassung und einem Schuldeingeständnis wird er wegen gefährlicher Körperverletzung auf Bewährung verurteilt. Seine Frau reicht keine Klage ein. 1962 wird die Ehe geschieden. Im selben Jahr heiratet Mailer erneut, die dritte von insgesamt sechs Ehefrauen.

Es mag aus heutiger Sicht erstaunlich und empörend sein, aber der Mordversuch schadet dem Schriftsteller nicht. Im Gegenteil, das Bad-Boy-Image polarisiert und macht ihn noch berühmter. Mailer erklärt später, die Reaktionen seiner Freunde seien gerade mal fünf Grad weniger warm gewesen als gewöhnlich. Ein Literaturkritiker urteilt, Mailers Gewalt sei ein »dostojewskischer Trick, um die Grenzen des Bösen in ihm zu testen«. 1969 kandidiert Mailer tatsächlich als Bürgermeister von New York City, prominente Feministinnen unterstützen ihn, und, wie ein Magazin bemerkt, »er wird nicht Letzter«.

Holger Kreitling

11

ALS *DANTE* DER *SCHEITERHAUFEN* DROHTE

Politisch gespaltene Gesellschaften sind keine Erfindung von heute. Im Jahr 1302 wird der Dichter Dante aus seiner Heimatstadt Florenz verbannt. Die Anhänger des Papstes und die Anhänger des Kaisers liegen im Clinch – und Dante mittendrin.

Im Jahr 1296 wurde Dante Alighieri Stadtrat in Florenz. Es war, wie er rückblickend äußerte, der Fehler seines Lebens. Gut, wer wäre um 1300 nicht in die Politik gegangen – in dieser prosperierenden Stadtrepublik? Florenz war nicht erst in der Renaissance unter den Medici eine Metropole, die Rom den Rang ablief. Handel und Geldwesen hatten sich hier schon im Duecento enorm entwickelt, ab 1252 prägte man die Goldmünze Florentin – auch »Dollar des Mittelalters« (Kurt Flasch) genannt. Der Dichter Dante, 1265 geboren und aus niederem Adel stammend, hatte berechtigtes Interesse, sich politisch einzubringen, denn die damalige Zeit kannte nur Freund oder Feind. Der jahrhundertelange Machtkampf zwischen Papst und Kaiser, geistlicher und weltlicher Herrschaft, hatte schon das Mittelalter geprägt – und sich in

Florenz brutal verhärtet. Es gab zwei Parteien, die sich bis aufs Blut bekriegten: die kaisertreuen Ghibellinen (Team Reichsadler) und die papstfreundlichen Guelfen (Team Lilie). Die Lager waren so verfeindet, dass sie sogar innerhalb der eigenen Fraktionen Splittergruppen bildeten.

Die *guelfi* spalteten sich auf in kaiserfreundlichere Weiße und kämpferisch-papsttreue Schwarze. Dante, Teil der weißen Partei, wird im Jahr 1300 Prior, einer der sechs mächtigsten Männer von Florenz. Er vertritt die Zunft der Ärzte und Apotheker. Wichtiges Business, auch schon zu Zeiten vor der Pest, die 1348 von Venedig her Europa jahrhundertelang heimsuchen wird. Nein, die eigentliche Seuche zu Dantes Lebzeiten war die gespaltene Gesellschaft. Man konnte gar nicht *nicht* zwischen die Fronten geraten.

Als Papst Bonifaz VIII. plant, die Toskana zu seinem Vikariat zu machen, soll Dante es abwenden. Er wird 1301 als Unterhändler nach Rom geschickt – und dann eiskalt ins Abseits manövriert. Denn daheim wechseln die Machthaber, Florenz wird schwarz, den Weißen wird der Prozess gemacht. Dante wird in Abwesenheit mit einer krassen Geldstrafe und dem Verbot jeglicher politischen Betätigung belegt. Er wird von der gegnerischen Partei gecancelt. Weil er das nicht akzeptiert und auch nicht vor Gericht erscheint, wird das Urteil 1302 nachgeschärft: Tod durch Verbrennen. Dante droht jetzt, sollte er Florenz jemals wieder betreten, der Scheiterhaufen, und das nur, weil seine politische Haltung »mehr Kaiser, weniger Papst« in Florenz nicht opportun ist.

Als der 1309 in Aachen zum König gekrönte Heinrich VII. mit seinem Heer nach Rom zieht, um sich zum Kaiser krönen zu lassen, hegt Dante noch einmal Hoffnung: 1312 wird Heinrich tatsächlich zum Kaiser des Heiligen Römischen Reiches gekrönt, dann belagert er Florenz, doch er scheitert. 1313 stirbt Kaiser Heinrich, und Dante wird Florenz nie wiedersehen. Er bleibt als Exilant in Verona und Ravenna, schreibt sein Hauptwerk, die *Göttliche Komödie*. Die Versdichtung erzählt von einem Mann, der sich durchs Jenseits führen lässt: Hölle, Läuterungsberg und Paradies. Man hat sich oft gefragt, wie Dante das Inferno dermaßen räumlich imaginieren konnte – schließlich kannte er doch gar keine Computerspiele. Manche sagen, Dante habe in den Jahren seiner Verbannung viele Höhlen gesehen. Geschäftstüchtige behaupten, Dante habe diese oder jene Karstgrotte auf dem Gebiet des heutigen Slowenien besucht. Doch es gibt keine »Dantehöhle«, in der er nachweislich war. Es gibt nur Dantes gigantische Dichtung. Als der Dichter 1321 stirbt, wird er in Ravenna begraben. Florenz baut ihm später ein monströses Grab, stellt sein Denkmal auf die Piazza. Zu spät. Die sterblichen Überreste des größten italienischen Dichters bleiben in Ravenna – und darüber darf sich Florenz auch 700 Jahre später noch ärgern.

Marc Reichwein

12
ALS ***PER OLOV ENQUIST*** UND ***LARS GUSTAFSSON*** UNTER ***MORD-VERDACHT*** STANDEN

1955, an der Universität Uppsala. Zwei schwedische Studenten, die später beide als Schriftsteller bekannt werden, wohnen bei zwei zerstrittenen Schwestern zur Untermiete. Bis es eine Leiche in der Küche gibt. Die Polizei ermittelt.

Beide zählen zu den bedeutendsten schwedischen Schriftstellern des 20. Jahrhunderts und wurden zu Lebzeiten immer mal wieder für den Nobelpreis gehandelt. Sie sind ein höchst unterschiedliches Paar, allein schon was die Körpergröße betrifft: Per Olov Enquist, Jahrgang 1934 und 1,97 Meter groß, ist der Sohn eines Holzfällers und einer Dorfschullehrerin, ein Hochspringer aus dem Norrland, der höher springen kann als die meisten Schweden. Lars Gustafsson ist zwei Jahre jünger, körperlich deutlich kleiner und kommt aus Västervåla. Beide studieren 1955

Literatur an der Universität Uppsala und bewohnen im ersten Studienjahr eine Zweizimmerwohnung im Zentrum der Stadt, Bredgränd 7, als Untermieter bei einem Schwesternpaar namens Rothvik. Die Schwestern sind um die achtzig, Gustafsson ist erst 17 Jahre alt. Dass er schon studiert, legt für seinen Kommilitonen Enquist den Verdacht nahe, der Mitbewohner sei wohl ein Genie. Enquist stellt sich den Vermieterinnen als »gläubig und ordentlich« vor, weder trinke noch rauche er. Das wird sich in späteren Jahren ändern und zu einem schmerzhaften, literarisch verarbeiteten Problem führen, wie sein autobiographisches Werk *Ein anderes Leben* beweist.

Die beiden eher scheuen Studenten kommen sich zaghaft näher, zeigen sich gegenseitig ihre ersten literarischen Versuche, Gedichte zumeist, und diskutieren über handwerkliche Probleme beim Schreiben. Das ändert jedoch nichts an ihren unterschiedlichen Charakteren. Jeder bleibt gern für sich, eigenartig ist jeder auf seine Art. Das gilt auch für die Vermieterinnen, die Schwestern Rothvik: Die eine ist absonderlich dick, die andere dürr und fast ausgemergelt, aber sie sind einander in inniger Hass-Liebe verbunden. Beiden gilt die jeweils andere als intrigant, boshaft, heimtückisch und verlogen. Beide ziehen die jungen Männer nach und nach in ihren Privatkrieg hinein, sie buhlen um ihre Parteinahme und Unterstützung. Zentrum der geflüsterten Beichten und Bekenntnisse ist die Küche. Tränen fließen.

Eines Vormittags sitzt Enquist über seinem Romanmanuskript, als er ein gewaltiges Poltern in der Küche hört, das mit einem Gurgeln endet. Die dicke Schwester ist mit der Schläfe gegen die blechverkleidete Eckkante des Spülbeckens gefallen und hat sich den Schädel aufgeschlagen. Blut und Hirnmasse bedecken den Boden.

Die andere Schwester schreit verzweifelt, jammert und schluchzt, wie konnte ihr die Schwester das nur antun. Nach einer Stunde kommt die Polizei und fragt, ob es hier einen Todesfall gegeben habe. Der Student Enquist sagt: »Sie kommen zu spät, wir haben schon alle Beweise weggeschrubbt.« Gustafsson lacht nervös hinter seinem Rücken, aber die Polizisten finden das nicht lustig. Beide Studenten stehen kurzzeitig unter Mordverdacht, doch die Sache klärt sich rasch auf.

Eine Woche nach dem schlimmen Unfall ziehen Enquist und Gustafsson aus und gehen getrennte Wege. Sie sehen sich nur noch selten. Enquist schreibt nach Ende des Studiums Romane und Theaterstücke, Essays und Kinderbücher, er berichtet als Reporter und Augenzeuge über die Olympischen Sommerspiele 1972 und über die Geiselnahme in München. 1994 bespricht Das Literarische Quartett im ZDF Enquists Kindheitsroman *Kapitän Nemos Bibliothek*. Gustafsson, der in den 1970ern mit seiner Romanreihe *Risse in der Mauer* reüssiert, habilitiert sich 1979 und lehrt von 1983 bis 2006 als Professor für Germanistische Studien und Philosophie in Austin, Texas. Er stirbt achtzigjährig am 3. April 2016 in Stockholm, Per Olov Enquist hochbetagt mit 86 Jahren am 25. April 2020 in Vaxholm.

Gerhard Köpf

13

ALS *ERIKA MANN* HERMANN GÖRING IM *KNAST* BESUCHTE

Sommer 1945. Erika Mann, Thomas Manns wilde Tochter, hat sich in Paris in ein klappriges Auto gesetzt. Ihre Mission ist gespenstisch, ihr Ziel das geheime Camp Ashcan in Luxemburg, wo die »Big 52« einsitzen.

Erika Mann war Autorennen gefahren, sie wusste, wann sie in einer Klapperkiste saß, und in dieser Nacht, in der sie von Paris nach Luxemburg fuhr, saß sie in einer. Und dann reichten die Papiere nicht, und sie musste noch einmal bis Frankfurt und wieder zurück, um bessere zu beschaffen, Stunde um Stunde in dieser Klapperkiste, Stunde um Stunde durch ein vom Krieg verheertes Land, während die Gedanken nicht stillstanden. »Wollte sie diese Gestalten wirklich von Angesicht zu Angesicht sehen?« So formuliert es ihre Biographin Irmela von der Lühe, die eingesehen hat, was Erika Mann über diese Fahrt geschrieben, aber nicht veröffentlicht hat. Es war der Sommer 1945, und Thomas' wilde Tochter, 39 Jahre alt, war in ihrem »Alien Homecountry« unterwegs. Sie war zurück aus dem Exil, aber so wie ihr Bruder Klaus, der wenige Monate zuvor als amerikanischer Soldat die kaputte »Poschi«, ihr altes Zuhause in München, besucht hatte, muss sie lange gewusst haben, dass es so etwas wie ein Zurück nicht gab.

Beim zweiten Mal klappte es. Wieder erreichte sie das ehemalige Hotel Palace in Mondorf-les-Bains, das groß und wuchtig vor ihr aufgeragt sein muss, und diesmal ließ man sie ein. Erika Mann betrat Camp Ashcan – Camp Ascheeimer –, das offiziell Central Continental Prisoner of War Enclosure No. 32 hieß. Im unteren Stockwerk waren die amerikanischen Wächter untergebracht, der zweite Stock war leer, in den Stockwerken drei und vier saß der größte Teil der überlebenden Schwerverbrecher der schrecklichen zwölf Jahre ein und wartete auf den Nürnberger Prozess. »Meine letzte Fahrt ging nach Bad Mondorf«, schrieb Erika Mann in einem Brief, »wo ich den ›Big 52‹ einen Besuch abstattete. Ein gespenstischeres Abenteuer ist nicht vorstellbar. Göring, Papen, Rosenberg, Streicher, Ley – tout le horreur monde (einschließlich Keitel, Dönitz, Jodl etc.) eingesperrt in einem ehemaligen Hotel, das zum Gefängnis wurde und aus dem seine Insassen ein regelrechtes Irrenhaus gemacht haben.«

Für Erika Manns Weg durch die oberen Stockwerke von Camp Ashcan gibt es einen Zeugen. Captain John Dolibois hat sie durch die Gänge geführt und später einem Historiker von ihr erzählt: dem Hemd, der Krawatte und dem Zigarillo, ihrem »üblichen männlichen Aufzug«. So ging sie die Zellen ab – Göring, Rosenberg, Ley. »Da ich mit den Idioten nicht sprechen durfte, schickte ich hinterher Vernehmungsbeamte zu ihnen und ließ sie wissen, wer ich (die einzige Frau, die je den Ort betreten hat) war.«

Rosenberg soll »Pfui Deubel« gemurmelt, der weinerliche Göring behauptet haben, er hätte den »Fall Mann« ganz anders »bearbeitet«, Streicher, der oberste Hetzer des Hetzblattes *Der Stürmer*, hat angeblich »Du lieber Gott, und diese Frau ist in meinem Zimmer gewesen!« gerufen. Captain Dolibois' Erinnerung geht ein wenig anders: »Streicher stand in der Zelle. Gewöhnlich drehte er der Türe den Rücken zu und stand mit gespreizten Füßen da; es war eine für ihn charakteristische Pose, forciert, aggressiv ... als er meine Stimme hörte, drehte er sich um, und dann sah er Erika Mann in der Tür stehen und wusste sofort, wer sie war. Er spreizte die Beine noch etwas weiter ... lächelte höhnisch und sagte: ›Na, Sie sind also gekommen, um all die wilden Tiere im Zoo anzustarren‹, und er sagte: ›Dann können Sie auch gleich alles sehen!‹ Dabei ... ließ er seine Hose herunter und entblößte sich.« Erika Mann, erzählte Captain Dolibois weiter, »zeigte sich wenig erschüttert. Sie schnippte die Asche von ihrer Zigarre, drehte sich um und ging weiter zum nächsten Raum.« Streicher starb reichlich ein Jahr später durch den Strang. Erika Mann zog in die Schweiz.

Wieland Freund

14

ALS *KARL PHILIPP MORITZ* IN ROM VOM *PFERD* FIEL

Der Schriftsteller reitet als Tourist durch die Ewige Stadt, bricht sich den Arm – und Goethe leistet erste Hilfe. Später gibt Moritz die erste Psycho-Zeitschrift Deutschlands heraus: das *Magazin für Erfahrungsseelenkunde.*

Der 1756 in Hameln geborene Karl Philipp Moritz wuchs in ärmlichsten Verhältnissen und mit religiös verzankten Eltern auf. Berühmt wurde er durch seinen vierteiligen autobiographischen Roman *Anton Reiser*, heute hochgeschätzt, früher durchaus umstritten. Walter Benjamin schätzte ihn als »antiklassische Autobiographie«, Ernst Jünger rümpfte die Nase über die »Stickluft der inneren Wohn- und Schlafzimmer«. Friedrich Schlegel gab sich kryptisch: »Er wünschte ein Mensch zu sein.« Ludwig Tieck bündig: »Er ist ein Narr.« Als Moritz 1786 Unbehagen an sich selbst verspürte und ähnlich abrupt wie Goethe nach Italien aufbrach, war er noch Hagestolz. Mit dem Vertrag über einen Reisebericht (damals ein gefragtes Genre), doch sonst ziemlich mittellos, kam er in Rom an, wo er ärmlich lebte, sich auf die antiken Relikte stürzte und Kontakt zu den deutschen Künstlern suchte.

Dann der dramatische Wendepunkt: Bei der Rückkehr von einem Ausritt zur Tibermündung stürzte er beim Pantheon vom Pferd und brach sich den linken Arm. Er fiel buchstäblich Goethe zu Füßen. Der kümmerte sich um ihn, nannte ihn alsbald seinen »jüngeren Bruder«. Zwar wurde Moritz nicht, wie er sein Alter Ego Anton Reiser fantasieren ließ, Goethes Kammerdiener, aber durch Vermittlung Goethes in Weimar Englischlehrer von Herzog Carl August, wofür dieser wiederum ihm zu einer Professur für Theorie der schönen Künste an der Berliner Akademie verhalf. Moritz publizierte im Folgenden unentwegt weiter, unter anderem eine Sprachlehre des Italienischen, eine Grammatik des Deutschen, eine Griechische Götterlehre, ein Mythologisches Wörterbuch, die Fortsetzung seines Romans *Andreas Hartknopf* und den vierten Teil seiner Autobiographie. In seiner Lebensbeschreibung schrieb Moritz über sich selbst: »Widerspruch von außen und innen war sein ganzes Leben. – Es kömmt darauf an, wie diese Widersprüche sich lösen werden!« Lösung suchte er in Natur und Kunst. Er war ein exzessiver einsamer Wanderer à la Rousseau, ein Theatromane und Lesesüchtiger. Als Theoretiker sah er später das Gemeinsame aller schönen Künste im Begriff des »in sich Vollendeten«, dessen Mittelpunkt die menschliche »Thatkraft« sein sollte, an der es ihm aber der Selbstdiagnose nach mangelte. Gleichwohl war er als Gymnasialprofessor in Berlin nicht nur ein beliebter Lehrer, etwa der Humboldts, Wackenroders und Tiecks, sondern auch ein ungemein produktiver Autor: Drama, Autobiographie, ästhetiktheoretische und philosophische Schriften, Reisebericht, Roman, dazu Herausgeber des *Magazins für Erfahrungsseelenkunde*, das als frühste psychologische Zeitschrift gilt. Obendrein war er Freimaurer und vorübergehend auch Redakteur der *Vossischen Zeitung*.

»Ohne Mittelpunkt ist kein Zirkel, ohne Seyn kein Haben.« Moritz, dem es an einer sicheren Mitte mangelte, suchte in den Werken der Kunst nach deren Mitte. Nur im *Werther* seines fernen Idols Goethe fand er keine. Was kaum verwundert, hatte er dem eigenen Bekunden nach doch keinerlei Verständnis für dessen Liebesnöte. Auch keine einschlägige Erfahrung, denn er scheute aus Furcht vor körperlicher Insuffizienz den Kontakt zu Frauen. 1792 traute er sich zu ehelichen. Doch die 15-jährige Christiane Friederike Matzdorff brannte flugs mit einem früheren Liebhaber durch. Nur drei Monate nach der Heirat folgte die Scheidung. Danach die alsbaldige Wiederverheiratung. Indes erkrankte Moritz schwer an einem Lungenödem, wurde von seiner Frau nunmehr hingebungsvoll gepflegt und starb – gerade mal 37-jährig – im Juni 1793.

Erhard Schütz

15

ALS *PROUST* SICH *DUELLIERTE*

An einem regnerischen Februartag des Jahres 1897 begibt sich Marcel Proust in einen Wald vor Paris. Er hat den Dandy Jean Lorrain zum Duell gefordert. Lorrain lebt offen homosexuell – und hat Proust soeben geoutet.

Lausig kalt ist es an diesem Nachmittag des 6. Februar 1897, und zu allem Überfluss regnet es. Gemütlich wäre es, sich an einem solchen Tag zurückzuziehen, in antiken Klassikern zu lesen, feine Prosaskizzen zu Papier zu bringen und sich auf einen Salonabend in der Pariser Hautevolee zu freuen. An diesem Nachmittag jedoch hat der 25-jährige Marcel Proust dafür keine Zeit. Wohl oder übel muss er den Boulevard Malesherbes im 8. Arrondissement verlassen, wo er zusammen mit seinen Eltern wohnt, und sich vor die Tore der Stadt begeben, in den knapp 15 Kilometer entfernten Wald von Meudon, südwestlich von Paris gelegen. Wichtiges hat Proust zu erledigen: Er muss seine Ehre wiederherstellen, sich duellieren. Begleitet von zwei Sekundanten, dem Maler Jean Béraud und dem Fechtmeister Gustave de Borda, macht er sich in den Stadtwald auf, der häufig Schauplatz solcher Konfrontationen ist und sogar eine »Allée des duels« aufweist.

Proust sieht den Ereignissen unerschrocken entgegen und ist bester Laune. Denn da er schon damals gern das Bett hütet – wenn auch nicht ganztägig, sondern nur am Vormittag –, war er in Sorge, dass das Duell für die Morgenstunden anberaumt werden könnte. Proust hat Glück. Am Nachmittag um drei soll die entscheidende Stunde schlagen – eine Stunde, bei der sein Leben auf dem Spiel steht. Prousts Widersacher ist der gut 15 Jahre ältere Dichter und Kritiker Jean Lorrain, ein extravaganter, offen homosexuell lebender Dandy. Dieser hatte es gewagt, Prousts Erstling *Freuden und Tage* – eine Ansammlung kleinerer Prosatexte in illustrer, versnobter Aufmachung, die nicht allzu viel von der späteren Meisterschaft des Autors zeigen – hämisch zu besprechen. Und zudem in einem perfiden Halbsatz zu insinuieren, dass Proust mit seinem jungen Freund Lucien Daudet, Sohn des hochangesehenen Schriftstellers Alphonse Daudet, mehr als eine nur freundschaftliche Beziehung pflege. Das kann Proust nicht auf sich sitzen lassen, nicht zuletzt seiner Eltern wegen. Als Homosexueller will er auf keinen Fall gelten, und so wählt er – nicht zum ersten und letzten Mal in seinem Leben – eine Reaktion, die besonders viril erscheinen soll. Zur Verblüffung seiner Freunde zeigt er sich, sobald man ihn angreift, wie ein gereizter Löwe. Dem Ruf eines »weibischen« Salonästheten tritt er in solchen Momenten furchtlos entgegen – etwa im Duell.

Für eine Auseinandersetzung mit Schwert und Degen sind beide Kontrahenten körperlich ungeeignet. So hat man sich für Pistolen entschieden, und so treten sich in der Nähe des Turms von Villebon zwei Homosexuelle gegenüber, von denen einer keiner sein will. 25 Schritte trennen sie voneinander, es regnet immer noch. Proust schießt zuerst, doch die kraftlose Kugel versinkt zwei Meter vor Lorrains Füßen im Waldboden. Lorrain antwortet, wie es sich gehört, und feuert zurück. Zielwasser scheint er keines getrunken zu haben, so dass seine Kugel ihr Ziel weit verfehlt. So überleben beide, der wild entschlossene Proust und Lorrain, dieser »Herr«, den – wie Proust später schrieb – »ich nicht kannte und den ich nur an diesem Tag sah«. Die Sekundanten stellen fest, dass die Angelegenheit damit zu den Akten gelegt werden kann.

Proust fährt zurück nach Paris und erstattet seinen Eltern Bericht. Die Presse berichtet. Freunde loben Prousts Tapferkeit, und noch Jahre später wird er diese Schüsse am Nachmittag als eine seiner schönsten Erinnerungen bezeichnen. Gut für die Weltliteratur, dass auch Jean Lorrain ein schlechter Schütze war.

Rainer Moritz

16
ALS *CHRISTA WOLF* IN WEST-BERLIN *VERHAFTET* WURDE

1954 tritt die SED in West-Berlin zur Wahl an, und als Wahlhelferin mittendrin ist Christa Wolf. Die später prominente DDR-Schriftstellerin kommt wegen nicht genehmigter Flugblätter im Gefängnis Moabit in U-Haft.

Wir schreiben das Jahr 1954. Christa Wolf ist noch nicht die personifizierte Dichterin der DDR, berühmt durch Bücher wie *Der geteilte Himmel*, *Nachdenken über Christa T.* oder *Kein Ort. Nirgends*, sondern eine junge Mutter. 1952, noch im Studium, hat sie Annette, ihre erste Tochter, zur Welt gebracht. Im Juli 1951 hat Christa, geborene Ihlenfeld, Gerhard Wolf geheiratet. Mit Baby hat sie zu Ende studiert, 1953 Examen bei Hans Mayer in Leipzig abgelegt und ist zu Gerd nach Berlin gezogen. Während er fertig studiert, heuert sie – SED-Mitglied seit 1949 – beim Schriftstellerverband an. Ihre Tätigkeit dort: junge Autoren anleiten, wie sie sozialistisch-realistisch schreiben können. »Nach Lukács wusste man genau, wie ein Roman auszusehen hatte und wie sich die Figuren darin zu verhalten hatten. Der Parteisekretär durfte zum Beispiel nicht fremdgehen.«

Das alles berichtet Christa Wolf ihrer Enkelin Jana Simon in dem 2013 postum erschienenen Gesprächsband *Sei dennoch unverzagt*. Ja, sie sei damals »klassenbewusst« gewesen, bekennt Wolf und schildert folgende Episode: Schon 1950, während des Studiums in Jena, habe sie Dienste als Wahlhelferin geleistet und gelernt, dass Wahlen zugunsten der SED manipuliert gehören, frei nach Johannes R. Becher: »Die Macht ist euch gegeben, dass ihr sie nie, nie mehr aus euren Händen gebt.« Trotz dieser Erfahrung ließ sich Christa Wolf noch ein zweites Mal einspannen: »Das war 1954, da gab es eine Wahl in West-Berlin. Die Mauer stand noch nicht, und wir wurden vom Schriftstellerverband als Wahlhelfer für die SED im Westen eingesetzt.« Im Gewerkschaftshaus Unter den Linden werden Wolf und eine Genossin mit Propagandamaterial ausgestattet – und gebrieft: »Lasst die Wahlhelferausweise nicht in die Hände des Klassenfeindes fallen.« Dann fahren sie nach West-Berlin, tappeln von Tür zu Tür eines Mietshauses, klingeln und stecken Wahlwerbung durch Briefschlitze. Als sie das Haus verlassen, erwartet sie bereits ein West-Berliner Polizist: »Na, dann kommen Sie mal mit.« Ein rotzfrecher Junge vor der Tür ruft Christa Wolf hinterher: »Kommunisten! Alle aufhängen!« Auf dem Polizeirevier stellt sich heraus, dass die Aktion offenbar illegal war: »ein Stempel fehle, das Material sei nicht legal«. Christa Wolf und ihre Kumpanin werden verhört, sogar eine Leibesvisitation wird angeordnet. »Dann wurden wir in der grünen Minna nach Moabit in die Untersuchungshaft gefahren.«

Das Leben der 25-jährigen Christa Wolf geht jetzt weiter wie in einem »Tatort«. Sie kommt vorübergehend in den Knast, wird zu vier Frauen in eine Sammelzelle gesperrt und hört sich deren Geschichten an. Alle handeln vom Klauen und Stehlen, derweil das Delikt von Christa Wolf (»Na, ich hab Flugblätter verteilt«) nur Unverständnis auslöst: »Ach politisch. So ein Quatsch!« Tags drauf wird die Schriftstellerin in eine Einzelzelle verlegt. »Jeden Tag wurde ich verhört. Die Wahlhelfer sollten durch die Untersuchungshaft aus dem Verkehr gezogen werden. Es herrschte Kalter Krieg!«, kommentiert Wolf rückblickend. Auf die Verhöre lässt sie sich nicht ein. »An mich kam man nicht heran. Ich war vollkommen überzeugte Kommunistin.« Nach einer Woche wird sie entlassen. Als sie sich bei der SED beschwert, »unter Vorspiegelung falscher Tatsachen nach Westberlin geschickt« worden zu sein, sei die Antwort nur gewesen: »Die Partei weiß, was sie tut.« Die Partei kam bei der Wahl zum Berliner Abgeordnetenhaus von 1954 übrigens auf sage und schreibe 2,7 Prozent.

Marc Reichwein

17

ALS ***BORIS PASTERNAK*** ZU SEINER ***HINRICHTUNG*** LUD

Im Mai 1956 reist ein junger Italiener nach Peredelkino in der Nähe von Moskau. Boris Pasternak ist gerade bei der Gartenarbeit. Den jungen Mann hat er noch nie gesehen. Und doch legt er sein Leben in dessen Hände.

Am 20. Mai 1956, einem lichten Sonntag, bestieg der junge italienische Kommunist Sergio D'Angelo, angestellt bei »Radio Moskau«, die Metro und fuhr nach Peredelkino hinaus. Die Schriftstellerkolonie lag eine halbe Stunde von Moskau entfernt, das Idyll allerdings täuschte. Zwischen den schönen Holzhäusern und Datschen, unter den Zedern und Zirbelkiefern gingen Gespenster um. Isaak Babel etwa, zwei Jahre zuvor rehabilitiert, war hier verhaftet und ein Jahr (manche sagen: zwei Jahre) später in Moskau hingerichtet worden. Außer Gespenstern gingen in Peredelkino Spione und Denunzianten um. D'Angelo, im Nebenberuf Scout für Giangiacomo Felitrinellis eben gegründeten Mailänder Feltrinelli-Verlag, suchte und fand die Uliza Pawlenko und schließlich auch das schöne Holzhaus Boris Pasternaks, zweistöckig, braun gestrichen, zugleich gediegen und modern. Pasternak habe, das hatte D'Angelo einer Pressemeldung entnommen, einen Roman fertiggestellt. Darüber hinaus wusste D'Angelo fast nichts.

Der unverwechselbare Dichter – von dem eine Lyrikerin einmal behauptet hat, er sähe aus wie ein Araber *und* sein Pferd – trug an diesem Sonntag Gummistiefel. D'Angelo überraschte ihn bei der Gartenarbeit. Die beiden hatten sich noch nie gesehen, ins Gespräch aber kamen sie trotzdem, und irgendwann, während sie zwischen Tannen und Kiefern auf Boris Pasternaks Holzbänken saßen, kam *Doktor Schiwago* in die Welt – zumindest ging er in diesem Augenblick auf seine lange Reise. Pasternak entschied sich in diesem stillen Moment. Er setzte alles auf eine Karte. Denn Hoffnung, dass sein Roman je in der Sowjetunion würde erscheinen können, hatte er nicht (der Tenor von *Doktor Schiwago* laute, so schrieb es später ein systemtreuer Kommunist, dass die Oktoberrevolution »dem Volk nichts als Leiden gebracht habe«).

Die folgende Szene haben Peter Finn und Petra Covée in ihrem fabelhaften Buch *Die Affäre Schiwago* beschrieben: Pasternak ging ins Haus und tauchte wenig später mit einem in Zeitungspapier gewickelten Päckchen wieder auf. Darin befand sich ein 433 Seiten starkes Manuskript, eng mit Schreibmaschine beschrieben, mit handschriftlichen Korrekturen übersät und mit einer durch grobe Löcher gefädelten Schnur gebunden. »Das ist *Doktor Schiwago*«, sagte Pasternak. »Möge der Text um die Welt gehen.« Eine Weile später geleitete er Sergio D'Angelo zum Gartentor und verabschiedete sich mit den

Worten: »Hiermit sind sie zu meiner Hinrichtung eingeladen.«

Es kam, Gott sei Dank, anders. *Doktor Schiwago* landete nur wenige Tage später in Berlin-Schönefeld, und weil Giangiacomo Feltrinelli in Mailand neben dem Manuskript auch ein Kassiber erreichte, in dem Pasternak ankündigte, fortan nur auf Französisch mit Feltrinelli zu korrespondieren, wusste der Verleger auch einen auf Russisch verfassten Brief zu deuten, in dem Pasternak seinen Roman zurückzog. 1957 wurde *Doktor Schiwago* im freien Westen publiziert; ein Jahr später fand er sogar seinen Weg nach Peredelkino, wo Boris Pasternak gewiss immer noch Gummistiefel trug. »Ihre schöne russische Ausgabe ist voller Druckfehler«, schrieb er bedauernd an Feltrinelli; der aber konnte gar nichts dafür. Denn die russischen Exemplare hatte die CIA gedruckt. Den Literaturnobelpreis lehnte Pasternak notgedrungen ab. In Moskau aber, nur eine halbe Stunde von Peredelkino entfernt, soll Nikita Chruschtschow den Sekretär des Schriftstellerverbandes am Kragen gepackt und heftig geschüttelt haben.

Wieland Freund

18

ALS *BALZAC* DEN GESANG DES *BENGALI-VOGELS* HÖRTE

Im November 1831 hat Honoré de Balzac Fernweh. Also beschließt er, die Insel Java im damaligen Niederländisch-Indien zu erkunden. Die dortigen Krokodile haben es dem Schriftsteller besonders angetan.

Im November 1831 packte Honoré de Balzac bei einem Besuch in der heimischen Touraine das Fernweh: Zur Abhilfe beschloss er umgehend, die Insel Java im damaligen Niederländisch-Indien zu bereisen. In Bordeaux ging Balzac an Bord eines Dampfschiffs und nahm nur einen Anzug, einige Rasiermesser, sechs Hemden und leichtes Gepäck mit: »Ich hatte begriffen, dass das Leben überall gleich sein muss und dass ich umso besser reisen würde, je weniger Plunder ich mitnähme.«

Auf Java angekommen, lernte Balzac, dass dort die Frauen »ganz versessen auf Europäer« – und unvorstellbar eifersüchtig sind. Viele Javanerinnen hatten mehrere Male geheiratet – und waren ebenso oft Witwe geworden. In der Kunst des Giftmischens kannten sie sich aus. Balzac entkam diesem Schicksal, »seine Javanerin« starb, bevor sie eifersüchtig wurde. Lange nach der Heimkehr erinnerte sich Balzac immer noch an den Morgen nach ihrer Hochzeitsnacht, als er zum ersten Mal den betörenden Gesang des Bengali-Vogels hörte, »der das Delirium meines allerliebsten Erwachens steigerte«. Verzückt erlebte Honoré de Balzac auf Java eine »Schwelgerei der Seele und Poesie«, mit der sich, wie er schrieb, in Europa weder die Madonnen Raffaels noch die Harmonien Rossinis messen konnten. Im Orient gab es nur wenige Schriftsteller: »Man ruht dort so sehr in sich selbst, dass man sich anderen nicht mehr mitteilen möchte.«

Der Schriftsteller, der sich mit seiner *Comédie humaine* über die französische Gesellschaft später unsterblich machte, brannte darauf, seinen Landsleuten von seinen Abenteuern in der exotischen Menschen- und Tierwelt zu berichten. Auf Java konnten zum Tode Verurteilte sich retten, wenn sie mithilfe des »Kris«, des heimischen Eisendolchs, einen Tiger besiegten, Amokläufe waren Routine. Überall auf der Insel hatte der Schrecken, wie Balzac notierte, auch seine »poetischen Seiten«. Fasziniert war er, der sich selbst als »Ignoranten in der Naturkunde« bezeichnete, von den Affen und den Krokodilen, die im Alltag der Javaner eine wichtige Rolle spielten. Dem Drang zur Vermenschlichung konnte Balzac sich dabei nicht entziehen. Voller Mitleid beobachtete er verwundete alte Affen, die sich auf Stöcken mühsam dahinschleppten – »wie unsere Invaliden, die am Quai Bourbon hinziehen«. Als ihm die »gefahrvolle Ehre« zuteilwurde, die Krokodile, diese »schrecklichen

Tiere«, auf einer Farm zu besuchen, wurde er an einen aufgebrachten menschlichen Mob erinnert: »Ihre schuppigen Panzer, ihre gelben und verdreckten Bäuche sehen aus wie die Klamotten aufständischer Rebellen. Es fehlt ihnen nur noch eine rote Mütze, und schon werden sie zum Symbol des Jahres 1793.« Auf Java dachte Balzac an Frankreich, wieder daheim, dachte er an Java: »In den schweren Stunden meines Lebens, wenn ich mir einen hohen und herrlichen Feiertag schenken will, versetze ich mich in meiner Erinnerung zurück in die zehn Monate, die ich auf Java verbracht habe.«

Die »Reise von Paris nach Java« gehört, zusammen mit einem vierteiligen Artikel »China und die Chinesen«, zu den »voyages imaginaires« Balzacs, die auf Deutsch unter dem Titel *Traumreisen* erschienen sind. Im Original 1832 bzw. 1842 publiziert, handelt es sich um amüsante *petitesses* im Riesenwerk Balzacs. Montesquieus *Perserbriefe* standen dabei Pate für die Absicht, in exotischer Tarnung die französische Tagespolitik und »die Hölle unserer Pariser Zivilisation« bloßzustellen. Balzac war nie auf Java.

Wolf Lepenies

19

ALS *DÜRRENMATT* EIN *HOTEL* ABBRENNEN LIESS

Neudeutsch würde man sagen: spooky!
In Romangedanken setzt Friedrich Dürrenmatt 1989 ein Grandhotel in Flammen. Dann brennt das Kurhaus in Vulpera wirklich ab. Sofort eilt der Täter zum Ort des Geschehens.

Zufrieden sitzt er an seinem Schreibtisch im westschweizerischen Neuenburg, zufrieden darüber, dass er an diesem 19. April 1989 soeben seinen Roman *Durcheinandertal* vollendet hat. Friedrich Dürrenmatt reibt sich die Hände, weiß, dass er mit diesem tollkühnen Buch der Leserschaft und der Kritik mal wieder eine harte, nicht leicht zu knackende Nuss mit auf den Weg gegeben hat. Ein wahrhaft furioses Ensemble von dubiosen Figuren hat er sich da ausgedacht, kriminelle Gestalten, die zur Winterszeit in einem Nobelhotel allerlei Unheil anrichten. Zum Ärger der Dorfbevölkerung, die mithilfe der Feuerwehr dem Spuk ein Ende bereitet und das Hotel bis auf seine Grundmauern in Schutt und Asche legt: »Das Kurhaus begann in sich zusammenzubrechen, die Bauern und Weiber stoben auseinander, Lustenwyler, der Polizist, raste in einem Jeep herbei, aber offenbar stockbetrunken, war er über das Steuer gesunken und fuhr durch das Portal, das über ihm zusammenstürzte, und die Dependance, von der Feuerglut erfasst, die sie durch den unterirdischen Verbindungsgang ansog, loderte auf, eine einzige Flamme.«

Als Vorbild für dieses Kurhaus diente Dürrenmatt in erster Linie das 1897 eröffnete Grandhotel »Waldhaus« im Engadin-Ort Vulpera. Der mit allen Schikanen ausgestattete Prachtbau beherbergte über Jahrzehnte hinweg namhafte Künstler, Wissenschaftler, Politiker, indische Fürstinnen und niederländische Königinnen, die sowohl nach Champagner als auch nach dem Linderung versprechenden Heilwasser des Ortes lechzten. Dürrenmatt besuchte das Waldhaus erstmals 1957. Mehrfach kehrte er in der Folge dorthin zurück, auch in Begleitung seines Kollegen Max Frisch; im Spätsommer 1959 weilte er ganze vier Wochen zur Kur – ohne nennenswerte Erfolge.

Im Frühjahr 1989 jedoch wartet er auf die Publikation von *Durcheinandertal*, die sein Hausverlag Diogenes für den Herbst vorsieht – nicht ahnend, dass die Wirklichkeit geneigt scheint, sich die fiktionale Zündelei zu eigen zu machen. Wenige Wochen später, genauer: am 27. Mai 1989, geschieht das Unglaubliche, sieht alles danach aus, als sei Dürrenmatts Prosa, noch ehe sie das Licht der Öffentlichkeit erblickt, unheilvolle Realität geworden: Trotz sofortigen Eingreifens der um 5 Uhr alarmierten Feuerwehr brennt das unter Denkmalschutz stehende Waldhaus vollständig aus. Die Gebäudeversicherung Graubünden resümiert das Ereignis in ihrem

Jahresbericht lapidar: »Totalschaden Hotel Waldhaus (Brandstiftung), Schadenssumme: 23 Mio. Fr.« Die Täter sind bis heute nicht gefasst; an einen Wiederaufbau ist nicht zu denken. Als Dürrenmatt von der Katastrophe hört, eilt er zusammen mit seiner Frau Charlotte Kerr – »wie ein Täter, der einem inneren Zwang folgend an den Ort der Tat zurückkehrt« (Ulrich Weber) – nach Vulpera, um sich das Desaster anzusehen.

Sein Fazit fällt beklemmend aus: »Wir betraten die Ruine durch einen Nebeneingang. In der eingestürzten Halle ein nacktes Eisengebälk, rot, ausgeglüht, welches die Decke getragen hatte, überall Schutt, die breite Treppe, zum Teil unversehrt, führte ins Leere hinauf, ein Gewirr verbogener Leitungsrohre, Radiatoren, durch einen eingebrochenen Fußboden ahnte man im Keller ein Durcheinander von Eisenstangen und zerborstenen Kesseln. Das ›Waldhaus‹ hatte seinen Dienst getan.« Ganz in sich versunken, verlässt Dürrenmatt das Engadin. So viel Wirkmächtigkeit hätte er – mag er, Charlottes Blick meidend, heimlich denken – seinem Spätwerk gar nicht zugetraut. *Durcheinandertal* bleibt sein letzter Roman.

Rainer Moritz

20
ALS *GRIMMELSHAUSEN* IN DEN *KRIEG* VERSCHLEPPT WURDE

Im Kriegswinter 1634/35 nähern sich Reiter der Festung Hanau. Auf dem zugefrorenen Wallgraben spielen Flüchtlingskinder. Die Kroaten entführen sie. Manche von ihnen kommen gegen Lösegeld frei – doch eine Waise löst niemand aus.

Die Reiter, die sich im Kriegswinter 1634/35 Hanau nähern, führen nichts Gutes im Schilde. So kalt ist es, dass die Kinzig zugefroren und der Festungsgraben von Eis bedeckt ist. Hier hat der schottische Generalmajor Jakob von Ramsay den Oberbefehl. Er steht in Diensten des protestantischen Schwedenkönigs. Stadt und Festung sind überfüllt mit Geflüchteten. Auch eine Waise ist unter ihnen.

Geflohen war der 12- oder 13-jährige Hans Jakob aus dem verwüsteten Gelnhausen, wo er, nachdem der Vater jung gestorben und die Mutter sich wiederverheiratet hatte, beim Großvater aufwuchs. Hans Jakob ist bei den Kindern, die sich aufs Eis auf dem Wallgraben wagen. Sie wollen Enge, Hunger und Elend für kurze Zeit entkommen, müssen nun aber noch Schlimmerem ins Auge sehen. Denn die Reiter unter Oberst Marco von Corpes, der später in Schillers *Wallenstein* einen Auftritt haben wird, ergreifen und verschleppen die Kinder ins nahe Büdingen, von wo aus die meisten zwar bald gegen ein Lösegeld ihrer Eltern den Rückweg antreten dürfen. Doch niemand löst eine Waise aus. So kommt Hans Jakob, den der Krieg bereits aus der großväterlichen Backstube vertrieben hatte, selbst in den Krieg. Er bleibt bei den Reitern, Kroaten im Dienst der Kaiserlichen. Der Krieg wird ihn bis zum Friedensschluss 1648 – und darüber hinaus – nicht mehr hergeben. Ein fürchterliches Schicksal, ohne Frage. Zu Recht verurteilen bis heute Normaldenkende militärische Gewalt gegen Kinder und Jugendliche ohne Wenn und Aber – ganz unabhängig von Kriegszielen. Dass Hans Jakob, wäre er nicht »unter die Reiter« gekommen, nicht der geworden wäre, der er wurde, ist aber auch klar. Es wäre ein Schaden gewesen, für die Literatur, aber auch für den Jungen, der auf den Nachnamen Grimmelshausen hörte und mit seinen Büchern, publiziert unter anagrammatischen Pseudonymen wie Melchior Sternfels von Fuchshaim oder Illiteratus Ignorantius Idiota, zum ersten deutschen Bestsellerautor wurde.

Hans Jakob von Grimmelshausen hat uns mit seinem *Abenteuerlichen Simplicissimus Teutsch*, erschienen 1688 unter dem Namen German Schleifheim von Sulsfort, den noch Goethe für eine historische Person hielt, etwas Großes hinterlassen. Nämlich »wahrhaftigere Bilder aus der deutschen Vergangenheit«, so hat es Hans Magnus Enzensberger formuliert, »als alles, was Gustav

Freytag und Felix Dahn uns beschert haben, ja als der ganze Ploetz von vorn bis hinten: nicht Rekonstruktion, sondern Anschauung ohne Hinterabsicht, und Zeugenschaft von unten.«

Den Krieg zu überleben war die eine Voraussetzung dafür, die andere war Bildung. Die, so mutmaßen es Heiner Boehncke und Hans Sarkowicz in ihrer hinreißenden Grimmelshausen-Biographie, stammte auch aus den Büchern, die Hans Jakobs Stiefgroßvater, ein Frankfurter Buchhändler, verlegte. Überleben, das war eine andere Schule. Ob Hans Jakob wie sein pikaresker Held bei den Kroaten auch das »Fouragieren« lernte, wissen wir nicht. Dass es heute als Kriegsverbrechen gelten würde, ist gewiss, bestand es doch darin, dass man »auf die Dörfer ausschwärmt, um zu dreschen, zu mahlen, zu backen, zu stehlen und zu nehmen, was man findet, auch um die Bauern zu quälen und zu ruinieren und sogar ihre Mägde, Frauen und Töchter zu schänden«!

Simplicius verlässt den Oberst Corpes, der immer lachte, »wenn ihm jemand eine Laus von der Jacke las«, irgendwann still und heimlich, wirbelt weiter im Strudel des Dreißigjährigen Krieges herum. Sein Autor könnte sich unter denen gefunden haben, die hessische Truppen am 12. März 1635 den Kroaten abnahmen. Ihr Obristleutnant jedenfalls berichtete nach Kassel: »Ich habe der deibischen jungen 10 und 4 kerls noch alhir sitzen, sie kosten mir mehr als die deibe wehrt sein.«

Mladen Gladić

21
ALS ***HEMINGWAY*** GLEICH ZWEI ***FLUGZEUGABSTÜRZE*** ÜBERLEBTE

1953 reist Ernest Hemingway mit Mary, seiner vierten Frau, nach Afrika. Bei einem Rundflug in Uganda stürzt die Propellermaschine ab. Tags drauf geschieht noch ein Flugzeugunglück. Wieder an Bord: der Schriftsteller.

Von Frankreich aus reisen Ernest Hemingway und seine Frau Mary im August 1953 zu einer mehrmonatigen Safari nach Ostafrika. Zuvor haben sie im Juli das Bullenrennen der Sanfermines in Pamplona besucht, das Spektakel wird zu einem heiligen Termin im Kalender des amerikanischen Schriftstellers. Am 23. Januar 1954 gerät die gemietete Cessna mit dem Ehepaar Hemingway an Bord im Nordwesten Ugandas ins Trudeln. Bei Murchison Falls, einem Bergsturz am Viktoria-Nil, der auf dem Landweg schwer zu erreichen ist. Zuvor haben die Hemingways einige Runden über dem Wasserfall gedreht, der 42 Meter in die Tiefe stürzt.

Fünf Kilometer flussabwärts vom Katarakt kracht der einmotorige Propellerflieger dann mit einer Bruchlandung zu Boden. Am nächsten Tag will das verletzte Ehepaar von Butiaba nach Entebbe zurückkehren. Doch diesmal fängt ihr Flugzeug, eine britische De Havilland Dragon Rapide, beim Abflug Feuer. Der Pilot Reginald Cartwright und Miss Mary, die beide vorne sitzen, winden sich flink aus dem zweimotorigen Doppeldecker. Doch bei Ernest, der auf der Rückbank kauert, klemmt die Hintertür. Mit Schulter und Schädel als Rammbock findet schließlich auch der Schriftsteller nach draußen. Die Nachrichtenagentur United Press schickt am 24. Januar 1954 eine Eilmeldung samt Foto um den Globus. »Kampala, Uganda, Afrika: Der bärtige Pulitzer-Gewinner, der Autor Ernest Hemingway, und seine Frau sind vermutlich bei einem Crash mit ihrem gecharterten Flugzeug im Urwald von Uganda ums Leben gekommen. Ein Flieger, der die Unglücksstelle überflog, konnte kein Lebenszeichen ausmachen.« Die Hemingways jedoch haben beide Flugunglücke überlebt, die Verletzungen allerdings sind verheerend, besonders bei Ernest. Der Schriftsteller erleidet eine schwere Gehirnerschütterung, die Schulter wird ausgekugelt, dazu kommen Darmquetschungen, ein Nierenriss und die Verletzung der Leber. Schmerzvoll sind die Verbrennungen an Beinen, am Bauch, am rechten Unterarm und am Kopf.

Zeitungen in den USA drucken, meist riesig auf der Titelseite, Meldungen vom Tod des Schriftstellers. Und Ernest Hemingway darf im fernen Afrika seinen eigenen Nachruf lesen. Trotz seiner Verletzungen trägt der Autor sein Schicksal mit Galgenhumor. »Die schlimmste Explosion war die, als die Carlsberg Bierflaschen hochgingen, der Grand Macnish Scotch machte auch einen gehörigen Krach, aber am lautesten explodierte der Gordon's Gin«, so schildert er es seinem Freund A. E. Hotchner für die Biographie *Papa Hemingway*, die 1966 erschien. Seine gute Laune hat Hemingway nicht verloren, doch tatsächlich leidet er unter höllischen Schmerzen. Die Unfälle beeinträchtigen sein Seh- und Hörvermögen, es fällt ihm schwer, sich zu konzentrieren, und auch das Schreiben bereitet ihm Mühe. Der Abenteurer wirkt nicht mehr so kernig wie früher.

Er ist erst Mitte fünfzig und doch schon ein alter Mann. Sein Körper ist gezeichnet, zudem hat ihn der Alkohol zerfressen und die Schwermut. »Warum habe ich so viele Tiere getötet«, fragt er selbstkritisch seinen Schwarm Ava Gardner, die Hollywood-Schönheit. »Vielleicht war es nicht richtig, die Tiere zu töten. Aber wenn ich sie nicht getötet hätte, hätte ich mich wahrscheinlich selber getötet.« Sieben Jahre später, er hat seit fast einem Jahrzehnt kein Buch mehr veröffentlicht, jagt der Großwildjäger seinen letzten Löwen. Am 2. Juli 1961 erschießt sich Ernest Hemingway im Vestibül seines Hauses in Ketchum, in den Ausläufern der Rocky Mountains, an einem Sonntag.

Wolfgang Stock

22 ALS *SCHILLER* AUS *STUTTGART* FLÜCHTETE

Am Abend des 22. September 1782 nähert sich eine Kutsche dem Esslinger Tor. Ein Dr. Ritter will Stuttgart verlassen. Sein richtiger Name: Friedrich Schiller. Die Geschichte einer abenteuerlichen Flucht.

Es war wohl die spektakulärste Insubordination der deutschen Literaturgeschichte. Am Abend des 22. September 1782 verlässt Dr. Ritter, begleitet von Dr. Wolf, klammheimlich die Stadt Stuttgart. Der Wagen der beiden Herren, in dem sich auch zwei schwere Koffer und ein kleines Klavier befinden, rumpelt durch das Esslinger Tor. Es ist zu dieser späten Stunde schon geschlossen. Aber der wachhabende Offizier weiß Bescheid. Er lässt die beiden anstandslos passieren. Die Chaussee ist frei. Schnell nimmt der Wagen Fahrt auf. Schon sehen die beiden Männer links von Ludwigsburg das illuminierte Schloss Solitude gleißen. Hier steigt mit einem Fest für jene württembergische Prinzessin, die bald den russischen Zarenthron besteigen wird, die letzte große höfische Ausschweifung des Landesvaters Karl Eugen.

Das beschäftigt alle gesellschaftlichen Stützen des Herzogtums so sehr, dass unbotmäßige Landeskinder ungehindert Reißaus nehmen können. Dr. Ritter blickt noch einmal zurück im Zorn, sieht das Lichtermeer und gibt, auf einmal gar nicht mehr wütend, eher ein wenig wehmütig die Worte von sich: »Meine Mutter!« – und entschwindet.

So hat uns die Szene jener Dr. Wolf überliefert, hinter dem sich der nachmalige Wiener Klavierbauer Andreas Streicher verbirgt, ein zwei Jahre jüngerer Bewunderer des Dr. Ritter, der natürlich kein anderer als Friedrich Schiller ist. Streicher, mit dem sich Schiller offenbar nur angefreundet hat, um ihn als Fluchtgehilfen zu gebrauchen, ist dem Kultautor, dessen *Räuber* im Januar desselben Jahres in Mannheim Furore gemacht haben, so ergeben, dass er nicht nur seine eigenen beruflichen Pläne hintanstellt. Er streckt dem bewunderten Dichter auch Geld vor und begleitet ihn treu und brav auf der Odyssee, die ihn jetzt erwartet. Denn in Mannheim, wohin die beiden streben, läuft erst einmal alles schief. Doch das ist wieder eine andere Geschichte.

Kommen wir zurück zu Schillers Stoßseufzer. In ihm bündelt sich sein schlechtes Gewissen, hervorgerufen durch mehrfachen Loyalitätsbruch, dessen Leidtragende vor allem seine Mutter ist, die er in den Fluchtplan einweihte. Das bedeutete, dass sie ihrem Mann verheimlichen musste, was sich anbahnte, damit er bei seinem Soldatenehrenwort würde schwören können, er habe vom Entweichen seines Sohns nichts gewusst.

Denn dieses Ehrenwort würde er geben müssen, wenn die Untersuchung erst in Gang käme. Und die war so sicher wie das Amen in der Kirche. Denn der Regimentsarzt Friedrich Schiller hatte sich in hohem Maß der Insubordination schuldig gemacht. Sein Herzog hatte ihm ausdrücklich jeden Verkehr mit dem »Ausland« untersagt (und dazu zählte das kurpfälzische Mannheim ebenso wie die nächstgelegene freie Reichsstadt). Er hatte ihm auch jegliches Schreiben verboten, sofern es nicht mit Medizin zu tun hatte. Dazu gedroht, er werde seinen Vater bei Zuwiderhandlung um Lohn und Brot bringen. Ja, der Herzog vermochte viel! Im Schlechten wie im Guten. Hatte er doch Friedrichs gesamte Ausbildung finanziert und ihn zum Lieblingszögling seiner Karlsakademie gemacht. Ohne diese Nähe zur Macht hätte Schiller nie die höfische Satire *Kabale und Liebe* schreiben können. Was er unmittelbar nach seiner letzten Unterredung mit Karl Eugen im Juni zu tun begonnen hatte. Noch eine andere Geschichte!

Doch die eigentliche Geschichte, die sich hinter Schillers Flucht vom 22. September verbirgt, ist eine andere. Mit Schillers Flucht erwacht sein Produktionsegoismus, sein unbedingter Wille, sich als Schriftsteller durchzusetzen gegen alle Abhängigkeiten und Verpflichtungen. Es fiel ihm schwer. Aber es musste sein. Wer Großes schaffen will, muss Grenzen überschreiten. Die Landesgrenzen sind erst der Anfang.

Tilman Krause

23

ALS *BORGES* EINEN *TIGER* STREICHELTE

Im Werk von Jorge Luis Borges tummeln sich Tiere so magisch wie Bücher. Elektrisiert horcht der alte, längst blinde Schriftsteller auf, als ihm seine Frau berichtet, dass nahe Buenos Aires ein Streichelzoo existiert. Nichts wie hin.

Als die Erzählungen von Jorge Luis Borges Anfang der 1960er Jahre in Europa und den USA erscheinen, erweitert sich die Topographie der Weltliteratur. Argentinien und vor allem Buenos Aires werden zu mythischen Orten, südamerikanische Autoren wie Vargas Llosa und García Márquez stürmen die Bestenlisten, gewinnen Nobelpreise und revolutionieren die Darstellung der Wirklichkeit. Europa staunt und antwortet erfolgreich: Umberto Ecos Roman *Der Name der Rose* (1980), in dem der finstere Mönch Jorge von Burgos überdeutlich auf wen wohl? anspielt, verkauft sich millionenfach.

Borges, aus einer literaturbesessenen Familie stammend, polyglott und belesen wie kaum ein anderer, nutzte die Überlieferungen von Jahrhunderten für seine Textwelten, die vorzugsweise von Büchern und Ideen handeln. Über ihn zu schreiben bedeutet zu wissen, dass der entstehende Text längst in einer Borges-Geschichte zuhause ist. *Die Bibliothek von Babel* (1941) schildert einen unendlichen Bücher-Kosmos, der alles enthält, was jemals aus 22 Buchstaben und drei Satzzeichen entstand und entstehen wird, also auch diese Sätze. Irgendwo stehen sie in einem der Bücher, die die Regale der göttlichen Bibliothek füllen, irgendwo auch eine zweite Version, der einzig das Wort »einzig« fehlt usw. usw. *Imagine!* Wer Borges, dem einstigen Direktor der argentinischen Nationalbibliothek, in diesen Kerker folgt, erkennt, dass wir auf sprachlichen Zwangspfaden umherirren und kein Außen erreichen. Dabei existiert sie doch, die sprachlose Welt, und was tut ein Schriftsteller anderes, als ihr in seiner Sprache zu huldigen! Borges' Geschichten tummeln sich im Grenzgebiet zwischen Tatsachen und Phantasmen, weshalb sie als Gründungstexte des »Magischen Realismus« gelten. Eine ihrer Lieblingsfiguren ist der Tiger. Verglichen mit dem bengalischen Menschentöter, der durch den Dschungel schleicht und nichts von Worten weiß, scheint die Kraft der Literatur gering (was Jorge Luis Borges freilich nicht zugeben würde).

Eines Tages berichtet ihm seine Frau Maria Kodama, dass nahe Buenos Aires ein privater Zoo existiert, dessen Besitzer Jorge Cutini die Tiger nicht in Käfigen, sondern auf großen, umzäunten Arealen hält, wo sie an die Gegenwart von Menschen gewöhnt sind und quasi mit ihnen leben. Umgehend bittet der Dichter um Einlass. Er ist über achtzig, der angesehenste Autor des Landes und wird mit Freude empfangen. Ein Foto dokumentiert die surreale Szene: Auf einer Parkbank hockt links Cutini, neben ihm sitzt der elegant gekleidete und entspannt wirkende alte Herr, die Hände auf den Griff seines Stocks gelegt, und lächelt in Richtung des Tigers, der die Pranken auf die Bank stützt. Seit langem blind, kann der Dichter das Tier nicht sehen, wohl aber riechen und seine machtvolle Nähe spüren. Ein weiteres Foto zeigt, wie seine Hand den Rücken des Tigers berührt, vielleicht streichelt. Ist dies die wahre Begegnung mit dem Außen? In einem kurzen Bericht mit dem Titel »Mein letzter Tiger« erwähnt Borges, dass der Tiger ihm die Wange leckte und seine Klaue auf das Menschenhaupt legte. Muss man blind sein für solchen Mut? Oder nur alt? »Zeit ist ein Tiger, der mich zerreißt, doch ich bin der Tiger; sie ist ein Feuer, das mich verzehrt, aber ich bin das Feuer. Die Welt ist – unseligerweise – wirklich; ich – unseligerweise – bin Borges.«

Gisela Trahms

24
ALS DIE ***SCHWESTERN BRONTË*** DEN ***WELTUNTERGANG*** ERLEBTEN

Es ist der 2. September 1824 und im Moor Yorkshires kommt es zu einem raren Naturphänomen: Plötzlich stürzt sich eine Schlammlawine talabwärts. Mittendrin und in höchster Gefahr: die Kinder des Pfarrers Brontë.

Nach Tagen heftigen Regens hatte es aufgeklart, und der Pfarrer von Haworth hatte die Gelegenheit genutzt und seine ewig kränkelnden Jüngsten mit einer Bediensteten an die Luft geschickt. Jetzt aber, am Donnerstag, den 2. September 1824 gegen 18 Uhr, bekam er es mit der Angst. Die Kinder waren noch immer nicht zurück, und der Himmel über dem Moor wurde gefährlich schwarz. Von Ferne drohte der Donner, Blitze fingerten nach den Hügeln Yorkshires. Der Regen fiel in dicken Tropfen. Im Pfarrhaus war es plötzlich schrecklich still, und

Patrick Brontë eilte ins obere Stockwerk. Über den Friedhof hinweg, dessen Grabsteine noch heute wie Wellen ans Ufer des Pfarrhauses branden, sah er aufs dunkle Moor. »Die Wolken«, so beschrieb er es, waren in diesem Augenblick »kupferfarben«.

Dann hörte er in der Ferne etwas, das er später als Explosion beschrieb, und das Zimmer bebte. Patrick Brontë, 47 Jahre alt, seit drei Jahren Witwer und Vater von sechs Kindern, von denen sich jetzt drei dort draußen im Sturm befanden, spürte die Ankunft des Jüngsten Tags. Und tatsächlich ist seine Welt mehr als einmal untergegangen: Nicht ein einziges seiner Kinder hat ihn überlebt. Doch an diesem Tag, als er in den Sturm hinauslief, um die Kleinen zu suchen, irrte er. Der Krach, den er gehört hatte, war kein von Gott gesandtes Erdbeben gewesen, keiner jener, wie er gut eine Woche später predigte, »feierlichen Vorboten jenes letzten und größten Tags«. Stattdessen war es oben auf Crow Hill zu einem Murgang gekommen. Eine Schlammlawine, die sich Berichten zufolge teils zwei Meter hoch auftürmte, wälzte sich ins Tal. Aber vielleicht hatte ja auch sie sich gelöst, um »die Sünder vom Irrtum ihrer Wege abzubringen«, wie Patrick Brontë, der nicht nur Predigten, sondern auch scheußliche Gedichte schrieb, nachher auf der Kanzel formulierte.

Soweit es sich rekonstruieren lässt, trieb die Schlammlawine Branwell Brontë (sieben Jahre alt), Emily Brontë (sechs), Anne Brontë (vier) und die Hausangestellte Sarah Garrs (18) tiefer ins Tal. Ein Zeitungsbericht spricht nicht nur von Schlamm-, sondern auch von gewaltigen Wassermassen und mächtigen Findlingen, die die Naturgewalt um mehr als eine Meile versetzte. Das alles drückte, Brücken und Stege mit sich reißend, talwärts, auf das

Dorf Ponden zu, wo die Mühle mit den Wassermassen nicht mehr fertig wurde und ein ganzes Feld im Schlamm versank. Und in der Zeitung ist auch von Warnrufen die Rede, so dass »die Leben einiger Kinder, die sonst davongespült worden wären, gerettet wurden«. Ob damit die Brontë-Kinder gemeint waren? Branwell, Emily, Anne und die kaum erwachsene Sarah Garrs jedenfalls retteten sich nach Ponden Hall, auf das Gelände eines bleigrauen, nicht besonders imposanten Herrenhauses, wo der aufgelöste Patrick Brontë sie fand.

Noch wusste es keiner, aber Ponden Hall hatte an diesem 2. September 1824 seinen großen Verewigern Schutz gewährt. In Emilys Jahrhundertbuch *Sturmhöhe* kehrt das Haus teils als »Trushcross Grange« und teils als »Wuthering Heights« wieder, Anne wiederum machte in ihrem zweiten Roman *Wildfell Hall* daraus. Wo sich die Lawine ins Tal stürzte, kreuzt heute der Brontë-Spazierweg. Patrick Brontë ließ seine Predigt vom Weltuntergang übrigens drucken und für Sixpence vertreiben. Damals in Haworth hat sie offenbar mächtig Eindruck gemacht, auch wenn da schon wieder der übliche Wind die Hügel Yorkshires zauste. Emily Brontë, der wildesten Schwester, blieben noch 24 Jahre, diese Hügel auf die literarische Weltkarte zu setzen. Sarah Garrs aber, die stumm geholfen hat, die kleinen Brontës am Leben zu halten, starb erst am Ende des Jahrhunderts in Iowa.

Wieland Freund

25

ALS *JULES VERNE ACHTERBAHN* FUHR

Jules Verne, berühmt für seine Abenteuerromane, lässt sich auch im Sommerurlaub 1881 nicht lumpen. Mit 100 PS und Überlänge durchfährt der Franzose den Eiderkanal. Später testet er die erste dänische Achterbahn.

Natürlich hätte der Schriftsteller auch Hausbootferien daheim machen können, aber führerscheinfrei durch Frankreichs Kanäle, das ist etwas für deutsche Rentner des 21. Jahrhunderts. Nicht für Jules Verne. Was kühne Reiseziele und fantastische Fahrten angeht, war der Franzose, geboren 1828 in Nantes, seiner Zeit literarisch weit voraus. Mehr als hundert Jahre vor der Mondmission der NASA schoss er seine Helden *Von der Erde zum Mond* (1867). In seinen Büchern tourte man *In 80 Tagen um die Welt*. Man unternahm eine *Reise zum Mittelpunkt der Erde*, flog *Fünf Wochen im Ballon* oder tauchte mit Käpt'n Nemo *Zwanzigtausend Meilen unter dem Meer*. Verne war ein Vielschreiber, verfasste in seinem Leben mehr als hundert Romane und Erzählungen. Rasante Abenteuergeschichten für alle, die Raumkapseln ebenso wie Rennwagenunterseeboote mit Flügeln lieben.

Für Auszeiten vom Schreiben hatte sich der Erfolgsschriftsteller 1877 eine zweimastige Dampfsegelyacht zugelegt: Die »Saint-Michel« verfügte über eine »Maschine von fünfundzwanzig indizierten Pferdekräften, à dreihundert Meterkilogramm – gleich etwas über hundert effektive Pferdekräfte«. Das Boot fuhr neun bis neuneinhalb Knoten in der Stunde, bei Bedarf auch ohne Dampf und nur mit Segeln, bis zu acht Knoten schnell. Und erst die Ausstattung! Tropen-Jacaranda, Teak: Hier wurde geklotzt und nicht gekleckert. Ein gewisser Paul Verne war mit an Bord und führte über alles Protokoll, auch über die literarische Produktivität seines Bruders: »Viele glauben, er arbeite an Bord des Schiffes. Weit gefehlt! Er ruht hier nur aus und erholt sich während einiger Monate.«

Wohin aber geht die Reise? Ins Vergnügen! 1881, genau zehn Jahre nach der verheerenden Niederlage im Deutsch-Französischen Krieg, stoppen die Brüder Verne, diese frechen Franzosen, zuerst in Wilhelmshaven. Dort bestaunen sie, wie das Deutsche Kaiserreich mit französischen Reparationsgeldern ein militärisches Etablissement an der Nordsee errichtet. In Hamburg hören sie vom Eiderkanal (dem Vorläufer des Nord-Ostsee-Kanals): »Damit ersparen Sie sich die Reise um ganz Dänemark und gelangen durch wirklich reizende Landschaften am zweitfolgenden Tage in die Ostsee.« Die »Saint-Michel«, Vernes Stretch-Limousine zu Wasser, ist 36 Meter lang – reicht das für die Schleusenbecken des Eiderkanals? Hm. Die Frage wird vorab mal mit »Ja« und mal mit »Nein« beantwortet. Am Ende heißt es, der Kanal sei passierbar, wenn man bereit sei, den Bugspriet einzuholen. In

Rendsburg, einst dänisch und seit 1866 von den Preußen annektiert, ist es so weit. »Glücklicherweise brauchten wir die Galion am Vordersteven nicht zu opfern«, notiert Paul Verne. Bis Kiel folgen weitere sechs Schleusen. Die Stadt wird damals in großem Stil für die Kriegsmarine ausgebaut und hat gerade den französischen Konsul ausgewiesen, prophylaktisch, wegen Militärspionage. Von Kiel geht die Verne-Fahrt (die man im Büchlein *Jules Verne auf Eider und Kanal* von Frank Trende nachlesen kann) weiter nach Kopenhagen. Im Vergnügungspark Tivoli fahren die Brüder Verne Achterbahn, die aber noch nicht so heißt. Von einer »Rutschbahn mit drei abgerundeten Absätzen« schreibt Paul Verne in seinem Reisebericht, für ihn »ist die Gewalt der Fahrt so rapide, dass man jederzeit glaubt, der Waggon müsse aus dem Geleise springen, und dass man gern sofort noch sein Testament machte«. Paul Vernes Worte zum Kick der Achterbahn könnten auch eine Charakteristik der Bücher seines Bruders sein: »Der Leser glaubt vielleicht, dass man an einer solchen halsbrecherischen Fahrt genug habe. Fehlgeschlossen. Man beginnt sie mit Vergnügen von Neuem.«

Marc Reichwein

26

ALS ***KLAUS MANN*** IN SEIN ***ELTERNHAUS*** EINBRACH

Im Mai 1945 will der Sohn von Thomas Mann die Nazis vertreiben, die er in seinem Elternhaus vermutet. Doch als Klaus Mann in amerikanischer Uniform die Villa in München erreicht, ist das Haus verrammelt. Verwaist allerdings ist es nicht.

Klaus Mann freut sich schon. Und zwar aus doppeltem Grund: Als er mit seinem Fotografen John Tewksbury an diesem frühlingshaften 10. Mai 1945 – zwei Tage nach der deutschen Kapitulation – das unzerstört gebliebene Salzburg in Richtung München verlässt, ist er wirklich guter Laune. Schon bald wird er sein Elternhaus wiedersehen. Und da das nicht im Zentrum der bayerischen Metropole liegt, sondern ein wenig außerhalb, im vornehmen Herzogpark, geht er zuversichtlich davon aus, es heil vorzufinden. Wer mag darin jetzt wohnen?

Die beiden Männer, die als Mitarbeiter der amerikanischen Zeitschrift *Stars and Stripes* im Jeep über die

Reichsautobahn brausen, denken sich, dass in einem so hochherrschaftlichen Haus ja wohl nur dicke Nazis hausen können. Na, denen werden sie den Marsch blasen! »Wollen Herr Obersturmbannführer bitte zur Kenntnis nehmen, dass diese Villa rechtmäßiges Eigentum meines Vaters ist!«, nimmt Klaus Mann amüsiert vorweg, wie er die neuen Bewohner traktieren wird. »Herr Obersturmbannführer haben das Haus sogleich zu räumen. Ich gebe Herrn Obersturmbannführer zwei-ein-halb Minuten ...« Die beiden Männer reiben sich die Hände vor Vergnügen, wenn sie an den Auftritt denken, den sie den Nazi-Bonzen bereiten werden.

In München angelangt, trübt sich die Stimmung allerdings bald ein. Zu trostlos ist der Anblick der kaputten Stadt: »München ist tot. Die Stadt existiert nicht mehr. Was einmal als die schönste Stadt Deutschlands galt, hat sich in einen riesigen Friedhof verwandelt«, wird der Autor des Skandalromans *Mephisto* kurz darauf in einem seiner Korrespondentenberichte schreiben. Ein Glück, das Elternhaus in der Poschingerstraße steht noch. Aber das dreigeschossige Anwesen scheint unbewohnt, der Eingang ist verrammelt. Doch Klaus kennt sich ja aus. Von der Gartenseite aus reißt er die Bretter auseinander und steigt ein. Er kommt aus dem Staunen nicht heraus. Keine Möbel mehr, nur Trümmer. Und alles umgebaut, viel weniger großzügig als früher, spießig, eng. Auf einmal dringt ein verdächtiges Geräusch an sein Ohr. Da die Treppe auch futsch ist, muss er wieder hinaus in den Garten, blickt nach oben und traut seinen Augen nicht.

Tatsächlich steht da ein Mensch, eine junge Frau, und zwar ausgerechnet auf dem kleinen Balkon im zweiten Stock, auf den sein Zimmer ging. Von wegen Nazi-Bonzen! Es ist eine Ausgebombte, deren gesamte Familie einschließlich des Bräutigams im Krieg umgekommen ist. Auf seinem Balkon hat sie sich provisorisch eingerichtet. Klaus Mann erlässt der jungen Frau das Schauspiel, das er für die dicken Nazis, die er vorzufinden glaubte, eingeübt hat. Er wahrt überhaupt sein Inkognito. Lieber hört er dem zu, was die verhärmte Person, die ihn nicht anlächelt, sondern misstrauisch beäugt, erzählt. Sie scheint schon hier verkehrt zu haben, als man noch nicht unter freiem Himmel kampieren musste. Und sie kann dem Heimkehrer erklären, weshalb das Haus sich innen jetzt so anders darbietet: Es wurde für die Organisation »Lebensborn« genutzt! »Stramme Burschen von der SS waren hier einquartiert. No, und als Bullen oder Hengste sind's dann auch benützt worden, zwegen der Rasse, verstehen's«, gibt das Landeskind in reinstem Bajuwarisch dem Herrn in amerikanischer Uniform zu verstehen. Als Klaus Mann später darüber schreibt, verkneift er sich jeden Kommentar. Aber stramme Zuchtbullen in der Villa seines Vaters? Er wird sich bei diesem Besuch zumindest gedanklich doch noch amüsiert haben. Aber definitiv anders als gedacht.

Tilman Krause

27

ALS *JOSEPH CONRAD* EINEN SCHRECKLICHEN *JOB* ANTRAT

Er heuert als polnischer Flusskapitän an – und geht als englischer Erzähler von Bord. Was Joseph Conrad 1890 auf dem Kongo-Fluss erlebt, ist traumatisch. Er verarbeitet die kolonialen Verbrechen in einer Novelle.

Am 28. Juni 1890 bricht der polnische Kapitän Józef Teodor Nałęcz Konrad Korzeniowski von Matadi mit 31 Trägern und Helfern auf. Sie wollen nach Leopoldville, heute Kinshasa, das am Kongo oberhalb der Wasserfälle liegt. Ab dort ist der Fluss schiffbar, und auf den Kapitän, 33 Jahre alt, wartet ein Kommando. Seit zwei Wochen ist Korzeniowski vor Ort, er hat einen Vertrag über drei Jahre, seine Stimmung ist nicht gut, er hat Elfenbein in Fässer gepackt. »Idiotische Beschäftigung«, schreibt er in seinem erstmals auf Englisch geführten Tagebuch. Der Marsch zum Fluss ist beschwerlich, es geht 350 Kilometer bergauf und bergab. Die Tagesstrecken sind mal 20, mal 25 Kilometer lang. Am 3. Juli liegt die Leiche eines Schwarzen an der Straße, »grässlicher Geruch«. Am Tag darauf sieht Korzeniowski weitere Tote. Moskitos quälen ihn, die Nächte sind kalt, er schläft meist schlecht. Nach einer Woche ist er krank und muss pausieren.

Am 25. Juli gehen sie weiter, sein französischer Begleiter ist schwach, Gallenkolik und Fieber, er wird in der Hängematte getragen. Auf der Straße sehen sie ein Skelett, das an einem Pfosten hängt. Ein Staatsangestellter streitet sich mit den Trägern. »Stockschläge, die nur so niederprasselten.« Die Einträge im Tagebuch sind knapp und düster. Der Kongo ist erst vor einem Dutzend Jahren von Weißen erforscht worden. Das riesige Gebiet gehört seit 1885 privat dem belgischen König Leopold II., der es brutal ausbeuten lässt. Sklavenhandel und Grausamkeiten sind üblich. Inmitten der Hasardeure und von Gier getriebenen weißen Ausbeuter fühlt der Pole sich von Beginn an unwohl, er sehnt sich nach der See.

Am 1. August erreichen sie ihr vorläufiges Ziel, Leopoldville. Berüchtigt ist dort der Garten des Kapitäns der Sicherheitsabteilung der königlichen Unternehmen, er schmückt die Blumenrabatte mit 21 Köpfen von »Eingeborenen«. Er hat sie von einer Metzelei mitbringen lassen. Doch das Schiff ist kaputt. Stattdessen soll Korzeniowski auf dem Flussdampfer »Roi des Belges« unter dem Kommando eines jungen Dänen mitfahren. Vier Wochen schippern sie auf der »leeren Keksdose«, wie er später schreibt, den Fluss hinauf, 1500 Kilometer. Großenteils sind sie allein, nur umgeben von dichtem Urwald. Auch über das Unbehagen inmitten der fremden Ungewissheit wird er als Autor später berichten. Der außerplanmäßige Offizier führt ein Logbuch, das *Up-river Book*, penibel beschreibt er die Navigation und vermerkt

Wassertiefe, Sandbänke, Baumstämme. An Bord ist der Geschäftsführer, ein »Elfenbeinhändler mit niederem Instinkt«, der Engländer verabscheut. Korzeniowski will seinen Namen ändern und als Engländer auftreten, die Abneigung ist sofort gegenseitig.

Am 1. September erreichen sie Stanley Falls (Kisangani). Der Kapitän und Korzeniowski haben beide die Ruhr, dazu Fieber. Am 6. September schreibt ihm der verhasste Vorgesetzte, dass er auf der »Roi des Belges« das Kommando hat, bis es dem Dänen besser geht. Sie nehmen einen kranken französischen Passagier auf, Monsieur Klein, und fahren los. Die Rückreise stromabwärts dauert nur zwei Wochen. Nach einigen Tagen an Bord stirbt Klein und wird in einem Dorf begraben, seine letzten Worte sind nicht überliefert.

Kaum zurück, schickt die Firma ihn mit einem Kanu los, um Baumfällarbeiten zu überwachen. Korzeniowski bereut es bitter, in den Kongo gegangen zu sein, bezeichnet sich selbst als »weißen Sklaven«. Er erkrankt erneut schwer an Ruhr, fürchtet um sein Leben. Träger bringen ihn in der Hängematte den ganzen Weg zurück nach Matadi, Ende Januar 1891 ist er in London. Seine Kapitänszeit endet 1893, er wird als »J. Conrad Korzemowin« aus dem Dienst entlassen. Das Kongo-Erlebnis hinterlässt tiefe psychologische Spuren – und beeinträchtigt seine Gesundheit bis zu seinem Tode. 1899 erscheint eine Novelle, die von der katastrophalen Flussfahrt berichtet. Der Erzähler sucht und findet am Kongo einen legendenumwobenen Sklavenhändler namens Kurtz. Er nimmt ihn krank an Bord, wo er stirbt, die letzten Worte sind: »Das Grauen! Das Grauen!« Joseph Conrad nennt die albtraumhafte Geschichte, bis heute seine berühmteste, *Herz der Finsternis*.

Holger Kreitling

28

ALS ***KARL MAY*** EINMAL WIRKLICH IN DEN ***ORIENT*** FUHR

Der große Reiseschriftsteller war fast sechzig, als er zum ersten Mal auf eine große Reise ging. Karl May fuhr auf den Spuren von Kara Ben Nemsi in den Orient. Gut für seine Nerven war das nicht.

Am 4. April 1899 stach der deutsche Postdampfer »Preußen« von Genua aus Richtung Port Said in See. An Bord befand sich ein Mann, der sich wie kein zweiter auskannte in der arabischen Welt: auf Karawanenwegen durch die Wüste. Mit Kamelen, über Salzseen. Der reiten konnte wie der Teufel und 1200 Sprachen sprach. Hatte er jedenfalls immer wieder behauptet.

Der Mann, der sich als Reiseschriftsteller gerade auf dem Gipfel einer schwindelerregenden Bestsellerkarriere befand, war das Reisen nicht gerade gewohnt – Karl Friedrich May, bitterarmer Weber-Sohn aus Ernstthal im Erzgebirge, 57 Jahre alt. Arabien, Amerika, die ganze

Welt, die er bisher bereist, von der er für ein bald in die Millionen gehendes Publikum bisher erzählt hatte, hatte in seinem Kopf stattgefunden. Er hatte Reiseromane geschrieben, die es in beinahe jede bürgerliche Hausbibliothek schafften, seit sie 1892 zu erscheinen begannen. In Radebeul hatte er sie geschrieben. Daheim in Sachsen. Gereist war er nie. Karl May war nicht Kara Ben Nemsi. Das sollten aber alle glauben. Das glaubte er selbst immer mehr. Und jetzt stand er da, in Ägypten.

Von Not und Entbehrung und Sandsturm und Abenteuer konnte absehbar keine Rede sein. Karl May nächtigte in den feinsten Hotels. 50 000 Reichsmark betrug das Reisebudget. Seine Villa hatte nicht viel mehr gekostet. Einen Diener hatte er sich engagiert, Sejjid Omar hieß der. Den Baedeker hatte May, der sich in den Tausenden Briefen und Postkarten, mit denen er die Öffentlichkeit, die Zeitungen, den Hochadel über den Fortgang seiner Fahrten informierte, gern über die Baedeker-Touristen lustig machte, immer zur Hand. Und er hielt es nicht aus. Das Essen nicht, die Araber nicht, das Klima nicht. Die Orientreise des Mannes, der sich seine gesamte Biographie zusammengeschwindelt hatte, der überhaupt alles erschwindelt hatte, wurde zum Wendepunkt seines Lebens.

Gut anderthalb Jahre lang fuhr May in Schleifen herum. Je weiter er wegfuhr, desto mehr wurde er von seinem Leben eingeholt. Dass der kleine Sachse (1,66 Meter, schmächtig, Angst vor einem Schwinger von ihm musste keiner haben) unmöglich erlebt haben konnte, was er Kara Ben Nemsi und Old Shatterhand hatte erleben lassen, war als Gerücht schon länger im Umlauf. Er hatte geschickt vertuscht, dass er wegen Diebstahls (Kerzen, Uhren, Zigarettenspitzen, ein Pferd) und Betrugs (er als erfundener Polizeileutnant, der angebliches Falschgeld einzog) für Jahre eingesessen hatte. Da, vor allem in der Gefängnisbibliothek von Schloss Oberstein, war er Schriftsteller geworden, Realienerfinder.

Jetzt macht die Realität ihn krank. Das Essen, der Schmutz, das Klima, der Literaturskandal, der alles ans Licht zerrt aus seiner Biographie und dessen Echo ihn in Ägypten einholt und unter Mays Lesern den ersten Shitstorm der deutschen Literaturgeschichte zur Folge hat. Seine Ehe zerbröselt. May bricht auseinander. Erleidet Nervenzusammenbrüche. Steht kurz vor der Einweisung in die Psychiatrie. Verweigert die Nahrung. Eines Nachts begegnet ihm, dem jeder Küchenpsychologe eine multiple Persönlichkeit attestieren kann, Friedrich Schiller. Steht hinter ihm. Diktiert ihm ein Gedicht.

Daheim beginnt ein unendlicher Prozess. Gegen die *Frankfurter Zeitung*. Gegen seine Frau. May weiß, dass er nicht mehr weiter schreiben kann wie bisher. Das Spätwerk beginnt. »Hinauf, hinauf zur Edelmenschlichkeit.« Christlich verbrämte Erlösungsprosa. Bei einem Vortrag 1912 in Wien hängen die Fans an Mays Lippen, darunter angeblich auch ein gescheiterter Kunstmaler. Aber das ist wieder eine andere Geschichte.

Elmar Krekeler

29

ALS *CLARICE LISPECTOR* AUF DEN MARSCH DER *HUNDERTTAUSEND* GING

1968 in Rio de Janeiro: Ein Studentenstreik entwickelt sich zur nationalen Protestwelle. Es kommt zum »Marsch der Hunderttausend«. Auch eine Dame im eleganten Kleid läuft mit. Es ist die brasilianische Schriftstellerin Clarice Lispector.

Die Studenten, die im Frühjahr 1968 in Rio de Janeiro eine Protestaktion organisierten, wollten sich vor allem über das schlechte Essen in der Mensa beschweren. Aber die Verwaltung rief die Polizei, die Situation eskalierte, ein Siebzehnjähriger wurde erschossen. Ganz Rio geriet in der Folge in Aufruhr über dieses brutale Vorgehen. Am 22. Juni 1968 formierte sich ein »Marsch der Hunderttausend«, die bedeutendste Demonstration der brasilianischen Geschichte. Intellektuelle und Künstler führten den Zug an, in der ersten Reihe eine schlanke Dame in elegantem Kleid, High Heels und Sonnenbrille: Clarice Lispector, die berühmteste Schriftstellerin des Landes, 48 Jahre alt und sehr schön.

Lispector war keine politische Aktivistin. Aber sie fand die Forderungen der jungen Leute berechtigt und ergriff Partei für sie in ihrer Kolumne: »Ich erkläre mich mit Leib und Seele solidarisch mit der Tragödie der brasilianischen Studenten.« Ihre Artikel zeugten von einer mütterlichen Empathie, sie forderte Menschlichkeit für alle in einer allen verständlichen Sprache (die nicht die ihrer Bücher war). Die Gefahr, in die sie sich damit begab, war ihr vielleicht nur unklar bewusst (viele Demonstranten wurden später verhaftet oder gingen ins Exil). Die Brutalität der Polizei machte ihr eher Angst um die Zukunft der beiden Söhne als um sich selbst. Brasilien war keine Demokratie, die diktatorische Macht des Präsidenten Artur da Costa e Silva beruhte auf dem Militär.

Schon vor der Demonstration beschrieb Lispector, wie sich auch das soziale Klima veränderte. »Eine ganz neue Form der ›Einsamkeit dessen, der nicht dazugehört‹« sei über sie hereingebrochen »wie Efeu, der eine Mauer überwuchert«. Einsam, obwohl durchaus mit Freunden gesegnet, war sie immer gewesen. Wer ihr begegnete, war hingerissen von dem rätselhaften Blick, den vollen Lippen, dem hellen Haar. Sie gab kaum Interviews, lebte zurückgezogen. Dass sie, je älter, desto mehr, als sonderbare, sogar strapaziöse Person wahrgenommen wurde, spürte sie, ohne sich zu ändern. Ihre Bücher, überhaupt die Art, wie sie schrieb und sprach, enthielten ein Moment von Fremdheit, das viele Leser verstörte.

Obwohl sie sich als Brasilianerin empfand und unter großem Heimweh litt, während sie mit ihrem Ehemann, einem Diplomaten, in Europa und den USA herumreisen musste, stammte sie ja aus einer unbekannten Ferne namens Ukraine. Von dort waren ihre Eltern 1922 mit den drei Töchtern vor den nicht endenden Pogromen geflohen. Sie war die jüngste, erst zwei Jahre alt. Ihr Vorname lautete Chaja, das hebräische Wort für »Leben«, die Familiensprache war Jiddisch. Doch selbst ihre frühesten Erinnerungen reichten nicht so weit zurück, sie wuchs als Erste der Familie ins brasilianische Portugiesisch hinein und liebte es als Muttersprache.

Schule und Jura-Studium absolvierte sie mit Glanz, und als sie 23 war, erschien ihr erster Roman, betitelt mit einem Joyce-Zitat: *Nahe dem wilden Herzen*. Ein Buch ohne Beispiel, ein Sensationserfolg. Clarice Lispector schrieb unaufhörlich, Erzählungen, Skizzen, Kolumnen, Romane. Die Zeitungen belieferte sie pünktlich, die Geschichten lagen verstreut im Wohnzimmer umher. Sie enthalten unvergessliche Sätze: »Die braunen Augen waren ... so unabhängig, als wären sie ins Fleisch eines Arms gepflanzt worden und blickten uns von dort aus an – offen, feucht.« Nebenan in Argentinien las sich Jorge Luis Borges, der Gelehrte, durch die Bücher der Welt. Clarice Lispector in Brasilien las sich selbst.

Gisela Trahms

30

ALS *JOHN DOS PASSOS* REPORTER IM *SPANISCHEN BÜRGERKRIEG* WAR

22. April 1937: Das Hotel Florida in Madrid wird von Franco-Truppen beschossen. Unter den illustren Gästen sind auch John Dos Passos und Ernest Hemingway, die bei einer Doku über den Spanischen Bürgerkrieg mitarbeiten. Doch die größere Gefahr lauert woanders.

Am Morgen des 22. April 1937 wurde John Dos Passos durch einen gewaltigen Krach geweckt. Er schreckte hoch und saß aufrecht in seinem Bett im »Hotel Florida« in Madrid und versuchte sich zu orientieren. Dann schlug die nächste Granate ein, und Dos Passos wusste, dass sie das Hotel mit Artillerie beschossen. *Sie*, das waren Francos Truppen, die im Herbst die Hauptstadt gegen den Widerstand der Internationalen Brigaden zwar nicht einnehmen konnten, sie aber seither belagerten. Weitere

Treffer erschütterten das Gebäude. Dos Passos erkundete die Lage, noch im Bademantel ging er nach unten, wo sich weitere illustre Gäste versammelten, etwa die junge Kriegsberichterstatterin Martha Gellhorn, die spätere Frau (und damalige Geliebte) von Ernest Hemingway, der eine exklusive Suite bewohnte. Doch Dos Passos ging erst mal zurück aufs Zimmer und legte sich wieder hin.

Allein die Einschläge kamen näher, also stand er doch auf, rasierte sich, nahm ein Bad und zog Anzug und Krawatte an. Unten hatte sich die Aufregung gelegt, ein Frühstück wurde improvisiert. Antoine de Saint-Exupéry hatte Grapefruits dabei, die er freigiebig verteilte. Dos Passos war damals auf dem Höhepunkt seines Ruhms. Mit seinem Großstadt-Wimmelbild *Manhattan Transfer* (1925) hatte er den amerikanischen Roman in die Moderne katapultiert. 1936 war *Big Money,* der dritte Band seines Meisterwerks, der »U. S. A.«-Trilogie, erschienen, die 2020 in neuer Übersetzung von Dirk van Gunsteren und Nikolaus Stingl erschienen ist.

Warum begab sich dieser weltberühmte Autor in die Schusslinie? Der Spanische Bürgerkrieg mobilisierte linke Intellektuelle weltweit, die hier den entscheidenden Kampf gegen den überall aufkommenden Faschismus unterstützen wollten. »No pasarán!« (Sie kommen nicht durch!) war die Losung der Stunde. Dos Passos und Hemingway waren als Autoren des Dokumentarfilms *Spanische Erde* von Joris Ivens in Madrid. Die beiden Schriftsteller waren sich während ihrer gemeinsamen Zeit als Krankenwagenfahrer in Italien erstmals begegnet und später in Paris enge Freunde geworden. Nun legten sie beide ihr Prestige für die gute antifaschistische Sache in die Waagschale. Was vor allem Dos Passos nicht sah (oder sehen wollte), war der finanziell und logistisch maßgebliche Einfluss der Komintern: Moskau steuerte nicht nur die Brigaden, sondern auch deren hochprominente Öffentlichkeitsarbeiter. Auch der vermeintlich »unabhängige« Regisseur Ivens war im Auftrag der Komintern unterwegs.

In jenen Tagen war Dos Passos auf der verzweifelten Suche nach seinem alten Freund, dem Literaturwissenschaftler und Übersetzer José Robles, der in hoher Funktion für die Republikaner tätig gewesen, aber Anfang 1937 abgeholt und ohne Prozess hingerichtet worden war. Sein Tod wurde nie restlos aufgeklärt; es wurde die Version verbreitet, er sei ein faschistischer Spion gewesen. Dass Hemingway das bereitwillig schluckte, führte zum Bruch mit seinem Kumpel »Dos«, der zu begreifen begann, was in Spanien wirklich los war und welch zynisches Spiel Stalin spielte.

Ende April reiste Dos Passos nach Barcelona und begegnete dort George Orwell. Wenige Tage später begannen die »Maiereignisse«, die Liquidierung der anarchistischen Kämpfer durch die von der Sowjetunion gelenkten Kommunisten. Dos Passos, der durch seine Hartnäckigkeit im Fall Robles zunehmend als Ärgernis galt, begriff, dass selbst er nicht mehr sicher war, und floh nach Frankreich. In den 1950er Jahren wurde Dos Passos zum scharfen Antikommunisten.

Richard Kämmerlings

31

ALS **PETER HANDKE** EINEN **TOTALSCHADEN** HATTE

Im Juli 1977 fliegt der Schriftsteller Peter Handke mit einem Freund nach Alaska. Auf einer Autotour in die Wildnis passiert es. Handke hat zwar keinen Führerschein, aber übernimmt das Steuer. Was dann folgt, möchte keiner erleben.

Der Schriftsteller Peter Handke und der WDR-Redakteur Friedhelm Maye kannten sich seit Anfang der 1970er Jahre. Im 1971 entstandenen, schwarz-weiß gedrehten Fernsehfilm mit dem Titel »Chronik der laufenden Ereignisse« war Maye von Handke als Regieassistent eingesetzt worden. In dem Film dekonstruierten sie die Sprach- und Bildphrasen des Mediums Fernsehen in mehr als vierzig Szenen. Die Zusammenarbeit der beiden setzte sich 1977 bei *Die linkshändige Frau* fort, der Verfilmung von Handkes gleichnamiger Erzählung. Auch hier führte Handke Regie. Der später mit dem Deutschen Filmpreis ausgezeichnete Film wurde weitgehend in Handkes damaligem

Haus in Clamart bei Paris gedreht. Fortan duzten sich die beiden. Im Juli 1977 machten sie sich auf den Weg nach Alaska, wo die folgende Szene spielt:

Seit Monaten schon beschäftigt sich Handke mit einer Erzählung über den fiktiven Geologen Valentin Sorger, den es nach Alaska verschlagen hatte, um die »Vorzeitformen«, wie der Arbeitstitel lautet, zu entdecken, und der nun vor der Rückkehr »Ins tiefe Österreich« steht (auch ein Arbeitstitel). Handke und Maye landen in Anchorage und mieten ein Auto. Es geht immer den Highway lang. Seine Eindrücke hält Handke nicht nur im Notizbuch, sondern auch in bisweilen launigen Polaroids fest. Neben Sehenswürdigkeiten wie dem Mount McKinley, der heute Denali heißt, fotografiert er auch sich selber beim Fotografieren im Außenspiegel des Autos. Am 8. Juli wird der Yukon River erreicht. Man übernachtet in Circle City. Einem kleinen Nest, einst von Goldgräbern angelegt, die irrtümlich glaubten, sie hätten den Polarkreis erreicht. Dort leben vielleicht hundert Menschen. Der Highway endet hier offiziell, aber die beiden fahren am nächsten Tag weiter über unbefestigte Straßen. Ein bestimmtes Ziel haben sie nicht. Handke ist übermütig. Er hat zwar keinen Führerschein, aber übernimmt das Steuer, lässt sich lenkend fotografieren.

Was soll hier schon geschehen? Die beiden sind nicht angeschnallt. Plötzlich gibt es einen Stoß, Maye greift Handke ins Lenkrad, aber es ist zu spät. Der Wagen driftet ab in den Wald und zerschellt an einem Baum. Totalschaden. Maye blutet leicht an der Stirn. Sonst ist nichts passiert. Aber die beiden sind buchstäblich am Ende der Welt. Mobiltelefone gab es damals noch nicht. Wer soll hier entlangfahren? Handke bleibt zuversichtlich. Und tatsächlich: Nur wenig später kommt eine amerikanische Familie mit einem Wohnwagen vorbei. Sie nehmen die beiden mit, zurück nach Circle City. Dort wird Maye notdürftig ärztlich versorgt. Man informiert die Autovermietung, die sich mehr um die beiden Insassen sorgt als um den Wagen. Zweimal pro Woche kommt ein Postflugzeug vorbei. Am nächsten Tag fliegen die beiden mit der kleinen Propellermaschine ins 260 Kilometer entfernte Fairbanks. Handke hat vorerst genug von Alaska. Es geht per Flieger weiter nach Seattle, von dort mit dem Auto nach Billings, Montana, dann per Flugzeug nach New York. Dort trennt man sich.

Im Notizbuch Handkes wird der Unfall als Rückkehr-Mythos modifiziert. Aus den »Vorzeitformen« wurde nach einer großen Schreibkrise 1979 die Erzählung *Langsame Heimkehr*. Die Episode der Rückkehr zum Ursprungsort findet, als Flugzeugpanne verfremdet, Berücksichtigung. Eine geplante Verfilmung von Wim Wenders gab es nicht. Friedhelm Maye diente dem Regisseur Handke 1992 im Film *Die Abwesenheit* erneut als Assistent. Nach Billings kehrte Handke 34 Jahre später zurück und schrieb bei den Great Falls seine Erzählung *Der Große Fall*.

Lothar Struck

32

ALS ***DAVID FOSTER WALLACE*** IM ***FITNESSCLUB*** ABTAUCHTE

David Foster Wallace, frisch aus der Psychiatrie entlassen, jobbt in einem Fitnessclub. Vor der Welt will er sich verstecken, da kommt sie in Gestalt eines bekannten Dichters zum Training. Und jetzt?

Den Mount Auburn Club, 57 Coolidge Ave, Watertown, Massachusetts, gab es noch bis vor wenigen Jahren. Auf seiner Website posierten – bis zu seiner Schließung im Corona-Jahr 2020 – Fitnesstrainer in schwarzen Polos und Sweatern. Vermutlich ahnten sie nicht, dass ihr Arbeitsplatz – quietschende Turnhallenböden, Schwimmbadgeruch – vor noch gar nicht so langer Zeit die Bühne eines kleinen, aber keineswegs unbedeutenden Schauspiels der Weltliteratur war. Denn Anfang 1990, als die große Welt draußen Kopf stand und der Kalte Krieg zu Ende ging, war der Mount Auburn Club Teil der auf einmal erschreckend kleinen Welt des David Foster Wallace.

Dave, wie sie im Club bestimmt gesagt haben, hatte sich im zwei Autostunden entfernten Amherst College den Ruf eines Genies erworben und sein Studium mit einem fetten und supermetafiktional-coolen Roman namens *Der Besen im System* abgeschlossen (und würde in der nahen, momentan aber leider sehr ungewissen Zukunft mit dem noch viel fetteren Roman *Unendlicher Spaß* Literaturgeschichte schreiben). Gerade jetzt aber kam er aus der Psychiatrie, wickelte sich Tücher um die Stirn, um das Gefühl loszuwerden, sein Kopf könnte platzen, und wohnte in einem Rehazentrum unweit des Massachusetts Turnpike, das er zunächst nur hatte verlassen dürfen, um an Treffen der Anonymen Alkoholiker teilzunehmen (die er bald seine »Kirche« nannte). »Mr Howard, hier hat jeder eine Tätowierung oder Vorstrafen oder beides!«, schrieb er mit der atemlosen Wohlerzogenheit eines erschrockenen Jungen an seinen Lektor. Mehr zu bieten hatte er Mr Howard leider nicht. David Foster Wallace hatte, wie sein Biograph D. T. Max trocken feststellt, seit 1987 nicht mal einen Sachtext ohne Hilfe fertiggekriegt.

Dave Wallace, der Ex-Jungschriftsteller, jobbte im Büro des Rehazentrums, dann als Wachmann und landete schließlich »als besserer Handtuchträger« an der Rezeption des Mount Auburn Club, 57 Coolidge Ave, Watertown, wo er die Mitglieder begrüßte, ihnen ein Handtuch überreichte und seine brennende Scham am Ende des Tages zurück ins Rehazentrum trug. Wallace kam aus einer Akademikerfamilie, die die eigene Intellektualität wie das Goldene Kalb umtanzte und sich im Konfliktfall höchstens Briefchen unter der Tür durchschob. Stellen Sie sich also Daves bodenloses Entsetzen vor, als eines Tages ein gewisser Michael Ryan den Mount Auburn Club betrat, offenkundig ordentliches Mitglied, vor allem aber Lyriker und damit ein Abgesandter jener Welt, aus der Wallace nach seinem Zusammenbruch ausgeschieden war. Ryan hatte vor zwei Jahren sogar zusammen mit Wallace einen Whiting Award entgegengenommen. Die große Eudora Welty hatte die Preise übergeben.

Und? Was hätten Sie in dieser Situation getan? Ein Lächeln aufgesetzt, das Handtuch überreicht und »Recherche für den neuen Roman« gemurmelt? Oder sich den Whiting Award mit dem Handtuch abgeputzt und gesagt, dass Sie Alkoholiker waren, an Depressionen leiden und nicht mehr schreiben können?

David Foster Wallace ging den in seiner Familie üblichen Weg, auch wenn die Szene ausgesehen haben mag wie eine dieser zahllosen Komödien, die man in diesen Jahren vorzugsweise mit Tom Hanks besetzte: Dave ging slapstickhaft auf Tauchstation. »Es ist das einzige Mal gewesen«, so Wallace später, »dass ich buchstäblich abgetaucht bin. Er kam rein, und ich tat nicht sehr subtil so, als würde ich ausrutschen, und lag dann bäuchlings auf dem Fußboden und reagierte nicht.« Was Michael Ryan damals dachte, wissen wir nicht, und David Foster Wallace ist schon lange tot. Geschichten von vermeintlich hässlichen Menschen, die sich am liebsten vor der Welt verstecken würden, hat er sehr viele erzählt.

Wieland Freund

33

ALS ***HÖLDERLIN*** IN DEN ***WAHNSINN*** FLOH

Hölderlin gilt als einer der typischen deutschen Untergeher. Aber sein Wahnsinn, der wohl gar keiner war, hatte Gründe. Und die lagen vor allem in den Menschen, die ihn umgaben. Auch in Bad Homburg.

Am 26. Juni 1804 beginnt die vorletzte Phase in Hölderlins Leben. Der Dichter ist nun 34. Er fühlt sich gerade wieder mal im Aufwind, denn er hat kürzlich die Freiexemplare seiner Sophokles-Übersetzungen erhalten, seine letzte Buchveröffentlichung, die er noch bei klarem Verstand erlebt. Doch seinen Mitmenschen gilt er mehr und mehr als zerrüttet. Ein schöner Mann ist er aber immer noch, und Isaac von Sinclair, höchste Charge am Hof des Duodezfürsten von Hessen-Homburg, sieht erneut seine Chance gekommen. Er hatte den Dichter bereits 1798 nach Homburg gelockt und war mit ihm in ein Gartenhaus gezogen. Aus dieser Umklammerung hatte sich Hölderlin 1800 befreit. Aber jetzt ist er hilflos und krank. Seine Mutter, die ihn in Nürtingen nach diversen Zusammenbrüchen beherbergte (diese gingen nicht zuletzt auf den Tod von Hölderlins großer Liebe Susette Gontard im Juni 1802 zurück), hat nach langem Zögern eingewilligt, ihr Sorgenkind dem Homburger Edelmann anzuvertrauen. Und so beginnt diese vorletzte Etappe, bevor Hölderlin in Tübingen sein Leben als Dauerpatient antritt, ganz und gar im Zeichen Sinclairs. Der verschafft dem Angehimmelten eine Stelle als Hofbibliothekar beim Landgrafen, die er aus eigener Tasche bezahlt. Es handelt sich um eine sogenannte Sinekure. Das heißt, der Angestellte hat nichts zu tun, als das Geld zu nehmen – ob Hölderlin die Bibliothek im Schloss, die noch existiert, je betrat, wissen wir nicht.

Was aber keinem Zweifel unterliegt, ist die Tatsache, dass Sinclair nun auch politisch auf den unglücklichen Dichter Einfluss nimmt. Sinclair will nämlich die Republik in Deutschland einführen und empfindet vor allem den »dicken Friedrich« (seit 1803 Kurfürst, 1806 dann erster König von Württemberg) als Störfaktor. Das Komplott, das er mit einigen anderen gegen den schwäbischen Landesvater schmiedet, fliegt auf, Sinclair wird verhaftet und eingekerkert. Hölderlin, damit im Frühjahr 1805 in Homburg vollständig auf sich gestellt, ohne Beschäftigung, auch nicht mehr zum Schreiben fähig, allerdings von einer weiteren Person bedrängt, die sich in ihn verliebt hat (eine Tochter des Landgrafen, mit der er hin und wieder musiziert), ist nun tatsächlich an dem Punkt angelangt, wo der Umschlag in den Wahnsinn erfolgt. Interessant ist, was ihn auslöst. Wenn Hölderlin, der noch über erhebliche Körperkraft verfügt, das Klavier der Prinzessin jetzt kurzerhand zertrümmert und im herrlichen Schlosspark laut schreiend umherläuft, dann muss man auf das Mantra achten, das er den Zeitgenossen zufolge unablässig von sich gab. Es lautet: »Ich will kein Jakobiner sein, fort mit allen Jakobinern! Ich kann meinem Kurfürsten mit gutem Gewissen unter die Augen treten!«

Was soll das heißen? Hölderlin hatte es mit der Angst zu tun bekommen, als im Zuge der Komplottaufdeckung auch gegen ihn ermittelt worden war. Doch das wurde angesichts seiner geistigen Zerrüttung schnell beendet. Der Satz »Ich will kein Jakobiner sein« richtet sich denn auch wohl in erster Linie gegen Sinclair und seine Welt. Der Psychiatrieprofessor Uwe Henrik Peters hat sogar dafür plädiert, ihn als »Ich will kein Homosexueller sein« zu lesen. Noch einen zweiten Satz sollte man übersetzen. »Ich kann meinem Kurfürsten mit gutem Gewissen unter die Augen treten« meint doch: Ich will jetzt endlich heim nach Schwaben. Und so geschah es. Am 11. September 1806 wird Hölderlin nach Tübingen verbracht, wo er noch 37 Jahre leben wird.

Tilman Krause

34
ALS DIE *POLIZEI* *AGATHA CHRISTIE* SUCHTE

Seit dem 3. Dezember 1926 ist Agatha Christie verschwunden. Gefunden wurde nur ihr verlassener Wagen. Colonel Christie steht unter Mordverdacht. Eine der größten Suchaktionen der britischen Geschichte nimmt einen mysteriösen Verlauf.

Kommissar Kenward glaubt an einen Todesfall. Allerdings fehlt ihm die Leiche. Bisher hat er nur das Auto, einen Morris Cowley, gestrandet an einem Hang in Newlands Corner, nicht weit von Guildford. Von der Fahrerin aber, Mrs Agatha Christie, 36 Jahre alt, fehlt jede Spur.

Die Schwiegermutter, die leider zum Dramatischen neigt, glaubt offenbar an einen Suizid. Tatsächlich gibt es in der Nähe einen Steinbruch und eine Quelle namens Silent Pool. Der Ehemann aber schließt einen Selbstmord aus, so einen sogar kategorisch. Seine Frau kenne sich mit Giften aus, sagt er, was bei einer Kriminalschriftstellerin vielleicht kein Wunder ist. Andererseits ist Colonel Archibald Christie, Weltkriegsveteran und nach allem, was man hört, untreu, natürlich selbst verdächtig. Ehemänner sind immer verdächtig, wenn eine verheiratete Frau abgängig ist. Da kann die Gattin noch so sehr die Autorin von *Der Mord an Roger Ackroyd* sein. Das ändert gar nichts. Ach was, das ändert natürlich alles, und zwar vor allem die Umstände. Vom Innenminister kriegt Kenward Druck, und von der Presse, die jeden verdammten Tag neue Bilder von Agatha Christie bringt. Und dann sind da auch noch diese Schriftsteller, die sich, bloß weil sie sich ständig irgendwelche Mordsgeschichten ausdenken, für die besseren Ermittler halten.

Dorothy L. Sayers hat den vermeintlichen Tatort bereits besucht (und ihn ohne Erkenntnisse wieder verlassen). Und Arthur Conan Doyle, der persönlich offenbar das glatte Gegenteil seines Sherlock Holmes ist, hat sich nicht entblödet, einem seiner Medien einen Handschuh der Vermissten unter die Nase zu halten. Folgerungen? Keine. Mrs Christie hat am Freitag, den 3. September 1926, ihr Zuhause in Berkshire verlassen. Der Morris ist ihre letzte Spur. Tage nach ihrem Verschwinden suchen tausend Polizisten, Hunderte Zivilisten und, zum ersten Mal in der britischen Geschichte, sogar Flugzeuge nach ihr. Eine Zeitung hat ihr Bild verfremdet, weil sie sich möglicherweise ja verkleidet hat.

Das ist erstaunlich nah an der Wahrheit. Ja, Agatha Christie hat in der Nacht des 3. September das Steuer des Morris wohl losgelassen. Und ja, seit ihre Mutter gestorben ist und ihr Mann sie für eine andere verlassen will, ist sie depressiv. Doch der Gedanke, sich das Leben zu nehmen, ist noch in der Nacht einem anderen, ihr gemäßeren Plan gewichen. Sie hat Archie vor ein Rätsel gestellt. Er soll sie finden – und als die erkennen, die sie ist. Sie schreibt seinem Bruder einen Brief, in dem sie ankündigt, sich nach Yorkshire in ein Spa zu begeben, um ihrer Gesundheit aufzuhelfen, und checkt nach einer krisenhaften Nacht und einer langen Zugfahrt im »Swan Hydro« im mondänen Harrogate ein. Nicht allerdings als Mrs Agatha Christie, sondern als Mrs Teresa Neele. Denn Neele ist der Name der Frau, für die Archie sie und die gemeinsame Tochter verlassen will. Der Rest sollte einfach sein; Hercule Poirot hätte den Fall binnen Stunden gelöst.

Kommissar Kenward braucht leider elf Tage und viel Glück. Am Ende ist es kein neumodisches Flugzeug, sondern ein Banjospieler namens Bob Tappin, der Mrs Christie entdeckt. Kenward, der weiß, was sich gehört, schickt Colonel Christie, sie abzuholen, und Mrs Neele, angeblich aus Kapstadt, lässt ihn erst mal lange im Kaminzimmer warten. Offiziell wird es heißen, sie habe ihr Gedächtnis verloren. Dass das nicht stimmt, kann man in einem autobiographischen Roman namens *Unfinished Portrait* nachlesen, den Agatha Christie allerdings erst acht Jahre später schrieb – sechs Jahre, nachdem sie von Archie geschieden und Mrs Neele Geschichte war.

Wieland Freund

35
ALS *CERVANTES* IN DER *SCHLACHT VON LEPANTO* KÄMPFTE

Herbst 1571. Damit ihm nicht die Hand abgehackt wird, hat sich Miguel de Cervantes zur Marine gemeldet. Am Tag der Seeschlacht von Lepanto fiebert er zwar, ein türkisches Schiff entert er dennoch.

Am 7. Oktober 1571 wurde im Ionischen Meer mal wieder das Abendland gerettet – so wie 732, als Karl Martell in Tours und Poitiers die Araber besiegte, oder so wie 1529 oder 1683, als zweimal die Belagerung Wiens scheiterte. Die Seeschlacht von Lepanto beendete die kurze Zeit türkischer Seeherrschaft im Mittelmeer und machte dieses wieder zum »Meer der Römer«, wie es die Muslime nannten.

Mittendrin im Getümmel der Schlacht, bei der eine zusammengewürfelte Armada aus Spaniern, Venezianern, Genuesen und Maltesern die Flotte des Osmanischen Reichs vernichtete, kämpfte ein Mann, der viel später das Heldentum und den Kampf in einem der größten Romane der Weltliteratur der Lächerlichkeit preisgab: Miguel de Cervantes. Der Abkömmling eines verarmten spanischen Adelsgeschlechts war nicht ganz freiwillig dort. Er soll einen Maurermeister im Duell verletzt haben. Weil man ihm zur Strafe die rechte Hand abhacken wollte, floh er und heuerte in Neapel zusammen mit seinem Bruder Rodrigo bei der Infantería de Marina an. Diese Soldaten mussten in Seeschlachten von der Rambade (einer Plattform am Bug) aus feindliche Schiffe entern und die Gegner niedermachen.

Cervantes hat die Härte eines solchen Kampfes Mann gegen Mann später im *Don Quijote* anschaulich geschildert: »Wenn zwei Galeeren mitten im weiten Meer aufeinanderprallen und sich Bug an Bug so ineinander verkeilen und verbeißen, dass dem Soldaten als Spielraum nur noch der zwei Fuß breite Rammsporn bleibt ... und ihm beim geringsten Fehltritt schon Neptuns tiefer Schlund winkt, bietet er sich trotz allem mit kühnem Herzen und nur von der Ehre getrieben und beflügelt als Zielscheibe all der Feuermündungen an und geht den schmalen Grat zum Feindesschiff hinüber.«

Am Tag der Schlacht von Lepanto lag Cervantes mit Fieber krank darnieder. Aber er soll erklärt haben, lieber wolle er für Gott und König sterben, als sich an so einem Tag zu verstecken. Das wäre ihm auch fast geglückt: Er bekam zwei Kugeln ab: eine in die Brust, die andere zerschmetterte seine linke Hand. Immerhin gehörte er nicht zu den 8000 Christen der »Heiligen Liga«, die fielen. Bei den Türken erntete der Tod allerdings noch gewaltiger: 30 000 von ihnen starben. Dank des Geschicks ihres Admirals, des in Regensburg geborenen Juan de Austria, eines illegitimen Bruders des Königs, und dank der überlegenen Feuerkraft der spanischen Galeassen, übergroßer Galeeren mit 30 Geschützen, versenkten die Spanier 110 osmanische Schiffe und erbeuteten 150 weitere.

Miguel und Rodrigo de Cervantes konnten sich im Lazarett damit aufmuntern, dass Juan de Austria seinen Anteil an der Kriegsbeute unter den Verletzten verteilen ließ. Doch der Trost währte nicht ewig: Auf der Rückreise nach Spanien wurde ihr Schiff von muslimischen Piraten gekapert. Die Männer verschleppte man nach Algier, um sie als Sklaven zu verkaufen. Erst fünf Jahre später, nach zahlreichen missglückten Ausbruchsversuchen, kam Cervantes gegen Lösegeld frei.

Das Leben von Cervantes war so abenteuerlich, dass es mehrfach verfilmt wurde; 1967 mit dem unwahrscheinlichsten Kandidaten für die Rolle eines spanischen Barockdichters: Horst Buchholz. Später hat Cervantes versucht, dem frühen Verlust seiner Hand einen Sinn zu geben, und die Schlacht als Geburtsstunde seiner Kunst stilisiert. Er habe »die Fähigkeit, seine linke Hand zu bewegen, zum Ruhm seiner rechten verloren«. Das Abendland gewann demnach am Oktobertag von Lepanto nicht nur eine Schlacht, sondern auch einen seiner größten Schriftsteller.

Matthias Heine

36

ALS ***STENDHAL*** BEIM ***SIGHTSEEING*** SCHLAPP MACHTE

1817 besichtigt der französische Schriftsteller Stendhal Florenz. Doch dann ereilt ihn das, was man heute als »Stendhal-Syndrom« kennt. Was genau verbirgt sich dahinter, und woran erkennt man es?

Stendhal hasst Touristen. Aber er selbst verreist unheimlich gern. Der französische Schriftsteller Marie-Henri Beyle ist 34 und besser bekannt unter seinem Pseudonym Stendhal. Ja, er nennt sich wirklich nach der Stadt Stendal in der Altmark, aus der Johann Joachim Winckelmann stammt, der Popstar aller Antiketouristen. Man geht im 18. Jahrhundert auf *Grand Tour* – das ist die adlige Art und Weise, Europa zu erkunden, die ab dem 19. Jahrhundert auch für Bürgerliche in Mode kommt. Stendhal reist viel, und besonders gerne durch Italien, wo auch sein berühmtester Roman spielt, *Die Kartause von Parma*. In Florenz wiederum wird Stendhal ein früher

Zeuge des Overtourism: »Verstopft von sechshundert Russen oder Engländern« schien ihm die Stadt, »ein Museum voller Ausländer, die ihre eigenen Gepflogenheiten dorthin verpflanzen«. Touristen sind eben immer die anderen. Man selbst ist Reisender. Als Stendhal 1817 in Florenz die Kirche Santa Croce besichtigt, haut es ihn um: So viele Gräber berühmter Leute auf einem Fleck: Michelangelo, Machiavelli, Galilei – eines prächtiger als das andere. Stendhal ist high, high auf Sehenswürdigkeiten, so wie andere auf Ecstasy sind: »Ich befand mich in einer Art von Ekstase bei dem Gedanken, in Florenz und den Gräbern so vieler Großen so nahe zu sein; ich sah sie aus nächster Nähe und berührte sie fast. Ich war auf dem Punkt der Begeisterung angelangt, wo sich die himmlischen Empfindungen, wie sie die Kunst bietet, mit leidenschaftlichen Gefühlen gatten.« Doch plötzlich schlägt das High um: »Als ich die Kirche verließ, klopfte mir das Herz; man nennt das in Berlin Nervenflattern; mein Lebensquell war versiegt, und ich fürchtete umzufallen.« Stendhal muss erst mal absitzen, auf die nächstbeste Bank der Piazza Santa Croce, und versucht, wieder zu sich zu kommen. Was war passiert?

Manchmal werden Schlüsselszenen eines Schriftstellerlebens erst Jahrhunderte später richtig gedeutet. Als die Psychiaterin Graziella Magherini es im Florenz der 1970er und 80er Jahre immer öfter mit erschöpften Touristen zu tun bekam, die auf ihrer Station landeten, Touristen, die sich in der toskanischen Hauptstadt zu viel zugemutet hatten – zu viele Sehenswürdigkeiten in zu kurzer Zeit – und dann mit Schwindel, Herzrasen und Schwächeanfällen bei ihr vorstellig wurden, da deutete sie die Symptome richtig: psychischer Zusammenbruch wegen kultureller Reizüberflutung! Kann in der Kunstmetropole Florenz schon mal passieren. Kommt bei den kunstsinnigsten Leuten vor. Und weil sich Professoressa Magherini bei all den zusammengeklappten Leuten an den berühmten Florenzreisenden erinnerte, fasste sie die Fallgeschichten 1989 in einem Buch mit dem Titel *Das Stendhal-Syndrom* zusammen. Der eine hat Wahrnehmungsstörungen, der nächste Halluzinationen, wieder ein anderer Panikattacken und Ohnmacht: Unter Schulmedizinern ist das Krankheitsbild umstritten. Nur Kulturmenschen haben das Syndrom sofort verstanden. Kollabieren wegen Kunst, das kann im Leben ganz großes Kino sein, manchmal sogar ein Horrortrip. 1996 drehte der italienische Regisseur Dario Argento einen Film, der in den Uffizien spielt, wo eine vom Stendhal-Syndrom übermannte Polizistin in die Hände eines Serienmörders gerät.

Stendhal hat sich für seine Reiseschwäche wegen Reizüberflutung nie geschämt, und auch Magherini stuft das Stendhal-Syndrom als sympathische Form des Durch-Kunst-Kollabierens ein: »Jeder, der es bekommt, kann sich glücklich schätzen, denn es zeigt, dass er noch zu Gefühlen fähig ist.«

Marc Reichwein

37

ALS *KATHERINE MANSFIELD* ZUR »*WASSERKUR*« NACH BAYERN FUHR

1909 muss die Schriftstellerin Katherine Mansfield nach Bad Wörishofen. Dass sie schwanger ankommt und ohne Kind wieder abreist, gibt bis heute Anlass zu Spekulationen. Mansfield selbst liefert eine eigene Version.

Am 1. Januar 1908, dem Jahr, in dem sie zwanzig werden würde, schreibt Katherine Mansfield in ihr Tagebuch: »Das neue Jahr ist angebrochen – MEIN JAHR!« Voller Zuversicht trotzt sie ihrem Vater, einem wohlhabenden Bankier in Wellington (Neuseeland), die Rückkehr nach London ab, wo sie am Queen's College studiert hat. Der Vater gewährt eine Minimalunterstützung, aber sie, Katherine, wird Erzählungen schreiben und verkaufen, also selbständig sein und das aufregende Leben der Londoner Boheme teilen.

Schon als Schülerin hat sie ihr Leben in Tagebüchern dokumentiert und wird es weiter tun. Als sie mit 34 Jahren stirbt, hinterlässt sie 85 dicke Notizhefte, doch kein Wort über die Zeit von Mai 1909 bis Januar 1910. Wie das? Sie verbringt diese Monate in Wörishofen, damals noch kein »Bad«. Ihre strenge Mutter, so die Überlieferung, habe sie zu diesem Aufenthalt in der bayerischen Provinz gezwungen. Alarmiert von Gerüchten über eine lesbische Beziehung zwischen ihrer Tochter und einer Frau namens Ida Baker, ist sie vierzig Tage übers Meer nach London gereist, bringt Katherine nach Wörishofen und lässt sie dort allein. Was verspricht sie sich von dieser gewaltigen Aktion? Weiß sie überhaupt, was die Tochter bedrückt, aber auch freut?

Katherine ist schwanger. Nicht von Mr Bowden, einem zehn Jahre älteren Gesangslehrer, den sie im März eilig geheiratet und noch in der Hochzeitsnacht verlassen hat, sondern von einem jungen Geiger. Will sie in Wörishofen ihr Kind austragen, um es allein in London großzuziehen? Oder soll sie es zur Adoption freigeben? Es gibt keinen Beleg, keinen Brief, der ihre Absichten verrät. Wörishofen ist damals fast noch ein Dorf, wohin jedoch die Anhänger der Kneippschen Lehre zu Tausenden strömen. Soll eine Wasserkur auch bei Katherine etwas bewirken, und wenn ja, was?

Von den 40 neuseeländischen Shilling, die die Eltern ihr monatlich bewilligten, kann sie nur eine bescheidene Unterkunft bezahlen. Glücklicherweise hat sie in der Schule Deutsch gelernt, die Verständigung mit Gästen und Einheimischen klappt gut. Noch wichtiger ist, dass sie Zeit und Muße zum Schreiben hat. Als sie Anfang 1910 nach London zurückkehrt, bringt sie das Manuskript ihres ersten Buches mit, eine Sammlung von Kurzgeschichten unter dem Titel *In einer deutschen Pension*, die sie bekannt macht.

Und das Kind? Sie habe im Juni 1909 eine Fehlgeburt erlitten, weil sie einen schweren Koffer auf den Schrank gehoben habe. Das ist die offizielle Version, die leise Zweifel weckt. Aber haben wir ein Recht, »alles« darüber zu wissen? Sie äußert sich nirgendwo über das, was in jenem Sommer geschehen ist. In den zwölf Jahren, die ihr noch bleiben, geht sie viele Beziehungen und eine Ehe ein, lebt in England und Frankreich, ohne Ruhe zu finden. Bad Wörishofen ehrt sie später mit einer Statue im Kurpark und benennt einen Platz nach ihr. Vor dem geistigen Auge sieht man sie in einem kleinen bayerischen Pensionszimmer (Federbetten, Holzdielen, Geranien) mit einem großen Koffer, den der Hausdiener die Treppe hochgeschleppt hat. Sie packt ihre Sachen aus, der Koffer ist leer und fliegt fast von selbst auf den Schrank.

Ein Dutzend Jahre später, geschwächt von Tuberkulose, die sie im Sanatorium eines dubiosen Heilers zu kurieren sucht, will sie dem Ehemann beweisen, dass noch Kraft in ihr steckt, und rennt eine Treppe hoch. Ein Blutsturz ist die Folge, sie stirbt am 9. Januar 1923. Ihre klugen Geschichten schwirren bis heute durch die Welt.

Gisela Trahms

38

ALS *GABRIELE D'ANNUNZIO* DEN *FASCHISMUS* ERFAND

Fiume, die Stadt an der Adria, die heute Rijeka heißt, wird 1919 zum Schauplatz eines Staatsstreichs. Anführer ist der exzentrische Dichter Gabriele D'Annunzio. Und einer schaut sich das Ganze genau an: Mussolini.

»Man muss sein Leben gestalten, wie man auch eine Oper gestaltet.« Der italienische Dichter Gabriele D'Annunzio lebt exzentrisch. Er liebt den Luxus, Prunk und Rausch. Bei Fieber hilft ihm Kokain. So auch am 12. September 1919, als er bei Venedig einen roten Fiat besteigt und an den konspirativen Ort fährt, wo ihn ein Lkw-Konvoi mit 300 Soldaten erwartet. Das Ziel ihrer Operation: Fiume, das heutige Rijeka in Kroatien. D'Annunzios poetischer Staatsstreich war propagandistisch lange vorbereitet worden. Fiume gehörte bis Ende des Ersten Weltkriegs zur ungarischen Hälfte der Habsburgermonarchie; die reiche Hafenstadt war das Pendant zum österreichischen Triest und hatte rund 50 000 Einwohner, mehrheitlich Italiener (24 000), Kroaten (15 000) und Ungarn (11 000). Ach ja, Ödön von Horváth wurde hier geboren. Auf der Versailler Friedenskonferenz von 1919 sollte Fiume dem neuen Königreich der Südslawen zugesprochen werden. Was erlauben Wilson? Italienische Nationalisten, durch Südtirol, Trentino und Triest gerade gierig geworden, wüten. Sie sprechen, mit einem Schlagwort von D'Annunzio, vom »verstümmelten Sieg«. D'Annunzio weiß um seine Wirkung. Er ist ein durch die modernen Medien bekannt gewordener Schriftsteller-Dandy – und als Flieger ein Kriegsheld. Seine berühmteste Mission führt ihn im Kriegssommer 1918 in den Himmel über Wien. Dort schmeißt er 350 000 Flugblätter ab, »WIENER!«, steht auf ihnen geschrieben. »Lernt die Italiener kennen. Wenn wir wollten, könnten wir ganze Tonnen auf eure Stadt hinabwerfen.« Man muss sich D'Annunzio als Bomberpilot wahrscheinlich wie *Top Gun* avant la lettre vorstellen: bis zur Selbstverliebtheit überinszeniert und letztlich auch ein bisschen hohl. Er sei ein literarischer Hochstapler, ätzen Kritiker. Aber hat nicht D'Annunzio die literarische Moderne überhaupt erst nach Italien gebracht?, fragen Fans.

Nun, in Fiume, wird D'Annunzio vom Dichter zum Demagogen: Von September 1919 bis Weihnachten 1920 regiert er die Stadt als Faschistenkommune. Er tut das mit Kriegskameraden, Freischärlern und anderen vom Frieden gelangweilten Italienern. Namentlich die sogenannten Kühnen (Italienisch: *arditi*) wirken wie eine Vorhut aus Klaus Theweleits Buch *Männerphantasien*. Sie tragen Fes-Mützen, die später zum Markenzeichen des italienischen Faschismus werden, und schwarze Hemden mit weißen Totenschädeln, wie sie die späteren Uniformen der deutschen Waffen-SS kennzeichnen.

Die internationale Gemeinschaft ließ den Dichter D'Annunzio und seine Leute bis Weihnachten 1920 in Fiume machen. Die Melange aus Personenkult, Größenwahn und Manipulation der Massen durch Ästhetik und Rhetorik schaute sich Mussolini bei D'Annunzio ab, bevor er 1922 nach Rom marschierte und dem Dichter noch zu Lebzeiten ein Mausoleum am Gardasee baute. Es konnte nur einen Duce geben.

Zum hundertsten Jahrestag des Staatsstreiches von Fiume hat der Historiker Kersten Knipp das Buch *Die Kommune der Faschisten* veröffentlicht, darin beschreibt er die Fiume-Putschisten als Vorboten der Blumenkinder und 68er-Bewegung. Tatsächlich zog Fiume einen bestimmten Typus Sinnsucher und Spinner an, der im 20. Jahrhundert noch öfter in Erscheinung trat. Bestes Beispiel ist der Abenteurer Guido Keller, ein Pilot, der Flugzeuge zum Fetisch erklärte und meist nackt durch die Gegend lief. Briefe unterschrieb er mit »Zarathustra«. Überflüssig zu erwähnen, dass Gabriele D'Annunzio sich qua Name als messianische Gestalt sah. Gabriel, der Engel der Verkündigung, *und* Annunzio (Verkündiger), das konnte für einen Dichter doch kein Zufall sein.

Marc Reichwein

39

ALS *KLEIST* IN *GEHEIMER MISSION* NACH WÜRZBURG REISTE

Im September 1800 trifft ein gewisser Klingstedt in Würzburg ein. Heinrich von Kleist reist unter falschem Namen. Doch was hat ihn nach Franken getrieben? Ist er ein Spion und jagt ein giftiges Grün?

Am 9. September des Jahres 1800 checkten zwei höchst unterschiedliche Herren im »Gasthaus zum Fränkischen Hof« ein, dem besten Haus in der fürstbischöflichen Residenzstadt Würzburg. Die rüstete sich gerade für eine Belagerung durch napoleonische Truppen. Die Herren nannten sich Bernhoff und Klingstedt. Für Letzteren, einen 22-Jährigen mit kaum zu bändigendem schwarzem Haar und blauen Augen, angeblich Sohn eines jüdisch-schwedischen Kapitäns von der Insel Rügen, sollte es die wichtigste Zeit seines Lebens werden. Schrieb er nach Hause.

Sie kamen von Dresden her und hatten ursprünglich nach Wien gewollt. In Leipzig hatten sie sich an der

Universität immatrikuliert, um mit den Studienpapieren weiterreisen zu können. Britische Pässe beim Gesandten in Sachsen zu bekommen hatte nicht funktioniert. Wie so einiges nicht in den kommenden Wochen. Wie wahrscheinlich so ziemlich jeder Plan in Klingstedts Leben, der so wenig Klingstedt hieß wie Bernhoff Bernhoff. Bernhoff war die Camouflage des Juristen Ludwig von Brockes. Der zehn Jahre jüngere Klingstedt war 1777 in Frankfurt an der Oder als Bernd Heinrich Wilhelm von Kleist zur Welt gekommen.

Sechs Wochen blieben Brockes und Kleist in der Stadt. Nach einer Woche mussten sie – wahrscheinlich weil ihnen das Geld ausging – umziehen, kamen unter beim Stadt-Chirurgus Joseph Werth. Was die etlichen Spekulationen über den wahren Grund der Würzburg-Reise des abgebrochenen Soldaten, abgebrochenen Mathematikstudenten und gerade anbrechenden Schriftstellers Kleist zu bestätigen scheint, die seit jenen in achtzig Briefen Kleists scheinbar gut dokumentierten Wochen aufgestellt wurden. Das Ziel immerhin steht fest. Es war das, was Kleist, der »Ankündigungsakrobat« (Hermann Kurzke), immer hatte, aber zeitlebens nie erreichte. Das Glück. Einen Platz zu finden, eine Existenz im Riss, der sich gerade in der Gesellschaft auftat und in dem Kleist herumrandalierte und zugrunde ging – dem zwischen bürgerlicher Pflichterfüllung und künstlerischer Freiheit.

Sie würden stolz sein über das, was er da in Würzburg vorhabe, so es denn gelänge, schrieb er seiner Halbschwester Ulrike und seiner Verlobten Wilhelmine von Zenge. Möglich, dass er den Stadt-Chirurgus aufsuchte, um sich von einer Vorhautverengung zu befreien und Wilhelmine auch körperlich glücklich machen zu können. Möglich, dass er sich mittels Mesmerisierung von seinem Stottern befreien wollte. Möglich, dass er bei den Freimaurern Beziehungen knüpfen wollte. Möglich, dass er mathematische Theorien zum Glücksspiel ausprobieren und durch Würfeln reich und unabhängig werden wollte. Möglich, dass er sich in Berlin von Carl August von Struensee, dem preußischen Minister für Akzise-, Zoll-, Kommerzial- und Fabrikwesen, als Industriespion für Preußens Textilindustrie hatte anheuern lassen – um die Rezeptur für das heute als Schweinfurter Grün bekannte Pickelgrün zu stehlen, eine Farbe, die so giftig war, dass Maler (van Gogh zum Beispiel) Pickel bekamen, die aber Pickelgrün hieß, weil sie vom Würzburger Chemieprofessor Johann Georg Pickel erfunden wurde. Möglich, dass das alles zutrifft. Herr Klingstedt zeigt sich in den Briefen eben nicht nur als Ankündigungsakrobat, sondern als vollendeter Verschleierer seiner selbst.

Das Einzige, von dem man mit einiger Sicherheit konstatieren kann, dass es sich zwischen dem 9. September und dem 27. Oktober des Jahres 1800 in Würzburg ereignet hat, ist der Urknall des Schriftstellers Heinrich von Kleist.

Elmar Krekeler

40

ALS ***MARGUERITE DURAS*** BESCHATTET WURDE

1940: Paris ist deutsch besetzt. Die junge Marguerite Duras steht unter Verdacht, ihren Mann bei der Gestapo denunziert zu haben. Nun lässt die Résistance Duras beschatten. Ein späterer französischer Staatspräsident ist auch involviert.

»Niemand wird es je wissen«, sagt ihre Biographin Laure Adler. Gemeint ist: Hat Marguerite Duras während der deutschen Besetzung von Paris »den Rubikon überschritten«? Sie selbst sagt: Nein. Zeitzeugen behaupten: Aber ja. Die junge Autorin lebt mit ihrem Mann, dem Journalisten Robert Antelme, in Paris, als 1940 die Deutschen einmarschieren. Sie arbeitet in der für Papierzuteilung zuständigen Behörde des Vichy-Regimes. Gleichzeitig sind sie und Robert im Résistance-Netzwerk von François Mitterrand aktiv. Marguerites Liebhaber Dionys Mascolo gehört ebenfalls zur Gruppe, Robert toleriert das Verhältnis. Dann, Anfang Juni 1944, der Schock: Robert Antelme wird von der Gestapo verhaftet. Wer hat ihn denunziert? Marguerite bleibt ohne Nachricht, wo er sich befindet, ob er deportiert wurde, ob er noch lebt. Täglich reiht sie sich in die Schar verzweifelter Angehöriger vor dem Gestapo-Hauptquartier in der Avenue Foch ein. Eines Nachmittags wird sie im Flur von einem Franzosen angesprochen: Ob sie die Autorin Marguerite Duras sei – und ob er sie wohl in dieser Zeit knapper Lebensmittel zum Essen einladen dürfe? Sie nimmt an. Charles Delval, 43, ist Elsässer, verheiratet, Vater und interessiert sich für moderne Literatur. Als überzeugter Faschist arbeitet er mit den Deutschen zusammen, ist »un collabo«, ein Kollaborateur. Angeblich verrät er Partisanen, aber angeblich hat er auch Verhaftete gegen Geld und Gaben befreit. Gerüchte, Vermutungen, nichts ist erwiesen außer Delvals enge Verbindungen zu den Deutschen. Kann er Robert finden, ihm helfen?

Charles und Marguerite treffen sich immer wieder, Mitterrand lässt das Paar beschatten – um Duras zu schützen? Oder weil er sie für eine Verräterin hält? Mitte August schlägt Delval nach dem Essen vor, das Treffen in einer verlassenen Wohnung fortzusetzen. Das ist der Rubikon, den sie, wie sie später beteuert, nicht überschritten hat: Sie lehnt ab. Zwei Wochen später rücken die Amerikaner ein und befreien Paris. Delval wird verhaftet, im Prozess sagt Duras als Zeugin der Anklage aus, wohl wissend, dass Kollaborateuren die Todesstrafe droht. Dann meldet sie sich plötzlich bei Delvals Anwalt und wechselt auf die Seite der Verteidigung. Warum? Dionys Mascolo hatte ohne Marguerites Wissen eine Affäre mit Delvals Frau Paulette begonnen, sie ist schwanger. Doch will Mascolo die Beziehung zu Marguerite nicht aufgeben, er hofft, dass Delval freigesprochen und sich um Paulette und das Kind kümmern wird. Deshalb bittet er Marguerite, Delval zu entlasten, was sie versucht. Ohne Erfolg: Delval wird verurteilt und Weihnachten 1944 im Gefängnishof erschossen.

Nach Kriegsende im Mai 1945 kommt Robert Antelme nach Paris zurück, todkrank und abgemagert auf 35 Kilo. Zur Erklärung genügt ein einziges Wort: Buchenwald. Marguerite versorgt und unterstützt ihn, bis er halbwegs allein zurechtkommt, dann lässt sie sich scheiden und heiratet Mascolo. Vierzehn Jahre später, 1959, schreibt sie das Drehbuch zu Alain Resnais' Klassiker *Hiroshima mon amour*, der nicht nur von Hiroshima erzählt. Es wird für einen Oscar nominiert. Die Protagonistin ist eine Französin aus der Provinzstadt Nevers, die während des Krieges einen Deutschen liebte und nach der Befreiung mit geschorenem Kopf unter dem Gejohle der Bürger durch die Straßen getrieben wurde. Der Film steht auf ihrer Seite und verurteilt sie nicht – ein erster Beitrag zur Beendigung einer Doktrin, die Rache legitimierte, ohne den Menschen zu sehen.

Gisela Trahms

41

ALS ***HERMANN HESSE*** ES MIT DER ***SONNE*** ÜBERTRIEB

Egal ob Sommer oder Winter: Der Schriftsteller Hesse ist ein Sonnenanbeter. Doch in der Künstlerkolonie auf dem Monte Verità rächt sich die Freikörperkultur ohne UV-Schutz. Nachts hilft nur noch ein brutales Mittel.

Der Sonnenanbeter Hermann Hesse lässt auch in der kalten Jahreszeit nichts aus. In seinem Bericht *Wintertage in Graubünden* erzählt er von einem klirrend kalten, klaren Morgen. Hesse startet bei minus zwölf Grad in Klosters. Als er die schattige Talsohle verlässt, braucht er die Schneebrille, um nicht schneeblind zu werden. In seinem Text feiert er die »Hochgebirgssonne im Winter«, später gönnt er sich ein Stückchen Schokolade und rastet auf einem schneefreien, trockenen Fleckchen Moos: »Ich lag wie im Sommer, fühlte die Dezembersonne auf Nacken und Arme brennen und dachte mit Behagen an meine Heimat am Bodensee, wo jetzt feuchte Kühle und Nebel herrschten. Dann begann ich, mir Hände und Arme mit Schnee zu waschen. Und da dies köstlich wohl tat, warf ich eilig Schuhe und Strümpfe und alle Kleider ab, tat einen Freudenschrei und badete mich erschauernd im körnigen Schnee. Als ich wieder in den Kleidern war und in der Sonne lag, fühlte ich unter der erfrischten Haut mein Blut wohliger und wärmer und lebendiger kreisen als je nach dem raffiniertesten Dampfbad.«

Hesse ließ die Sonne auch bei anderen Gelegenheiten selten aus. Aus praktisch allen Lebensphasen gibt es Zeugnisse, die den besonderen Sonnenkult des Dichters dokumentieren. Wandernd, heißt es in seinen Engadiner Korrespondenzen von 1949, »sind alle tiefbraun geworden«, wahlweise auch »glücklich und sehr dunkelgebrannt«. Hesse ließ die Sonne sogar so gern an seinen Körper, dass er nackt klettern ging, selbst wenn das unpraktisch war: »Die Sonne brannte mir fleißig auf die verwöhnte Haut, die Dornen zeichneten mir ein Netz von roten Schrammen auf die Beine; die Knie und Hüften stieß und ritzte ich mir am Kastaniengestrüpp und an den Felsen wund. Aber ich war fröhlich dabei, ich sang und hatte meine Lust an der wilden schönen Landschaft.«

Hesse pries die Freikörperkultur auch und nicht zuletzt als Befreiung von bürgerlichen Konventionen. Mit dieser lebensreformerischen Geisteshaltung war er, der pietistisch erzogene Sohn württembergischer Missionare, auch nicht zufällig in die Aussteigerkommune auf dem Monte Verità geraten. Gustav und Karl Gräser, die beiden »Sonnenbrüder aus Ascona«, waren 1906 durch Hesses Wohnort am Bodensee gezogen. Hesse habe sich ihnen direkt angeschlossen (so berichtet es Hesses Freund Ludwig Finckh) und sei dann in der Gegend von Ascona selbst nackt durch die Wälder gelaufen. Später habe er sich zum Fasten und Meditieren in die Höhle von »Gusto« Gräser begeben und sich allein von Wasser und Waldbeeren ernährt. Asketen, Sinnsucher und Propheten tummeln sich zuhauf in Hesses Werk. Doch der gepredigte Verzicht auf Kleidung führt auch zu schwerem Sonnenbrand, der nachts sogar das Schlafen verunmöglicht: »Ich konnte weder auf dem Rücken noch auf den Seiten liegen, die Haut ging in Streifen ab, und mir blieb nichts übrig, als trotz der Kühle nackt auf und ab zu gehen und zwischenein sitzend ein wenig zu rasten«, heißt es in Hesses Erzählung *In den Felsen* von 1907.

Wenn die Weltliteratur einen Schriftsteller kennt, dessen Sonnenhunger an seiner Hautfarbe ablesbar ist, dann ist es Hermann Hesse. Christian Kracht war noch viele Jahrzehnte später von Hesses Hautfarbe fasziniert. Er hat genau gewusst, wie er Hesses Cameo-Auftritt im Roman *Imperium* von 2012 zu gestalten hatte. Vom Hippie August Engelhardt neugierig Notiz nehmend, vielleicht sogar heimlich fasziniert, sitzt Krachts Hesse auf Seite 62 in den Boboli-Gärten von Florenz: »ein hagerer, eine kleine stählerne Brille tragender, asketischer Mann, dem die florentinische Ostersonne bereits einen kräftigen Nusston ins Antlitz gebrannt hatte«.

Marc Reichwein

42
ALS *J. M. COETZEE* AN DER UNI IN EINEN *AMOKLAUF* GERIET

Mitte der 1960er Jahre heuert J. M. Coetzee bei der Universität Texas in Austin an. Der 1. August 1966 beginnt für ihn wie jeder andere Tag. Bis ein Student sich waffenstarrend auf dem Campus-Turm verschanzt.

Weil er die Apartheid verabscheut, flüchtet ein junger, mittelloser Weißer 1962 aus Kapstadt nach London. Drei Jahre später, nach einem ordentlich bezahlten Job als Programmierer, zieht er nach Austin, Texas, weiter. Austin, Texas? Öl und Rindfleisch? Wo doch London gerade swingt? Der magere, ernste Südafrikaner, der ein Mathe-Diplom in der Tasche hat, dazu einen Master in Englischer Literatur, hat andere Interessen. Er liest, liest und liest sich durch die Weltliteratur, liest Ingeborg Bachmann auf Deutsch und Samuel Beckett auf Englisch und Französisch, um sich auf den Stand der Zeit zu bringen. Er will selbst schreiben, weiß nur noch nicht, worüber und auf welche Art. Erst einmal plant er eine Dissertation über Beckett. Aber wovon soll er leben? Ein Kollege empfiehlt ihm Amerika, das Land reicher Universitäten und großzügiger Stipendien. John Maxwell Coetzee, zukünftiger Literaturnobelpreisträger, erkennt die Rettung; sie trägt den Namen *Fulbright Exchange Program*.

Austin entpuppt sich als fremdes Terrain. Aber die University of Texas besitzt eine herrliche Bibliothek mit großer Handschriftenabteilung. Coetzee wühlt sich durch die Schätze. Viele Jahre danach wird er als weltberühmter Autor diesem Archiv die eigenen Manuskripte übereignen. Jetzt, als Student, muss er erst einmal unterrichten, was er gern tut. Mit zwei anderen Assistenten teilt er sich ein Büro. Es ist die Zeit der schweren Schreibmaschinen und wuchtigen Telefonhörer an kurzen Strippen, durch die die akademische Kommunikation in gemächlichem Tempo fließt. Die Universität ist groß, auf dem Campus liegen die Gebäude der Departments weit verstreut. Ihr Zentrum ist der 94 Meter hohe Uhrturm aus den 1930er Jahren. Knapp unter seiner Spitze verläuft eine Aussichtsplattform, die mit dem Fahrstuhl erreichbar ist.

Am 1. August 1966 verbarrikadiert sich der 25-jährige ehemalige Student Charles Whitman auf dieser Plattform, wohin er mit einer Stechkarre Gewehre, Shotguns und Magnum-Revolver sowie große Mengen Munition transportiert hat. In der vorangegangenen Nacht hat er seine Mutter und seine Frau getötet und die Botschaft hinterlassen, dass er so viele Menschen wie möglich umbringen will. Nun sitzt er oben im Mittagslicht, schaut durch sein Fernglas und zielt. Er war bei den Marines und ist ein geübter Schütze.

Als die Kugeln zu fliegen beginnen, als einzelne Herumlaufende plötzlich zusammenbrechen und das Knattern der MGs fortdauert, werden überall Fenster aufgerissen. Was ist los? Woher kommt dieser Lärm? Ist es die nahe Baustelle? Irgendwelche Maschinen? Im August sind Semesterferien, der Betrieb ist reduziert, aber ruht nicht. Auch Coetzee ist in seinem Büro und hört die Schüsse. Er öffnet das Fenster, beugt sich weit hinaus und rätselt.

Ein Wachmann stürzt herein und fordert ihn auf, sich unter den Schreibtisch zu hocken, jemand schieße auf die Fenster, unklar woher. Kurz darauf werden die Uni-Mitarbeiter in das fensterlose Basement geleitet. Anderthalb chaotische Stunden dauert es, bis sich drei Männer auf den Turm wagen und den Sniper erschießen. Am nächsten Tag erfährt Coetzee, dass einer seiner Kollegen in einem anderen Büro getroffen wurde, als er den Kopf aus dem Fenster streckte. Dass das Leben voller Gewalt ist, weiß er als Südafrikaner nur zu gut. Eine amerikanische Form der Gewalt sieht er jeden Abend im Fernsehen: eine Serie namens Vietnamkrieg, in den Hauptrollen Bomben und Napalm. Jetzt hat er ein *Shooting* erlebt.

Gisela Trahms

43

ALS ***RAINALD GOETZ*** EIN INTERVIEW MIT ***REICH-RANICKI*** HATTE

Gastfreundlich kann man den Literaturpapst nicht gerade nennen. Mürrisch empfängt er einen jungen Medizinstudenten und Reporter namens Rainald Goetz. Das Gespräch fühlt sich für den Interviewer wie eine Prüfung an.

Schon vor dem Interview lässt Marcel Reich-Ranicki seinen angemeldeten Besucher wissen, dass er alle Fragen, die der Besucher stellen werde, wahrscheinlich sowieso schon hundertmal beantwortet habe. Also denkt sich Rainald Goetz »möglichst originelle Fragestellungen« aus. Doch was für ein Interview wird das überhaupt? Und wer ist Rainald Goetz um 1980?

Er ist 26 und studiert Medizin in München. Als Historiker hat er schon abgeschlossen, sogar promoviert, jetzt macht er ein Praktikum in der Psychiatrie. Vielleicht hat er auch schon entschieden, dass er Schriftsteller wird. Sich die Stirn aufschlitzen und blutend dasitzen, vor Reich-Ranicki in der Jury und laufenden Fernsehkameras beim Bachmannpreis in Klagenfurt, wird er drei Jahre später. Schreiben tut er schon. Rezensionen für *Süddeutsche, Spiegel* und *Spex*. Und lesen tut er. Feuilletons. Manisch. So wie man Teile seines späteren schriftstellerischen Werkes (»Abfall für alle«, »Klage« oder »Loslabern«) als Feuilleton-Groupietum verstehen kann, begibt Goetz sich auf eine »Reise durch das deutsche Feuilleton«. Der gleichnamige Essay erscheint 1981 in Enzensbergers Zeitschrift *Transatlantik*. Goetz besucht westdeutsche Feuilletonredaktionen in Hamburg, Frankfurt, Stuttgart, München. Berlin spielt vor dem Mauerfall keine Rolle. Er trifft Wolfram Schütte, Fritz J. Raddatz, Joachim Kaiser. Also lauter hohe Herren. Und nun also, gleichsam der Höhepunkt seiner Meet-&-Greet-Tour, der Besuch beim Literaturpapst zu Hause, im Frankfurter Villenviertel Dornbusch.

Goetz drückt auf den Klingelknopf und bewundert das Kameraauge daneben. Teofila Reich-Ranicki öffnet nett, ihr Mann tritt hinter ihr mit mürrischer Miene auf. Rainald Goetz, in seiner eigenen Diktion notorisch »der Besucher«, beginnt – und scheitert. Mit superoriginellen Fragen kann der Großkritiker so gar nichts anfangen. Ja, da wird er sogar richtiggehend misstrauisch: »Der Besucher muss ihn noch einmal ausführlich über sein Projekt informieren. Eingeschüchtert durch die Briefe des Kritikers, hatte der Besucher bereits vor dem Gespräch das Gefühl, hier werde kein Interview, sondern eine Prüfung stattfinden. Jetzt steckt er drin.«

Es kommt dann aber doch noch ein Gespräch zustande. Über das Warschauer Ghetto, die 68er, die SPD.

Zwischendurch bringt »Frau Reich-Ranicki« eine neue Kanne Kaffee. Und Goetz darf sogar rauchen. »Der Besucher registriert, dass Reich-Ranicki seine Stimme geradezu bühnenreif einsetzt; wie er sie hebt, um ein ›Nein!‹ herauszuschleudern, wie er andermal fast flüsternd sagt: ›Das ist egal.‹ Auf eine Inszenierung seiner körperlichen Bewegungen hingegen scheint er zu verzichten. Er spreizt und schließt die Beine, kratzt sich am Oberschenkel, wippt mit dem Bein, bearbeitet mit einer Hand die andere. Langsam weiß der Besucher auch das Mürrische in seinem Gesicht zu lesen: Es verschwindet nie ganz, wird aber zu allerlei differenzierenden Kommentaren verwendet.« So weit die Goetz-Notizen zum Habitus des Großkritikers. In nuce steckt darin schon die künftige Fernsehkarriere des Literaturpapstes. Wir schreiben das Jahr 1980, Reich-Ranicki ist auf dem Höhepunkt seiner Macht als Literaturchef der *FAZ*, und Goetz hat schon mal seherisch registriert, was Reich-Ranicki vor der Kamera auszeichnet.

Zum Abschied muss Goetz beweisen, dass sein Tonband funktioniert hat – und sich Reich-Ranickis Buch *Zur Literatur der DDR* schenken lassen. »Wollen Sie's haben? Irgendein Buch will ich Ihnen geben.« Goetz bekommt es sogar signiert.

Marc Reichwein

44

ALS *SAMUEL BECKETT* VON EINEM *ZUHÄLTER* NIEDERGESTOCHEN WURDE

Der Autor von *Warten auf Godot* geht mit Freunden in Paris essen. In einer Sackgasse kommt es zu einer verhängnisvollen Begegnung. Becketts Leben hängt an ein paar Zentimetern. Seine Klinikrechnung bezahlt ein berühmter Kollege. Der Messerstecher entschuldigt sich später.

Auch Dichter werden in Messerstechereien verwickelt. François Villon hat einen Priester erstochen. Christopher Marlowe starb an einem Messerstich ins Auge. Beinahe wäre Samuel Beckett 1938 auf ähnliche Weise gestorben. Wenn die Klinge eines Pariser Zuhälters nicht Herz und Lunge des Iren knapp verfehlt hätte, wären Theaterstücke wie *Warten auf Godot* oder *Das letzte Band*, die die Bühnenkunst des 20. Jahrhunderts revolutionierten, niemals geschrieben worden. Die schicksalhafte Szene in der Nacht zum Dreikönigstag 1938 begann mit einem harmlosen Essen unter Freunden. Beckett begleitete das befreundete Ehepaar Alan und Belinda Duncan nach einem Restaurantbesuch um ein Uhr morgens nach Hause. Fünfzig Jahre später, ein Jahr vor seinem Tod, beschrieb er die Szene seinem Biographen James Knowlson so: »Dieser Zuhälter tauchte auf und fing uns zu belästigen an, wir sollten mit ihm gehen.«

Es kommt zu einem Wortgefecht. Der Zuhälter sticht Beckett nieder: »Und ich lag blutend auf dem Pflaster.« Der Lude rennt weg. Die Duncans tragen Beckett in ihre Wohnung. Als sie ihn ausgezogen haben und die Wunde sehen, sind sie entsetzt. Sie bringen ihn ins nächste Krankenhaus. Das Messer ist in Becketts linke Seite eingedrungen und hat das Rippenfell durchbohrt. Man bangt um sein Leben. Genaueres ist vorerst nicht festzustellen, da Beckett noch nicht zum Röntgen transportiert werden kann. Während der Ungewissheit schreiben schon die Zeitungen über den Vorfall, sowohl in Dublin als auch Paris. Becketts Mutter, Bruder und Schwägerin fahren sofort nach Paris. Der Poet Brian Coffey, mit dem sich Beckett eigentlich am nächsten Tag treffen wollte, ruft das Ehepaar Duncan an und ermuntert sie, James Joyce zu bitten, ob er nicht etwas für Beckett tun könne. Der andere große Ire, zu diesem Zeitpunkt schon eine Berühmtheit, macht sich auf den Weg ins Krankenhaus, wo Beckett ohnmächtig liegt. »Ich erwachte in einem *salle commune*, einem großen Raum. Das Erste, was ich sah, als ich zu mir kam, war Joyce. Und dank Joyce und seiner verrückten Ärztin bekam ich ein Einzelzimmer.« Die Ärztin war Thérèse Fontaine, gewissermaßen die Leibärztin von Joyce und seiner Frau Nora.

Die Joyces betütteln Beckett jeder nach seiner Weise.

James bringt ihm eine Leselampe, Nora kocht ihm Vanillepudding. Der Schriftstellerkollege spendiert auch Extrakosten für das Einzelzimmer. Am allerliebevollsten sind aber die Duncans, die täglich ins Krankenhaus kommen und Beckett die Reporter vom Leib halten. Es entwickelt sich dennoch ein richtiger kleiner Beckett-Krankenbett-Tourismus, so kommen Peggy Guggenheim und der irische Botschafter. Anhand eines Verbrecheralbums, das die Polizei ins Krankenhaus bringt, identifiziert Beckett schließlich einen viermal vorbestraften Zuhälter namens Prudent als Täter.

Am 22. Januar wird Beckett entlassen. Dr. Fontaine rät ihm, seinen Lungendruck regelmäßig zu kontrollieren. An einen Freund schreibt er: »Ich werde auf Jahre hin stolzer Besitzer eines pleuralen Barometers sein.« Im März trifft er den Messerstecher Prudent im Gerichtssaal. Er fragt ihn, warum er es getan habe. »Je ne sais pas, Monsieur«, antwortet der Zuhälter und fügt ein höfliches »Je m'excuse« hinzu. (Ich weiß es nicht, mein Herr. Ich entschuldige mich.) Prudent kommt mit zwei Monaten Gefängnis davon. Beckett kommentiert sarkastisch: »Nicht übel für eine fünfte Verurteilung.« Seine blutgetränkten Kleider, die die Polizei als Beweismittel behalten hatte, bekommt er nie zurück.

Matthias Heine

45

ALS ***MARIA SIBYLLA MERIAN*** DIE ***MALARIA*** ÜBERLEBTE

Im Jahr 1699 segelt Maria Sibylla Merian allein mit ihrer Tochter nach Surinam. Die Hitze setzt ihr zu. Das Gelbfieber auch. Und dann bringt sie angeblich auch noch ein Schiff zum Sinken.

In *Metamorphosis Insectorum Surinamensium*, ihrem Meisterwerk über die Regenwälder Niederländisch-Guayanas, schreibt Maria Sibylla Merian an ihre Leser: »So bin ich dann im Juni des Jahres 1699 dorthin gefahren, um genauere Untersuchungen vorzunehmen. Ich bin bis zum Juni des Jahres 1701 dort geblieben und habe mich dann wieder nach Holland begeben, wo ich am 23. September eintraf. Ich fand in jenem Land nicht die passende Gelegenheit, um die Beobachtungen der Insekten vorzunehmen, die ich mir vorgestellt hatte, da das Klima jenes Landes sehr heiß ist. Die Hitze bekam mir nicht gut.«

Dass sie in Surinam das Klima nicht vertragen hatte, war eine bescheidene Zusammenfassung ihrer Überlebenskünste. Alle hatten sie, die »Blumenzeichnerin«, gewarnt. Die Kupferstecher in ihrer Familie, der Bürgermeister von Amsterdam und der Notar, bei dem sie vor der Abreise ihr Testament aufsetzen ließ. Mit 52 Jahren war Maria Sibylla Merian im ausklingenden 17. Jahrhundert bereits eine ältere Dame, als sie sich mit ihrer Tochter Dorothea für die weite Reise zu den westindischen Kolonien einschiffte.

Nach wochenlanger Fahrt trafen im Hafen von Paramaribo also zwei allein reisende Frauen ein. Die schwarzen Sklaven waren so erstaunt wie ihre weißen Herren, wenn die zarten Merians über die Zuckerrohrplantagen liefen, stachelige Pflanzen pflückten, Ungeziefer sammelten und mit den Ureinwohnern sprachen. Maria Sibylla Merian machte sich unweiblicher Umtriebe verdächtig. Die Verhältnisse waren nicht nur geprägt von einer unerträglich feuchten Hitze – sondern auch von niederländischen Kolonialisten, die das Land der ausgerotteten oder vertriebenen Indianer von aus Afrika entführten Arbeitern beackern ließen.

Als Naturpoetin glaubte Merian an die Gleichheit der Geschöpfe. Schon als Mädchen hatte sie bei ihrer Seidenraupenzucht bemerkt, dass Wirbellose keineswegs durch Urzeugung im Schlamm entstanden, wie die Männer es seit Aristoteles behaupteten. Die Raupen waren keine Exkremente, wie die Forscher ihrer Zeit erklärten. Die Metamorphose wurde zur Metapher für den ewigen Wandel.

Dass ihr niemand etwas antat, wenn Merian mit einem entliehenen Sklaven oder einem Einheimischen in die Wälder zog und jeden Farbigen behandelte wie ihresgleichen, lag daran, dass sie den Schutz der frommen Frau von Sommelsdijk genoss. Die Gummibaumplantage der Kommune strenger Jesuiten lag mitten im Dschungel. Nicht geschützt war Merian dort vor den Mücken. Immer wieder litt sie unter hohem Fieber, unter Gelbfieber oder Malaria, woran sie mehrmals beinahe gestorben wäre. Sie ließ sich es auch nicht nehmen, jede Frucht und jeden Samen selbst zu kosten. »Der Samen der Flos Pavonis wird gebraucht für Frauen, die Geburtswehen haben und weiterarbeiten sollen«, schreibt sie in ihrer *Metamorphosis:* »Die Indianer, die nicht gut behandelt werden, wenn sie bei den Holländern im Dienst stehen, treiben damit ihre Kinder ab, damit ihre Kinder keine Sklaven werden, wie sie es sind.«

Im Juni 1701 bestieg Maria Sibylla Merian ein Schiff nach Hause, das noch im Hafen sank. Die Männer gaben ihr und ihrer Fracht die Schuld, Koffern und Kisten voll von Skizzen und Notizen, trockenen Blumen, toten Tieren und lebenden Echseneiern. Für den Schaden sollte sie aufkommen. Nach drei Wochen Streit gaben die Männer auf und segelten sie ohne zusätzliche Kosten zurück nach Amsterdam, wo sie nie mehr zu Kräften kam, ihre Metamorphosen schrieb und im Jahr 1717 starb.

Michael Pilz

46

ALS *TOLSTOI* VON EINEM *BÄREN* GEBISSEN WURDE

Lew Tolstoi ging gern jagen. Doch einmal ging der Bär, den er erlegen wollte, auf den Schriftsteller los. Tolstoi wurde verwundet. Seine Tochter Tatjana bekam die Geschichte immer dann zu hören, wenn sie Papas Narbe betastete.

Bei Tolstois zu Hause lag ein Bärenfell. Ein großes, dunkles Bärenfell, von dem Tolstois älteste Tochter Tatjana in ihren Aufzeichnungen *Ein Leben mit meinem Vater* Folgendes berichtet: »Es war ein ganz besonderer Bär: er sah nämlich aus, als sei er lebendig. Die braunen Glasaugen schienen echt, er hatte Zähne und sogar eine Zunge war ihm eingesetzt worden. Aber wichtiger war, dass wir wussten, dieser Bär hatte einmal Papa gebissen, wovon eine kreisrunde Narbe auf dessen Stirn zurückgeblieben war.«

Der Narbenpapa Lew Tolstoi gehört mit Romanen wie *Krieg und Frieden* (1868) und *Anna Karenina* (1878) zum Markenkern dessen, was man Weltliteratur nennt. Als Dichter mutierte er schon zu Lebzeiten zur Sehenswürdigkeit, ein bisschen wie Goethe in Weimar, nur krasser. Tolstoi zog extremere Fans an, er lebte ja auch selbst extremer: erst Spieler und Soldat, dann »wahrer« Christ und Pazifist, erst Adelsspross aus einer Familie mit 330 Leibeigenen, dann selbst pflügender Pseudo-Bauer, erst Jäger, dann Hardcore-Vegetarier. Im Alter war er vor allem Steinbruch für Anekdoten – abgeklopft von unzähligen Besuchern, die ihm auf seinem Landgut in Jasnaja Poljana die Aufwartung machten. Tschechow sah in Tolstoi »keinen Menschen, sondern ein Menschentum«. Rilke erlebte ihn bei Sturm: »der große Bart wehte«.

Tolstoi wurde nicht nur von berühmten Gästen aufgesucht, er wurde wegen seiner kreisrunden Stirnnarbe auch von den Freundinnen seiner eigenen Töchter angestarrt. Wenn das der Fall war, so Tatjana Tolstoi in ihren Erinnerungen, dann ließ er sie manchmal bereitwillig die Narbe befühlen: »Oft erzählte er selbst noch einmal den Hergang. Eines Tages, es lag schon lange zurück, hatte er in der Gegend von Smolensk auf einen Bären geschossen, ihn aber nur verwundet. Der wildgewordene Bär hatte sich auf ihn gestürzt, ihn umgeworfen und sich dann daran gemacht, ihn in Stücke zu reißen.«

Bärenstarke Action! Schon in Tolstois Wimmelbild *Krieg und Frieden* steppt der Bär, im übertragenen wie im wörtlichen Sinn. Mal taucht er als Mummenschanz auf, mal als Metapher für fehlende Manieren: »Bringen Sie diesem Bären hier Bildung bei«, sagt Fürst Wassilij – mit Blick auf Pierre Besuchow – zu Anna Pawlowna. Mal ist er Spielzeug (»Aus einem dritten Zimmer hörte man tollen Lärm, Lachen, Schreien bekannter Stimmen und

Bärengebrüll«), mal Anekdote (die Geschichte vom Polizeiaufseher, der sich einen Bären aufbinden ließ). Auch eine Kindergeschichte Tolstois erzählt von drei Bären.

Von Tolstois Bärenjagd im echten Leben, bei der er beinahe in Stücke gerissen worden wäre, berichtet die Tochter folgenden Ausgang: »Wie Papa sagte, hatte er den glühenden Atem des Tieres über seinem Gesicht gespürt. Sein Jagdgefährte aber, ein Bauer, hatte ihm das Leben gerettet, indem er das Tier mit einem Jagdspieß zurücktrieb.« Ulrich Schmid, Professor für Kultur und Gesellschaft Russlands an der Universität St. Gallen, datiert Tolstois Bärennarbe auf das Jahr 1858. Die 1864 geborene Tochter Tatjana kannte ihren Papa also nie anders als mit Narbe. Und sie liebte das Bärenfell, das im Vorraum zum Schlafzimmer der Eltern lag, als Ort zum Träumen: »Wenn ich auf dem rauen Fell lag, betastete ich die Zähne des Bären und dachte an die Gefahr, der Papa ausgesetzt gewesen war, dann schlief ich weiter, bis Papa im Morgenrock, Haar und Bart zerzaust, aus seinem Zimmer trat, um sich hier anzukleiden, mich weckte und in mein Bett zurückschickte.«

Marc Reichwein

47

ALS ***SYLVIA PLATHS DATE*** IN DIE HOSE GING

Ihre spätere Liaison mit Ted Hughes wird legendär. Doch 1952 ist Sylvia Plath noch jung und naiv, sie »sammelt Männer mit interessanten Namen«. Ein Medizinstudent, der keine Gedichte liest, ist definitiv nicht der Richtige für sie.

Sie ist 19, als sie 1951 ein Stipendium fürs Smith erhält, das angesehenste Frauencollege der USA. Im Jahr darauf gewinnt sie ein bezahltes Praktikum bei der Frauenzeitschrift *Mademoiselle* in New York. Das bedeutet: ein bisschen modeln, Events besuchen, Artikel schreiben – die große Welt, endlich! Halbwelt und obskure Männer gehören auch dazu, und Sylvia, das unerfahrene, streng erzogene Wundermädchen aus Boston, hält sich vorsichtig zurück: »Ich sammelte Männer mit interessanten Namen. Ich kannte schon einen Sokrates. Er war groß, hässlich und intellektuell.« – Zur Liebe reicht das leider nicht. Auf der Highschool war sie mit Buddy Willard ausgegangen, der jetzt in Yale Medizin studiert. Ein so schätzenswerter, ordentlicher junger Mann! Gut aussehend, zuverlässig – Sylvias Mutter ist begeistert. Sylvia zweifelt. Sie will Gedichte schreiben.

Buddy findet Gedichte öde. Eines Tages fragt er sie, ob sie wisse, was das denn eigentlich sei, ein Gedicht? Nein, was denn? Darauf er: »Ein Haufen Staub.« Herrje! Wochenlang denkt sie über eine beißende Antwort nach und findet sie schließlich: dass nämlich die Leichen, die Buddy im Anatomiekurs seziert, ebenfalls Staub sind und trotzdem nützen, wie Gedichte auch. Ehe sie ihm diese Wahrheit entgegenschleudern kann, stellt Buddy eine noch heiklere Frage: »Hast du schon einmal einen Mann gesehen?«, und gemeint ist natürlich: einen nackten Mann. Als sie den Kopf schüttelt, beginnt er sich auszuziehen, auch die aus »einer Art Nylon-Fischnetz« bestehende Unterhose (»Meine Mutter sagt, sie lässt sich leicht waschen«) lässt er zu Boden fallen. So »stand er vor mir, und ich starrte ihn an«. Was jetzt? Lob, Entzücken, Begehren? Nichts da, ganz im Gegenteil: »Mir fiel nichts anderes ein als Truthahnhals und Truthahnmagen, und ich war sehr niedergeschlagen.« Ach, ach!

Sylvia Plath erzählt diese Geschichte in ihrem einzigen autofiktionalen Roman *Die Glasglocke*, der so locker und witzig beginnt, dass man es gar nicht glauben mag. Wie kann eine junge Frau im prüden Amerika der 1950er Jahre so punktgenau die Komik der Situation und des Dann-doch-nicht-Sex empfinden? Steht ihr Name nicht für Schwermut und Tragik? Zu Recht, denn auf Dauer kommt die souveräne Selbstironie gegen das dumpfe Gefühl, wie unter einer Glasglocke zu existieren, nicht an. Sylvia, die im Roman Esther heißt, will auf keinen Fall »suburban housewife« werden. Sie fragt: Wer bin ich?

Wer möchte ich sein? Was möchte ich tun? Und wenn ich Angst habe, es auszusprechen, dann muss ich es wenigstens niederschreiben, in Gedichten, und seien sie noch so rätselhaft ...

Mit einem weiteren Stipendium flieht sie nach England, direkt ins Herz des attraktivsten britischen Lyrikers, den sie heiratet. Mr und Mrs Ted Hughes sind ein leidenschaftliches Dream-Team, zwei Kinder stellen sich ein, doch schafft Poesie kein Brot. Unterstützt durch den Kollegen W. S. Merwin, der dem Paar seine Londoner Wohnung als täglichen Schreibort überlässt (morgens Sylvia, nachmittags Ted), wechselt sie das Genre und bringt 1962 binnen eines Vierteljahrs den Roman der eigenen Jugend aufs Papier, in der Hoffnung auf dringend benötigte Einnahmen, aber auch, um ihre Depressionen und die schlimmen Erfahrungen mit der amerikanischen Psychiatrie zu bewältigen. Geliebt bis zum heutigen Tag und ein Kultbuch des Feminismus, wird *Die Glasglocke* zum Longseller und Lesetrost.

Gisela Trahms

48

ALS ***VICTOR HUGO*** IM EXIL EINEN ***BAUM*** PFLANZTE

1851 protestiert der französische Dichter Victor Hugo gegen den Staatsstreich von Louis Napoléon. Er kommt in Haft und wird verbannt. Nach zwanzig Jahren Exil auf der Kanalinsel Guernsey setzt er eine Eiche – und gibt ihr einen besonderen Namen.

Mitte Juli 1870 verkündete das Erste Vatikanische Konzil die Unfehlbarkeit des Papstes, Frankreich erklärte Preußen den Krieg, und auf der englischen Kanalinsel Guernsey pflanzte ein französischer Dichter einen Baum. Es war Victor Hugo, der einen Zusammenhang zwischen den drei genannten Ereignissen herstellte. Der Eintrag in seinem Notizbuch vom 17. Juli 1870 lautet: »Während ich vor drei Tagen, am 14. Juli, in meinem Garten in Hauteville House die Eiche der Vereinigten Staaten von Europa pflanzte, brach im gleichen Augenblick in Europa der Krieg und in Rom die Unfehlbarkeit des Papstes aus. In einhundert Jahren wird es keinen Krieg mehr geben, es wird keinen Papst mehr geben, und die Eiche wird groß sein.«

Victor Hugo pflanzte die Eiche im Exil. Nachdem er 1851 gegen den Staatsstreich revoltiert hatte, mit dem Louis Napoléon sich erst zum Präsidenten auf Lebenszeit und dann zum Kaiser machte, war Hugo nach kurzer Haft aus Frankreich verbannt worden. Über Brüssel ging er nach Jersey und später nach Guernsey ins Exil. Im Mai 1856 kaufte er dort ein prächtiges Anwesen: Hauteville House. Bezahlen konnte er es mit dem Honorar, das er für die Gedichtbände *Les Contemplations* und *Les Châtiments* erhielt, Letzterer eine Sammlung satirischer Schmähgedichte auf »Napoléon-le-Petit« und das Zweite Kaiserreich. Im obersten Stockwerk von Hauteville House, seinem »Look-out«, von dem man bei klarem Wetter weit über das Meer die Küste Frankreichs sehen konnte, schrieb Victor Hugo am Stehpult die Romane *Les Misérables* und *Les Travailleurs de la mer*.

Einzelheiten zur Pflanzung der Eiche hat Victor Hugo mit roter Tinte in einer zweiten Notiz festgehalten: »Heute, am 14. Juli 1870, habe ich um ein Uhr nachmittags, unterstützt von meinem Gärtner Tourtell, in meinem Garten die Eichel gepflanzt, aus der die Eiche hervorgehen wird, die ich auf den Namen Eiche der Vereinigten Staaten von Europa taufe.« Victor Hugo zählte die Familienmitglieder und Gäste auf, die dem Pflanzakt beiwohnten, darunter waren seine geliebten Enkel »Petit Georges« und »Petite Anne«. Aus Anlass der Pflanzung schrieb Victor Hugo ein langes, aus 42 Vierzeilern bestehendes Gedicht: »Aux Proscrits«. Den Verbannten der Kaiserdiktatur gewidmet, nutzte er die Kernmetapher der frisch gepflanzten Eiche zur Schilderung seiner Vision eines geeinten Europas. Wenige Wochen danach begann er sich auf die Heimkehr nach Frankreich vorzubereiten, um »meine Pflicht als Citoyen zu erfüllen«. Im Triumph in Paris empfangen, erreichte ihn dort am 13. September 1870 eine Nachricht aus Hauteville House: »Julie (Hugos Schwägerin) schreibt mir aus Guernsey, dass die Eiche, die ich am 14. Juli gepflanzt habe, gekeimt hat. Die Eiche der Vereinigten Staaten von Europa ist am 5. September aus der Erde gekommen – dem Tag meiner Rückkehr nach Paris.«

1872 besuchte Victor Hugo noch einmal Hauteville House. Im Tagebucheintrag vom 17. August wird deutlich, welch sorgfältige Vorkehrungen er getroffen hatte, um der Eiche ans Licht zu helfen: »Bei meiner Ankunft habe ich die zwei kleinen Eichen – von den fünf, die ich vor zwei Jahren gepflanzt hatte – in einem guten Zustand vorgefunden.« 1927 verkauften die Erben Victor Hugos sein Domizil in Guernsey an die Stadt Paris. Hauteville House verfiel zunehmend, bevor es 2019, nach aufwendiger Restauration dank einer Großspende des Kunstmäzens François Pinault, wiedereröffnet werden konnte. Die Eiche der Vereinigten Staaten von Europa steht noch. Es geht ihr nicht gut.

Wolf Lepenies

49

ALS ***RINGELNATZ*** SEIN LEBEN ALS ***MATROSE*** SATTHATTE

20. Juni 1901, Britisch-Honduras: Hans Bötticher aka Joachim Ringelnatz schleicht sich von Bord. Er hat genug vom Dreimaster »Elli« und seinem fiesen Kapitän. Doch dann verläuft er sich im Urwald.

20. Juni 1901, abends, sechs Uhr: Endlich bekommt der Schiffsjunge Hans Bötticher aus Leipzig die Erlaubnis, an Land zu gehen. Mehr als eine Woche liegt der Schoner »Elli« in Belize, Hauptstadt der Kronkolonie Britisch-Honduras. Bötticher will fliehen, egal wohin. Er ist vorbereitet, trägt zwei Hemden, zwei Paar Strümpfe, den leinenen Arbeitsanzug und den blauen Ausgehanzug übereinander, dazu die besten Schuhe, Uhr, Taschenmesser, Pfeife, Fotos, sein kostbares Tagebuch. Kapitän Pommer gibt ihm und einem Kameraden zwei Dollar. Um neun Uhr sollen sie zurück sein, wegen der Strömung, drei Stunden bis zur Rückkehr.

Bötticher, knapp 18 Jahre alt, wollte unbedingt zur See fahren. Alle Sachverständigen hatten abgeraten, er ist schlaksig, mit krummen Beinen, doch er setzt sich mit »beseeltem Kinderwillen« durch. Im April fährt er von Hamburg zur Heuer nach Le Havre, sein Vater hat viel Geld für Ausrüstung ausgegeben, später wird er als »Fünfhundertmarksjunge« verspottet.

Die »Elli« ist ein Dreimaster, der Rumpf schwarz geteert, Heimathafen Oldersum bei Emden. Bötticher wird Schiffsjunge, es geht ihm nicht gut dabei. Die 15 Mann Besatzung schikanieren den Jungen, »es gab so wenig gebildete oder zartfühlende Seeleute«, räumt er später ein. Beim Teerstreichen wird er hinterrücks in den Topf gestoßen, der Steuermann prügelt ihn, der Koch schlägt mit dem Schüreisen. Als Bötticher im Übereifer den großen Kompass aushängt, um ihn mit Putzstein und Öl zu behandeln, reagiert Kapitän Pommer sauer, vom Bootsmann setzt es Ohrfeigen. Bötticher will davonlaufen, schreibt das in sein Tagebuch, was der Kapitän liest und ihm deshalb Landgang verwehrt.

Um acht geht Bötticher aus der Kneipe und verspricht, rechtzeitig am Hafen zu sein, läuft aber schnurstracks in den Urwald, wo er sich verirrt. Er hat Angst, sieht Tiere, nimmt das Messer in die Hand. Was folgt, ist aber kein Gemetzel, sondern ein Gewitter. Bötticher versucht, sich unter einem Pfahlhaus zu verkriechen, wird von schwarzen Einheimischen mit langen Messern verjagt. Patschnass stolpert er zurück nach Belize, in der Polizeiwache darf er schlafen. Für einige Tage kommt er bei einer kreolischen Familie unter, erledigt Aushilfsarbeiten, bis er das Angebot erhält, auf einem mexikanischen Kriegsschiff zu fahren. Im Hafen erschrickt Bötticher. Das Schiff liegt da. Aber die »Elli« ebenfalls. Er sieht bekannte Matrosen, duckt sich weg, verbirgt sein Gesicht unter einem breiten Hut. Wenn bloß der Leichter zum Übersetzen da wäre! Kapitän Pommer geht einmal direkt an Bötticher vorbei, der unter dem Seesack so tut, als würde er schlafen. Endlich ist das Boot bereit, zum mexikanischen Schiff rauszufahren. Bötticher hat ein Bein schon auf dem Boot, als ihm jemand auf die Schulter tippt, ein Polizist. Kapitän Pommer hat einen Preis auf seine Ergreifung ausgesetzt. Auf der Wache wird verhandelt, der Kapitän nimmt Bötticher mit auf die »Elli«. Ein Polizist sagt: »O, you are a bad boy«, »worauf ich ihm ein Leckmich zurief«.

Die Fahrt auf der »Elli« zurück nach Europa ist für den Schiffsjungen ebenso scheußlich, er wird wegen der Flucht verhöhnt. In Liverpool geht er von Bord. 1903 ist Schluss mit dem Matrosendasein. Die Reichsmarine lässt die Sehfähigkeit der Matrosen prüfen, Bötticher sieht nicht gut genug. Er will auch nicht mehr. Im November 1911 sinkt die »Elli« auf dem Weg von England nach Cuxhaven, Schiffsteile werden gefunden, sonst nichts.

Nach dem Ersten Weltkrieg ändert Hans Bötticher, Leichtmatrose a. D., seinen Namen. Er nennt sich nun Joachim Ringelnatz. Sein Matrose Kuttel Daddeldu wird berühmt.

Holger Kreitling

50

ALS ***PAUL FLEMING*** IN PERSIEN BEINAH ***ZERSTÜCKELT*** WURDE

1637 wird die holsteinische Gesandtschaft in Isfahan von Indern überfallen. Mittendrin: einer der bedeutendsten deutschen Barockpoeten. Fast 5000 Kilometer entfernt von zu Hause, schwebt er in Todesgefahr.

Die Entfernung von Schloss Gottorf in Holstein bis Isfahan in Persien beträgt 4736 Kilometer. Würde man zügig und ohne Pause durchmarschieren, wäre man laut Google Maps in 857 Stunden da. Knapp vier Jahre brauchte die Gesandtschaft, die der Herzog von Schleswig-Holstein-Gottorf, Friedrich III., im 17. Jahrhundert ausschickte, für den Hin- und Rückweg. Aus dem Bericht, den der Gottorfer Hofmathematikus Adam Olearius verfasste, wissen wir, wie sehr natürliche Hindernisse und extremes Wetter, aber auch Willkür lokaler Kleinherrscher und nicht zuletzt Überfälle durch wilde Völkerschaften die Expedition zum beschwerlichen Abenteuer machten.

Unter den Teilnehmern des Unternehmens, mit dem der Herzog eine kleine Seidenstraße zwischen Norddeutschland und dem Iran eröffnen wollte, befand sich auch Olearius' Studienfreund und Sekretär, der Poet Paul Fleming. Um ein Haar hätten beide im August 1637 in Isfahan den Kopf verloren. Wie es dazu kam, erzählt Olearius in seinem Buch *Moskowitische und Persische Reise:* Das Quartier der Holsteiner liegt gegenüber der Unterkunft einer indischen Gesandtschaft. Ein Deutscher fordert einen Diener der Inder auf, beim Gepäcktragen zu helfen. Als dieser sich weigert, entwickelt sich ein Scharmützel, in dessen Verlauf die holsteinischen Begleitsoldaten einige Inder töten und einen Schmuckdolch sowie einen Säbel, an dem ein Säckchen Geld hing, erbeuten.

Doch die Inder sinnen auf Rache. Vier Tage später greifen sie einen holsteinischen Diener an, strecken ihn mit Pfeil und Kugeln nieder, reißen ihm den Kopf ab und schwingen diesen an den Haaren herum. Olearius schreibt: »So musste also der gute Peter Wolter, der sonst ein frommer und stiller Mensch war, durch den Mord der Inder enden. Er ist ohne Zweifel von den Hunden gefressen worden.« Die Situation eskaliert. Auch Olearius und Fleming geraten in Lebensgefahr. Die verstreut untergebrachten Holsteiner wollen sich im Haus des Gesandten sammeln. In der engen Gasse werden sie von den Indern beschossen und einige getötet. Olearius hat Glück: »Indem auch ich zur Tür sprang, flog ein Pfeil dicht an meinem Gesicht vorbei und blieb in der Wand stecken, ich habe ihn als Andenken mitgenommen.«

Es kommt zu einem regelrechten Gefecht zwischen den holsteinischen Soldaten, die die Tür verteidigen (sogar mit einem kleinen Steingeschütz), und den Indern, die auch mit langen persischen Musketen schießen und – so Olearius – »verstanden, genau zu zielen«: »Der Sergeant Morrhoi am tapfersten. Indem er weiter anlegen will, trifft ihn ein Pfeil in der Brust, den er rasch rausreisst und wegwirft, noch einmal Feuer gibt, um dann hinter der Muskete niederzusinken.« Die Inder dringen ins Nebenhaus ein, nachdem sie dessen widerstrebendem Besitzer die Hand abgehackt haben. Die Holsteiner brechen ein Loch in die Wand, durch das sie in den Garten einer armenischen Kirche auf der anderen Seite fliehen. Doch dort sitzen sie in der Falle. Fleming und Olearius sehen sich schon als zerstückelten Hundefraß auf den Straßen Isfahans liegen.

Da treffen Truppen des Schahs ein und schaffen Ruhe. Die Holsteiner bleiben zwei Jahre in Isfahan, haben aber keinen Erfolg. Fleming stirbt 1640, ein Jahr nach der Rückkehr. Ihm verdanken wir Gedichte wie »Wie er wolle geküsst sein«, die uns heute noch durch ihren persönlichen Ton ansprechen. Olearius hat sie veröffentlicht. Das war nur möglich, weil beide bei dem Inderüberfall nicht vor die Hunde gingen.

Matthias Heine

51

ALS ***MAX FRISCH*** GERN EINEN NAZI VOM BERG ***GESCHUBST*** HÄTTE

1942, ein Sonntag im April oder Mai: Der Schweizer Rekrut Max Frisch hat einen freien Tag im Engadin. Auf dem Gipfel des Piz Kesch trifft er einen schneidigen Deutschen – und ärgert sich.

Vom *Dienstbüchlein* bis zur Streitschrift *Schweiz ohne Armee?*: Sein Leben lang hat sich Max Frisch an seiner Militärzeit abgearbeitet. Aber die vielleicht interessanteste Episode seiner 650 Tage, die er als Soldat eingezogen war, spielt in einem seiner Romane: Es ist 1942, ein Sonntag im April oder Mai, und der Schweizer Soldat hat Urlaub. Fronturlaub kann man es nicht nennen, denn die neutrale Schweiz kämpft an keiner Front, will sich bei einem möglichen Überfall durch Hitlerdeutschland (»Operation Tannenbaum«) aber gewappnet wissen. Heute hat der Schweizer frei. Er besteigt den Piz Kesch im Engadin. Bei eitel Sonnenschein stärkt er sich mit Ovomaltine. Auf dem 3400 Meter hohen Gipfel ruht er aus, nickt sogar ein. Als er aufwacht, ist da jemand. Ein anderer Bergsteiger. »Der Mann sagte: Grüssi! was er für schweizerisch hielt; offenbar ein Deutscher. Er hatte eine Karte, wie sich's gehört, obschon die Landkarten damals konfisziert waren, ferner eine Leica.« Der Deutsche nervt, vor allem durch sein »beharrliches Bedürfnis, immer wieder unsere Landessprache nachzuahmen, und zwar so, als wär's eine Kindersprache«. Er sagt »Chuchichäschtli«, der Schweizer ist innerlich wütend, doch man plaudert höflich weiter. Endlich packt der Deutsche seinen Rucksack, nicht ohne dem Schweizer noch einen Apfel zu schenken. Ins Gehen gewandt, lobt er das Panorama, das ja »bald auch zum Reich gehören würde«. Wie bitte?

Wer ist dieser Deutsche? Ein Nazispion, der das Gelände erkunden will? Die ungeheuerliche Vorstellung lässt den Schweizer Soldaten baff zurück. Eigentlich müsste er jetzt sofort eine Meldung in der Kaserne machen. Er überlegt kurz, Verfolgung aufzunehmen, pfeift dem Deutschen einmal hinterher (»wahrscheinlich hielt er's für den Pfiff eines Murmeltiers, das auch bald zum Hitlerreich gehören würde«) und gibt die Sache schließlich auf. Dann schläft er in der dünnen Bergluft abermals ein. »Als ich erwachte, vermutlich, weil ich fror, erschrak ich über den Gedanken: Ich habe diesen Mann über die Felsen gestoßen. Ich wusste: Ich habe es nicht getan. Aber warum eigentlich nicht? Ich hatte es auch nicht geträumt; ich erwachte bloß mit dem wachen Gedanken. Ein Stoß mit der Hand, als er sich nach seinem Rucksack bückte, hätte genügt. Ich aß jetzt seinen Apfel.«

Die Episode steht in Frischs Roman *Mein Name sei Gantenbein.* Und auch wenn Frischs Werk voller Disclaimer-Sätze steckt, die behaupten: »Man kann alles erzählen, nur nicht sein Leben.« Und: »Jeder Mensch erfindet sich früher oder später eine Geschichte, die er für sein Leben hält.« Oder: »Ich probiere Geschichten an wie Kleider.« Frisch war in jener Zeit selbst Kanonier, also im Aktivdienst der eidgenössischen Landesverteidigung. In der Kesch-Episode verdichtet sich das Frisch-Prinzip »Biografie. Ein Spiel« zu einer Actionszene im Geiste: Der Schweizer, der den hässlichen Deutschen *nicht* von der Felskante gestoßen hat, stellt sich zwanghaft vor, er hätte es getan. Er wäre gern dieser Held gewesen. Nimmt beim Abstieg vom Berg sogar extra einen Umweg, um zu inspizieren, wohin ins Gelände der nicht in die Tiefe geschubste Nazi mutmaßlich gestürzt wäre.

»In den folgenden Jahren, man weiß es, geschah viel. Tatsächliches. Es war keine Zeit für gedachte Morde. Ich kam auch nie wieder auf den Piz Kesch. Trotzdem habe ich es nicht vergessen«, heißt es im *Gantenbein* über das Bergsteigererlebnis. »Eine Tat nicht vergessen zu können, die man nicht getan hat, ist lächerlich.«

Marc Reichwein

52

ALS *MELVILLE* ZU DEN *KANNIBALEN* KAM

Im August 1841 hat Herman Melville keine Lust auf Walfang mehr. In der Südsee desertiert er und flieht in die Wälder Nukuhivas. Doch dort steht er vor einer gefährlichen Wahl: Typee oder Happar?

»Immer wenn ich merke, dass ich um den Mund herum grimmig werde; immer wenn in meiner Seele nasser, nieseliger November herrscht; immer wenn ich merke, dass ich vor Sarglagern stehen bleibe und jedem Leichenzug hinterhertrotte ... – dann ist es höchste Zeit für mich, sobald ich kann auf See zu kommen.« So steht es in seinem berühmtesten Roman, *Moby-Dick*, und so hat es Herman Melville auch gehalten. Am 3. Januar 1841 schifft er sich in New Bedford als Hilfsmatrose auf dem Walfänger »Acushnet« ein. Das Ziel ist der Pazifik, der »zweite Westen«, wie man damals lesen konnte, »prophezeit in den Prärien«.

Sechs Monate später gibt Melville an der Küste Perus einen Brief an seinen Bruder auf, am 1. August, seinem 22. Geburtstag, hat er Nukuhiva erreicht, eine der Inseln der Marquesas, und keine Lust auf Walfang mehr. »Die

Marquesas! Welch seltsame Bilder exotischer Dinge beschwört allein der Name herauf! Nackte Huris – Kannibalenbankette – Kokospalmenhaine – Korallenriffe – tätowierte Häuptlinge ...« Auf der »Acushnet« hält Melville jetzt gar nichts mehr. Mit dem jungen Toby Green verabredet er zu desertieren, und bei einem Landgang in prasselndem Regen ist der Weg auf einmal frei: Die Mannschaft sucht in einem Kanuschuppen Zuflucht, und Herman und Toby suchen das Weite. Durch die »Nebel des Tropenschauers« tauchen sie in den dichten Wald. Doch die zusammengestohlenen Vorräte sind bald aufgebraucht, der Weg ist zehrend – einmal seilen sich die beiden an Lianen einen Wasserfall hinab –, und Melville fängt an zu fiebern: Sein Bein ist von einer seltsamen Lähmung befallen. Als die beiden nach Tagen endlich auf Brotfruchtbäume stoßen, springt Toby »wie ein Windhund« hin, Melville kann nur noch »wie ein altersschwacher Wicht« hinterherhumpeln. Die Brotfrüchte sind dann leider halb verfault, noch schlimmer aber sind die mit Baumrinde zusammengebundenen Schößlinge, die auf die Anwesenheit derer deuten, die auf den Marquesas zu Hause sind. Es sind zwei, obendrein verfeindete Stämme, und nach allem, was Melville weiß, hat jetzt, in seinem Zustand, nur noch der Zufall eine Wahl: »Typee oder Happar? Ein entsetzlicher Tod durch die Hände der wildesten aller Kannibalen oder ein freundlicher Empfang durch das sanftmütigere Eingeborenenvolk?«

Wie Hoffnung trügen kann. Die beiden jugendlichen Ureinwohner, denen sie bald darauf begegnen, scheinen die bange Frage, ob sie Happar seien, zu bejahen – kaum dass Melville in ihrem Schlepptau eine Siedlung erreicht hat, kommen ihm jedoch Zweifel. Im Dämmer findet er sich in einem Bambushaus wieder, acht oder zehn strengen Häuptlingen gegenüber, deren strengster den letzten Rest Tabak, den Melville aus seiner Jacke kramt, nicht annehmen will. Typee oder Happar? »Ich zuckte zusammen, denn im selben Moment stellte der Fremde vor mir genau dieselbe Frage«, aber für den Häuptling ist es eine Frage der Loyalität. Typee oder Happar? Mit wem willst du es halten?

»Ich wandte mich an Toby«, schreibt Melville, »das flackernde Licht einer Kerze zeigte mir, wie sein Gesicht bei dieser fatalen Frage vor Angst erblasste. Ich zögerte eine Sekunde, und ich weiß nicht, was mich dazu bewogen hatte, ›Typee‹ zu erwidern. Die dunkle Statue nickte beifällig und murmelte dann ›Mortakee?‹. ›Mortakee‹, sagte ich, ohne weiter zu zögern – ›Typee mortakee.‹« Wie ungerecht Angst sein kann. Denn die Typee haben Melville nicht gegessen, sondern ihm sein erstes Buch beschert. Und anders als *Moby-Dick*, den die Kritik verdammte, war Melvilles *Typee* mortakee.

Wieland Freund

53

ALS *FALLADA* BETRUNKEN *BÜRGERMEISTER* WURDE

Mai 1945: Die Russen machen Hans Fallada zum Ortschef von Feldberg. Der Schriftsteller und Trinker soll Flüchtlinge managen, Nazis melden und Plünderungen ahnden. Doch mit Morphium geht alles schief.

Kleiner Ort, was nun? Am 8. Mai 1945 müssen sich alle Bewohner von Feldberg, einem Städtchen der Mecklenburgischen Seenplatte, vor der sowjetischen Militärkommandantur versammeln. Der Zweite Weltkrieg ist vorbei, und auf dem Balkon spricht Rudolf Ditzen, bekannt als Schriftsteller Hans Fallada *(Kleiner Mann, was nun?)*. Im Auftrag des Kommandanten sagt er: »Wir Russen kommen als eure Freunde.« Wenige Tage später ist Fallada Bürgermeister – in diesen wirren Nachkriegstagen kein Amt, in das man demokratisch gewählt, sondern eines, für das man bestellt wird. Auf Weisung der russischen Besatzer hat Fallada sich um die Unterbringung und Ernährung Tausender Flüchtlinge aus den Ostgebieten zu kümmern. Weiter soll er Nazis identifizieren, Waffen und Munition konfiszieren sowie Diebe, Arbeitsverweigerer und Schwarzhändler sanktionieren.

Als Bürgermeister ist Fallada gewiss keine Idealbesetzung. »Abstürze«, schreibt sein Biograph Peter Walther, »haben Fallada zeitlebens begleitet.« Als Teenager überlebte er einen missglückten Doppelsuizid, als Ehemann im Suff schoss er 1944 auf seine erste Frau (Anna Ditzen, genannt Suse) – der Schuss ging ins Leere. Seit Anfang 1945 ist er neu verheiratet – mit Ursula Losch, einer Morphinistin. Und dieses Jahr »1945 stellt alles früher Erlebte in den Schatten, die mehrfach dicht an den Tod führenden Krisen in Kindheit und Jugend ebenso wie die chronisch wiederkehrenden Depressionen, Alkohol-, Morphium- und Schlafmittelexzesse«, so Biograph Walther.

Um sie vor Plünderungen und Vergewaltigungen zu schützen, holt Fallada seine Ex-Frau in den Nachkriegswochen von Carwitz nach Feldberg. Sie leben zu dritt unter einem Dach. »Ich denke immer, ich könnte das an Suses Stelle nicht aushalten«, notiert Falladas Mutter in ihr Tagebuch. Im Juli wechselt der russische Kommandant. Der neue, Major Miasnik, wirft ein Auge auf Falladas junge Frau. Fallada und Ulla betäuben sich mit Morphium. Am 12. August 1945 passiert etwas, das amtlich wie folgt protokolliert ist: »Der Bürgermeister Ditzen-Fallada hatte – vermutlich infolge von übermäßigem Alkoholgenuss und Gebrauch von Morphium – einen Tobsuchtsanfall erlitten. Er war im Nachthemd am hellen Vormittag zu dem Gebäude der Kommandantur gezogen und hat dort die Fensterscheiben eingeschlagen, wobei er sich verletzte. Er hat dann auch in seiner Wohnung verschiedene Gegenstände zerschlagen. Seine Frau befand sich in einem ähnlichen Zustand und hat in diesem Zustand einen Selbstmordversuch verübt, indem sie sich die Pulsadern aufzuschneiden versuchte.«

Fallada und seine Frau werden ins Krankenhaus nach Neustrelitz gebracht. Nach drei Wochen entlassen, kehren sie nicht mehr nach Feldberg zurück, sondern gehen nach Berlin. Dort wird Dr. Gottfried Benn ihr Morphiumlieferant – und leider nichts besser. Zwar ermuntert Johannes R. Becher Fallada, wieder zu schreiben, und vermittelt ihm einen Buchvertrag mit dem neu gegründeten Aufbau-Verlag. Doch das Honorar geht weitgehend für die Droge drauf. Irgendwann wird der Morphiumrausch, von dem Fallada und seine Frau zehn Ampullen pro Tag brauchen, mit dem Verkauf wertvoller Erstausgaben deutscher Klassiker aus Falladas Bibliothek finanziert. Klinikaufenthalte und intensive Schreibphasen wechseln sich immer rascher ab. Ende 1946 entsteht *Jeder stirbt für sich allein*. Nach Abschluss des Romans, der Jahrzehnte später eine weltweite Fallada-Renaissance auslösen wird, stirbt Fallada am 2. Februar 1947 in der Berliner Charité. »Irgend etwas in mir ist nie ganz fertig geworden«, schreibt Fallada im letzten Brief an seine Mutter.

Marc Reichwein

54

ALS *EMILY DICKINSON* DEN *STURM DER LIEBE* ERLEBTE

Emily Dickinson hat wie ein Gespenst gelebt – eine Frau in Weiß, die kaum ihr Zimmer verließ. Ein Pfarrer namens Charles Wadsworth jedoch weckte Gefühle in ihr. Nach Jahrzehnten steht er plötzlich vor ihrer Tür.

Was braucht es, dass Leidenschaft entsteht? Ein Idol. Was hält sie wach? Stabile Gitter. Gitter und Beschränkungen gibt es genug für eine Frau in der Mitte des 19. Jahrhunderts, auch wenn ihre Lebensumstände üppig sind. Emily Dickinson, in einer der angesehensten Familien von Amherst, Massachusetts, geboren, muss nicht heiraten, um ihre Zukunft zu sichern. Sie zieht es vor, in dem großen Haus mit der reichen Bibliothek ein Tochterleben zu führen. Sie liest und schreibt, keine Romane, sondern Briefe. Lebhaft korrespondiert sie mit Männern und Frauen, die sie interessieren. Nicht selten legt sie den Briefen ein eigenes Gedicht bei, was nicht unüblich ist.

Viele Menschen schreiben, viele bevorzugen die kurze Form des Gedichts.

Alles im Rahmen also und so, wie sie es will. Als der Vater sie und die jüngere Schwester 1858 zu einem Verwandtenbesuch nach Philadelphia mitnimmt, hört sie dort den Pfarrer Charles Wadsworth predigen, dessen Ruhm als Redner weit über die Gemeinde hinausreicht. Ob sie ihn persönlich kennenlernt, bleibt zweifelhaft. Sie ist Ende zwanzig, wohlhabend, hochintelligent, gebildet; er ist 16 Jahre älter, verheiratet, Vater. Sie schreibt ihm, und mit seiner Antwort beginnt das Geheimnis, bald der Sturm. Mehr und mehr begreift sie sich als Dichterin, die im Schreiben Freiheit findet und Konventionen beiseitefegt. Ihre Texte bestehen aus unsentimentalen, oft rätselhaften Satzfetzen in eigenwilliger Orthographie. »Wild nights – Wild nights! / Were I with thee / Wild nights should be / Our luxury!« Noch deutlicher die letzte Strophe: »Ein Boot in Eden – / Ach – das Meer! / Verankert sein – heut nacht / In dir!« Was mag der Reverend von solchen Versen gehalten haben?

Die Briefe sind nicht überliefert, weder seine noch ihre. Erhalten blieben die sogenannten Master-Briefkonzepte, als deren möglicher Empfänger Wadsworth gilt. Ungestüm legt Dickinson darin ihr Verlangen nach einem Meister offen, einem kompetenten Juror, der ihr mit poetologischem Rat zur Seite steht, aber auch emotional entflammt ist wie sie selbst. Dabei weiß ihr Verstand, den sie keineswegs opfert, dass sie ihm nicht so viel bedeutet wie er ihr. Und obwohl sie sich als »wife« imaginiert, weiß sie ebenfalls, dass eine öffentlich tolerierte Bindung an den Geliebten unmöglich ist und auch nicht wünschbar, trotz Begehren und Sturmessausen. Schreiben kann sie nur, wenn sie allein bleibt. Aber wie mag sie ihn herbeigesehnt haben! Das Warten auf seine Gegenwart ist eine Qual, macht krank an Leib und Seele. Hat er sie (das heißt natürlich: ihre Familie) besucht? Angeblich um 1860, aber verbürgt ist es nicht.

Zwanzig Jahre später, als der Sturm vorüber ist, steht er unangemeldet vor der Tür, ein Mann Mitte sechzig vor einer Frau von fünfzig in einem weißen Kleid, gerade beschäftigt, die Zimmerpflanzen zu versorgen. Seit Langem verlässt sie kaum mehr das Haus, kaum ihr Zimmer. »Warum haben Sie nicht geschrieben, dass Sie kommen, ich hätte mich gefreut«, hört die Schwester sie sagen. »Ich wusste es selbst nicht«, erwidert er, »ich bin von der Kanzel direkt in den Zug gestiegen.« Mit dieser Antwort erweist er sich als ebenbürtig, vielleicht nur dieses eine, einzige Mal.

Nach ihrem Tod, als die Gedichte gesammelt und gedruckt sind, wird Emily Dickinson als Amerikas bedeutendste Dichterin erkannt. Die Villa in Amherst ist heute ein Museum, das kleine Zimmer mit dem Tisch, an dem sie schrieb, ist erhalten geblieben. Aber wer die Leidenschaft eines Lebens erahnen will, in dem sozusagen nichts geschah, muss nur die Gedichte aufschlagen.

Gisela Trahms

55

ALS *YUKIO MISHIMA SAMURAI* SPIELTE

Der japanische Schriftsteller Yukio Mishima lebt exzentrisch. Er liebt Rilke, Oscar Wilde – und seinen eigenen Körper. Der 25. November 1970 geht als »Mishima-Vorfall« in die Geschichte ein.

Stell dir vor, du unternimmst einen Putschversuch und niemand ist interessiert. Diese Erfahrung machte Yukio Mishima am 25. November 1970. Gemeinsam mit vier Mitgliedern seiner Privatarmee hatte er sich Zugang zum Hauptquartier der Streitkräfte Ost in Tokio verschafft, den kommandierenden Offizier festgenommen und auf dem Balkon vor dessen Büro um Punkt zwölf Uhr eine flammende Rede gehalten. Es sei ihre Aufgabe, appellierte er an die im Hof der Kaserne versammelten Soldaten und Zivilangestellten, das durch die Herrschaft des Tenno repräsentierte traditionelle Japan vor dem Zugriff des Westens zu schützen.

Zu verstehen war von seinen Worten am Ende kaum etwas. Zu laut waren die herbeigeeilten Helikopter. Mit der dreimal ausgestoßenen Formel »Lang lebe der Kaiser!« beendete der Schriftsteller seinen Aufruf. Was wie ein heroischer Akt des Patriotismus wirken sollte, endete als Farce. »Sie haben mir nicht einmal zugehört«, sagte er anschließend seinen im Büro des gefesselten Generals Kanetoshi Mashita wartenden Gefolgsleuten. Beirren ließen sich die Verschwörer davon nicht. Im Gegenteil. Nun begann der finale und ausgesprochen blutige Teil des von langer Hand geplanten Spektakels: die rituelle Selbsttötung Mishimas, auch Seppuku genannt. Er schlitzte sich mit einem Dolch den Bauch auf und ließ sich von seinem Gefährten Masakatsu Morita mit dem Schwert den Kopf abschlagen. Unmittelbar nach der blutigen Tat folgte Morita dem geliebten Meister auf dieselbe ausgesprochen schmerzhafte Weise in den Tod. Wie konnte es so weit kommen?

Noch zehn Jahre zuvor hatte kaum jemand vermutet, dass der am 14. Januar 1925 in Tokio geborene und mehrfach für den Literaturnobelpreis ins Gespräch gebrachte Erfolgsschriftsteller mit der radikalen Rechten sympathisierte. Von den mit dem organisierten Verbrechen (Yakuza) verbandelten Ultranationalisten hatte er sich ferngehalten. Er sprach gut Englisch und pflegte zahlreiche freundschaftliche Kontakte zu Ausländern. Er liebte die Texte von Oscar Wilde, Rainer Maria Rilke sowie Thomas Mann und gestaltete – zu dieser Zeit in Japan noch ungewöhnlich – die Einrichtung seines Hauses nach westlichem Vorbild. Westliche Besucher erlebten ihn als unterhaltsamen und weltoffenen Gastgeber.

Aber es gab auch eine dunkle Seite. In der Pubertät entwickelte der kränkliche Knabe sadomasochistische Fantasien, in denen Schönheit, Begehren und Tod zu einem ästhetischen Ideal verschmolzen. Der Protagonist in seinem autofiktionalen Romanerstling *Geständnis einer Maske* erlebt seine erste Ejakulation, als er ein Bildnis des von Pfeilen durchbohrten nackten Oberkörpers des heiligen St. Sebastian betrachtet. Er ekelte sich vor körperlicher Schwäche und dem mit dem Alter unausweichlich verbundenen Verfall. Schließlich begann der Schriftsteller, seinen von Natur aus eher zierlichen Körper als Material zu betrachten, aus dem es mithilfe von Bodybuilding und Schwertkampfübungen eine erotische Skulptur herauszumeißeln galt.

Sein Leben wurde dem überaus produktiven, vielseitigen und international gefeierten Romancier, Theaterautor und Essayisten zum Gesamtkunstwerk, das er mit seinem bis ins Detail geplanten Freitod auf dem Höhepunkt seiner Schaffenskraft abzuschließen suchte. Den Suizid nahm er in der Erzählung *Patriotismus* und dem gleichnamigen Film vorweg. An seinem Todestag steckte er die abschließenden Seiten seiner Romantetralogie in einen Umschlag. Ihr Titel: *Das Meer der Fruchtbarkeit.* Namensgeber ist eine Geröllwüste auf dem Mond.

Thomas Wagner

56
ALS *FONTANE* INS *GEFÄNGNIS* KAM

1870 fährt Preußens später berühmtester Romancier als Kriegsberichterstatter ins deutsch besetzte Frankreich. Doch in Domrémy, an der Statue der Jeanne d'Arc, erscheint Theodor Fontane den Franzosen plötzlich maximal verdächtig.

Theodor Fontane wollte natürlich wieder mittenmang sein. Er hatte sich schon als Kriegsberichterstatter auf den Schlachtfeldern des Feldzugs gegen Dänemark und Österreich getummelt. Aber Frankreich, das nun unterlegen war, bildete den gloriosen Höhepunkt dieser preußischen Einigungskriege, das ahnten die Zeitgenossen in jenem denkwürdigen Herbst 1870 doch ziemlich genau. Für die militärischen Aktionen kam der Schriftsteller, der dank seiner *Wanderungen durch die Mark Brandenburg* eine gewisse Popularität errungen hatte, sich aber noch immer journalistisch verdingen musste, allerdings zu spät. Es war ja alles so schnell gegangen. Blitzkrieg eben. Nach der Schlacht von Sedan am 2. September, deren Jahrestag bis 1918 ein nationaler Feiertag werden sollte (»Sedantag«), kapitulierten die französischen Truppen.

Sofort fasste Fontane den Entschluss, für sein drittes Kriegsbuch zumindest die Schlachtfelder von Sedan, Metz und St. Privat zu besichtigen und eventuell noch den Einzug der deutschen Truppen in Paris mitzuerleben.

Gesagt, getan. Er reist über Nancy nach Toul, bricht dort am Morgen des 5. Oktober auf nach Domrémy. Wie damals jeder deutsche Literaturfan wusste, wurde dort die »Jungfrau« geboren, und Jeanne d'Arc wollte der schillerbegeisterte Fontane denn doch erst seine Aufwartung machen, bevor er sich auf militärisches Gelände begab. Das wurde ihm zum Verhängnis. Denn hier spielt sich die spektakulärste Actionszene der deutschen Literaturgeschichte ab: Fontanes Verhaftung. Sie sollte ihn zwei volle Monate in Frankreich festhalten. Nur mit knapper Not entkommt er dem Tod. Dazu muss man wissen, was der spätere Verfasser der *Effi Briest* aufgrund der schlechten Nachrichtenlage nicht mitbekommen hatte: Zwischen dem 2. September und dem 5. Oktober hatte sich in Frankreich ein politisches Erdbeben ereignet. Das Kaiserreich war gestürzt, die Republik ausgerufen worden, und die neuen Herren dachten gar nicht daran, die Niederlage, die für sie eine reine Angelegenheit des angeblich so morschen Second Empire war, zu akzeptieren. Sie nahmen den Krieg wieder auf, der sich dann bekanntlich bis ins Jahr 1871 hinzog.

Zwar hielten die Deutschen weite Teile Frankreichs besetzt, aber in Domrémy herrschten die Franzosen. Und für die war dieser kuriose Herr, der da um die Mittagszeit mit einem Stock gegen die Statue der Jungfrau von Orléans auf dem Marktplatz ihres Dorfes schlug, verdächtig. Eine Gruppe von Freischärlern bildete sich schnell, um den Fremden einzukreisen. Fontane, der die Gefahr witterte und es wie immer erst einmal mit freundlicher

Konversation versuchte, fragte betont arglos, aus welchem Material denn die Statue gemacht sei, aus Bronze oder gebranntem Ton. Prompt kam die Gegenfrage nach seinen Papieren. Die wiesen ihn als Preußen aus. Man führte ihn in den Dorfkrug. Inspizierte den Stock. In ihm steckte ein Dolch. Im Reisegepäck fand sich ein Revolver. In Frankreich wimmelte es von Spionen, und das wollte ein touristisch interessierter Kriegsberichterstatter sein? Das sollte die Unterpräfektur von Neufchâteau klären. Verhaftung durch den Bürgermeister. Abfahrt Fontanes unter Bewachung nach Neufchâteau. Dortselbst strenges Verhör auf der Polizeistation. Man hält den Dichter für einen preußischen Offizier, der keiner sein will. Die nächsthöhere Dienststelle muss klären, was mit ihm zu geschehen hat. Für heute ist es zu spät. Wohin mit dem Herrn? Infrage kommt nur der Knast. Am Abend des 5. Oktobers 1870 stellt Fontane fest: »Ich war jetzt Gefangener.«

Tilman Krause

57 ALS *AUGUST STRINDBERG* SPONTAN *HEIRATEN* WOLLTE

1893 verliebt sich der schwedische Schriftsteller in die österreichische Autorin Frida Uhl. Für die gewünschte Blitzheirat gibt es nur einen Ort: Helgoland. Doch Bigamist darf man auch auf der Hochseeinsel nicht sein.

August Strindberg, dessen Verhältnis zu Frauen zwischen Verehrung und Verachtung oszillierte, hatte es 1893 supereilig: Unverzüglich wollte er, damals 44, die zwanzigjährige Österreicherin Frida Uhl heiraten, die als Literaturkorrespondentin für die *Wiener Zeitung* in Berlin arbeitete. Beide waren sich dort im Januar 1893 begegnet. Der schwedische Dramatiker *(Fräulein Julie)* war in seiner Heimat skandalumwittert: Sein Werk hatte ihm eine Anklage wegen Gotteslästerung eingebracht. Da ließ es sich in Berlin besser leben. Nur das Heiraten dauerte dort zu lange, denn es gab ein Problem: Er war schon – oder besser: noch – mit der Finnlandschwedin Siri von

Essen verheiratet. Scheidungspapiere hatte er nicht in Händen, und ein Aufgebot war auch noch zu bestellen. Aber Strindberg wusste einen Ausweg: Auf Helgoland, das 1890 aus großbritannischer Hoheit zum Deutschen Reich kam, galt bis zur Einführung des BGB noch Helgoländer Eherecht: Ohne Aufgebot – so das Angebot für Badegäste – konnten sich Paare das Jawort geben; gegen eine Gebühr von 200 Mark, die sich Gemeinde und Kirche brüderlich teilten. Nun sollte die Hochseeinsel auch für Strindberg zur Hochzeitsinsel werden.

Man ging am 28. April 1893 in Cuxhaven an Bord. Vor allem Frida Uhl litt unter dem Seegang, der Kutter »sprang«, so schrieb sie später, »wie ein Betrunkener auf der Kirchweih«. Auf Helgoland trug der verheiratete Bräutigam seine vor Erschöpfung eingeschlafene Braut ins Hotel. Er selbst war esoterisch-alchemistisch interessiert und den Rätseln der belebten wie unbelebten Inselnatur auf der Spur. Er sammelte Tang, den er in einem Blumentopf anpflanzte, er untersuchte Kieselsteine, die mit Kreide überzogen waren. Nur heiraten konnte er nicht. Die Scheidungspapiere waren noch nicht da, und der Pastor war unversöhnlich: »Ich muss schon um Ihrer selbst willen vorsichtig sein. Sie möchten doch nicht gerne Bigamist werden?«, fragte er August Strindberg mit eisig beißender Eindringlichkeit. »Jahrelanges Zuchthaus!«, sagte sein Ausdruck.

Zwischenzeitlich ging per Depesche schon der Glückwunsch einer großen Tageszeitung ein. »Nun liest die ganze Welt, dass Ihr verheiratet seid, und Ihr werdet es vielleicht nie im Leben sein«, sorgte sich Frida Uhls mitgereiste Schwester. Es hieß aber warten. Und warten. Dann endlich: »Die Scheidungsurkunde ist gekommen. Selbstgefällig tanzt der Kutter, der sie brachte, vor unserem Fenster Solo. Triumphierend schwenkte August Strindberg sie in der Hand, winkte damit der Schwester zu, grüßt von weitem damit den Pastor«, schrieb die Braut, »grüßt mich, das Meer, die Sonne und das neue Leben, das sie ihm erschließt«. Am 2. Mai konnte geheiratet werden, im Pastorat, die beiden Insellehrer waren Trauzeugen. Fridas Schwester reiste ab, und die neuvermählten Strindbergs zogen für die Flitterwochen in ein Inselferienhaus. Strindberg stand an der Steilküste, reckte sich der Sonne entgegen, wäre am liebsten abgehoben.

Zwei Wochen später sahen sie den Zugvögeln beim Ausruhen zu. »Es ist so ruhig!«, sagte sie. Er: »Wie lange noch?« Sie: »Noch 8 Tage!« Die Stimmung kippte, beide konnten nicht lesen, nicht denken, nicht schreiben. Wenn sie nicht unter Menschen kämen, würden sie noch verrückt. Sie reisten ab und sahen die Insel mit »derselben Freude im Meer verschwinden, mit der man sie beim ersten Mal aus dem Dunst hatte aufsteigen sehen«. Nur ein Jahr später trennte sich das Paar, 1895 wurde die Ehe geschieden. Die Helgoländer Hochzeit haben später beide jeweils auf eigene Weise literarisch verarbeitet. Er in *Inferno*, und sie in *Lieb, Leid und Zeit: Eine unvergessliche Ehe.*

Frank Trende

58
ALS *ALBERT CAMUS TORWART* WAR – UND STREIKTE

Ein Schulturnier in Algier, 1929. Der hochgelobte Torwart mit den bestechenden Reflexen heißt Albert Camus. »Alles, was ich über Moral weiß, verdanke ich dem Fußball«, sagt der Schriftsteller später.

Angespannte Stimmung herrscht im Stadion Saint-Eugène in Algier. Das Halbfinale des Schul-Cups 1929 steht an, und viele der Zuschauer hoffen an diesem sommerlichen Nachmittag auf eine Überraschung. Favorisiert ist das Team der Gymnasiasten, doch die ambitionierte Auswahl der École Pratique d'Industrie (E.P.I.) hat sich viel vorgenommen, um ins Finale zu gelangen. Um gegen die blasierten Oberschüler mithalten zu können, hat man sich Verstärkung geholt: den Torhüter des Klubs Racing universitaire d'Alger (RUA). Der geht zwar auch aufs Gymnasium, doch da er kurzerhand einen Abendkurs an der E.P.I. belegt, erschleicht er sich mit diesem Trick die Spielgenehmigung für das wichtige Match.

Der hochgelobte Torwart mit den bestechenden Reflexen heißt Albert Camus. 1913 geboren, wächst er in Algiers Arme-Leute-Viertel Belcourt auf. Sein schulisches Vorankommen hindert ihn nicht daran, seine Fußballleidenschaft auszuleben und auf zementierten Hinterhöfen dem Ball hinterherzujagen. Als Torwart von RUA feiert er Erfolge, doch seinem gleichaltrigen Schulfreund Abel Paul Pitous zufolge (nachzulesen in dessen postum erschienenem Brief *Mon cher Albert*) erlebt er den denkwürdigsten Tag seiner Sportlerkarriere als Aushilfskeeper des E. P. I.-Teams.

Das Spielgeschehen entwickelt sich so, wie Pitous und Camus es sich vorgestellt haben. Zur Verblüffung der Gymnasiasten gehen die Underdogs früh in Führung und scheinen diese auszubauen, als sie mit einem prachtvollen Kopfstoß das 2:0 erzielen. Die Freude währt freilich nur kurze Zeit, denn an dieser Stelle greift der Schiedsrichter, ein Medizinstudent namens Dumas, ins Geschehen ein und verweigert dem Treffer die Anerkennung. Warum, weiß nur er allein, und hätte es damals im Stadion Saint-Eugène Kameras gegeben, wäre diese Szene heute in jeder Albert-Camus-Dokumentation zu sehen. Das Stadion tobt angesichts der schreienden Ungerechtigkeit. Die E. P. I.-Mannschaft gerät aus dem Tritt, und Albert Camus – offenkundig früh an moralischen Grenzsituationen interessiert – beschließt, den Frevel des Schiedsrichters auf seine Art zu beantworten.

Als ein Stürmer auf ihn zuläuft, tut Camus nicht, was seine Torhüterpflicht wäre. Er wirft sich Ball und Gegner nicht entgegen, sondern protestiert still gegen die Ungerechtigkeit in der Welt beziehungsweise im Stadion Saint-Eugène: Camus bleibt am Elfmeterpunkt stehen, zieht seine große Ballonmütze (mit der er auf den überlieferten Mannschaftsfotos zu sehen ist), grüßt den Angreifer mit einer Verbeugung und lädt ihn galant zum Torschuss ein. Was dieser sich nicht zweimal sagen lässt: Das Spiel endet, wie es enden musste. Pitous und Camus scheiden mit einer schmerzlichen 1:2-Niederlage aus, doch ihre Ehre ist dank Camus' großer Geste gerettet. Die vom Schiedsrichter mit Füßen getretene Gerechtigkeit, nach Aristoteles die edelste aller Tugenden, hat nicht verloren.

Camus war Torwart wie erstaunlicherweise viele Schriftsteller, etwa Vladimir Nabokov, Henri de Montherlant und Albert Ostermaier. Weil der Torhüter als letzter Mann der Außenseiter ist, der als einsamer, auf sich allein gestellter Held mit einem einzigen Fehler das Spiel verlieren kann? Camus blieb seiner Liebe zum Fußball treu. Sein berühmter, 1953 geschriebener Satz »Alles, was ich schließlich am sichersten über Moral und menschliche Verpflichtungen weiß, verdanke ich dem Fußball, habe ich bei RUA gelernt« muss ergänzt werden: Seine Urerfahrung wurde ihm 1929 im E. P. I.-Trikot zuteil, als er im Schul-Cup die Arbeit verweigerte, in höherer ethischer Absicht.

Rainer Moritz

59 ALS *INGEBORG BACHMANN* OHNE PASS IN DIE *USA* GELANGTE

1955 fährt Ingeborg Bachmann zur Summer School nach Harvard. Es ist ihr erster Trip nach Amerika. Doch wie kann sie ohne Papiere verreisen? Jetzt muss Henry Kissinger helfen, ein Fan der Schriftstellerin – oder mehr?

An Bord der Queen Mary reist Ingeborg Bachmann 1955 nach Amerika. Sie ist auf dem Weg zur Harvard Summer School, einer Veranstaltung, die der junge Henry Kissinger seit 1950 jährlich organisiert, um Menschen aus Europa für Amerika zu begeistern. Zu Zeiten des Kalten Krieges sind Formate zu transatlantischen Werten wie Demokratie und Freiheit, Individualismus und Kapitalismus: Soft Power pur. Schon weil umgekehrt die Sowjets Schriftsteller aus ganz Europa zu kommunistischen »Friedenskonferenzen« einladen.

Sie sei klug gewesen, eigensinnig, selbstbewusst, aber in lebenspraktischen Dingen durchaus hilflos, weiß

Henry Kissinger in Erinnerung an Ingeborg Bachmann zu berichten. Denn offenbar hat die 29-jährige Dichterin auf der Atlantiküberfahrt von Europa nach Amerika 1955 ihren Reisepass verloren. Die genauen Umstände sind unbekannt, mit an Bord des Schiffes und ebenfalls unterwegs nach Harvard ist Siegfried Unseld, Bachmanns späterer Verleger und damals bereits Prokurist im Verlag von Peter Suhrkamp. Von Bachmanns »Passdramolett« gibt es verschiedene Versionen. Laut Ina Hartwigs Bachmann-Biographie gibt es einige »Telefonate mit wichtigen Herren, am Ende heißt es, sie könne einreisen – ohne Pass«. Für ein Land mit restriktivem Grenzregime erstaunlich. Literaturpapst Marcel Reich-Ranicki hat daraus später, in einem SWR-Talk mit Peter Voß, die Geschichte gemacht, dass Bachmann wegen ihrer Beziehung zu Kissinger ein Flugzeug in die USA ohne Pass besteigen konnte. Auch nennt Reich-Ranicki Kissinger in einem Atemzug mit Paul Celan und Max Frisch, deutet also implizit an, Bachmann könne eine Affäre mit Kissinger gehabt haben.

War es Freundschaft? Zuneigung? Oder mehr? »Mich hat sie extrem fasziniert«, so Henry Kissinger gegenüber Ina Hartwig, die die Umstände der Harvard Summer School 1955 genauer recherchiert hat: Danach war Ingeborg Bachmann, gelistet mit dem Beruf »poet, free-lance writer«, eine der wenigen Frauen unter den 34 Teilnehmern – die einzige aus »Austria«. Hartwig zitiert im Weiteren Hans Magnus Enzensberger: »Ingeborg Bachmann war damals eines von den Kissinger-Girls, Siegfried Unseld war ein Kissinger-Boy. Henry hatte eine sehr gute Nase. Er spürte die Leute auf, die später einmal wichtig werden sollten. Er lud junge Menschen nach Harvard, die später afrikanische Staatspräsidenten wurden oder

Karriere in den Medien machten. Die hat er frühzeitig identifiziert.«

Bis Mitte der 1960er Jahre sei zwischen Kissinger und Bachmann ein »intensiver, wenngleich einseitiger Flirt per Luftpost dokumentiert – maschinenschriftlich und auf Durchschlägen, die umgehend in Kissingers Privatarchiv landeten« – das schreibt Bernd Greiner in seiner Kissinger-Biographie. Danach sandte Kissinger Bachmann Zeilen wie: »Ich brauche dringend die Existenz einer exzentrischen Dichterin ... Ich kann mir nicht vorstellen, durch Europa zu reisen, ohne Dich gesehen zu haben.« Kissinger duzt Ingeborg Bachmann, die ihrerseits beim »Sie« bleibt. Welchen geheimnisvollen Brief Kissinger Weihnachten 1959 an sie schickte, ist unklar, Ina Hartwig hat im Deutschen Literaturarchiv Marbach nur ein dazugehöriges Begleitschreiben von Siegfried Unseld an Bachmann entdeckt: »Liebe Ingeborg, Kissinger schickte mir den anliegenden Brief mit der Bemerkung: ›I would appreciate it if you would make sure that she gets the enclosed letter and ask her to answer me‹.« Ob es den Kissinger-Brief noch irgendwo gibt – und was wohl drinsteht?

Marc Reichwein

60

ALS *WEZEL* NICHT *GEHEILT* WERDEN KONNTE

Johann Karl Wezel war ein literarischer Star der Goethezeit – und reizbar. Nach dem Streit mit einem Zensor wurde er psychotisch. Ein Arzt in Altona versuchte, den Schriftsteller von seinem Leiden zu befreien. Vergeblich. Später erfand er die Homöopathie.

Johann Karl Wezel – man kennt ihn nicht mehr. Aber für 15 Jahre war er ein gleißend heller Stern am literarischen Himmel der Goethezeit. Einer der ersten wirklich *freien* Schriftsteller Deutschlands – der von Arno Schmidt so verehrte grundböse Roman *Belphegor* (1776) und der laut Wieland »beste deutsche Roman«, nämlich *Herrmann und Ulrike* (1780), stammen von ihm. Wezel war ein hochspannender Essayist, Reformpädagoge, Frühpsychologe, Radikaldemokrat, Adelskritiker und messerscharfer Denker. Aber Weimar mied er, Kollegen verspottete er, mit der Zensur stritt er, selbst Friedrich dem Großen beschied er gänzliche Unkenntnis der deutschen Literatur. Das ging nicht gut. Die Gelder gingen aus, die Zensur verbot seine Bücher.

1785 berichtet Karl Philipp Moritz: »Er unterhielt sich eine Zeitlang mit uns, stand aber alle Augenblicke auf und sah starr und angstvoll in einen Winkel des Zimmers ... und zitterte oft am ganzen Leibe ... Uns überfiel ein Grauen und wir eilten schnell von ihm.« Irgendwann danach zieht sich Wezel verarmt und verzweifelt in das Nest zurück, dessen duodezfürstlichen Verhältnisse er in seinen Schriften unbarmherzig verspottet hatte – seine Geburtsstadt Sondershausen. Er habe erst »ein halbes Jahr im Bette zugebracht«, heißt es von dort, habe getobt, gelärmt und gepöbelt. Und weiter: »Er lebt völlig einsam, flieht die Spur all dessen, was Mensch heißt, geht nie bei Tage aus, nur des Nachts wagt er sich hervor, und streift bis zum grauen Morgen in den Wäldern herum. Er genießt nichts als dünnen Caffee und abgebrühte Kartoffeln.«

1799 erscheint Johann Nicolaus Beckers Sensationsbericht *Wezel seit seines Aufenthalts in Sondershausen*. Wezel habe, so Becker, teils gebrüllt, teils getobt, sich als »Gott« bezeichnet, manchmal aber sich auch »lammfromm« mit dem Besucher unterhalten. Ein großer Stoß Manuskripte habe im Zimmer gelegen, betitelt »Opera Dei Vezelii ab anno 1786 usque«. Geld wird gesammelt, ein Arzt, ihn zu heilen, gesucht. Der seit einiger Zeit psychiatrisch interessierte (spätere) Homöopathieerfinder Samuel Hahnemann zeigt sich – gegen sattes Honorar – bereit. Doch Hahnemanns »Methode« ist brachial: Wezel wird gewaltsam und gegen seinen Willen aus seinem Zimmer entführt und in eine Kutsche gezwungen, wo ihn ein schweigender, Auskünfte über seine Behandlung oder das Reiseziel (das ferne Hamburg) verweigernder Unteroffizier bewacht, der ihn »mit martialischer Miene« einschüchtern soll. Hahnemanns Kalkül, dass Wezel sich am Ankunftsort dann dem »gütigen Arzt« umso lieber öffne, erfüllt sich allerdings nicht. Der wohl völlig verstörte Wezel wird in ein Zimmer gesperrt, und als Hahnemann ihn nach elf Tagen zu einem Spaziergang bewegen will (anfangs friedlich, dann handgreiflich), »beißt und kratzt« sein Patient. Hahnemann versucht vergeblich, vier starke Männer zu dingen, um Wezel gewaltsam aus dem Zimmer zu bringen. Nach nur vierzehn Tagen bittet Hahnemann dringlich darum, »dass man ihn (Wezel) zurücknehme, so bald als möglich«.

Bis zu seinem Tod am 28. Januar 1819 wird Wezel in Sondershausen leben. Er stirbt an Altersschwäche. »Er war in dieser Lage mild und ohne Eigensinn gegen seine Wärter«, vermeldet ein Bericht, »einige Stunden vor dem Ende verlor er das Bewusstsein und entschlief endlich scheinbar sanft, um, wie wir hoffen, in einer Sphäre wiederzuerwachen, wo es keine Labyrinthe des Wahnsinns gibt, wo unser Geist von den Fesseln und Fußblöcken befreit wird, die er hienieden so häufig schleppen muss.«

Wolfgang Hörner

61

ALS *ARTHUR CONAN DOYLE GEISTER* JAGTE

Sherlock Holmes ist der Superrealist unter den Detektiven. Sein Schöpfer Arthur Conan Doyle neigt zu Esoterik und Aberglaube, seine Freundschaft zu einem Zauberer, der die Magie als Handwerk betreibt, zerbricht bei einer Séance.

Arthur Conan Doyle war ein Mann von eher geringer Schreckhaftigkeit. Ein Hüne von Gestalt, angetan mit manchmal gewaltigem Schnurrbart, der einiges an Stürmen gesehen hatte. Mehrere Leben hatte er angefangen, bevor er Schriftsteller wurde – und was für ein erfolgreicher: Gerade eben hatte er den ersten wissenschaftlich arbeitenden Detektiv der Literaturgeschichte die Reichenbachfälle hinuntergestürzt. Die Legende, von der er lebte. Die ihn selbst zur Legende werden ließ. Und von der er sich befreien musste. Von der Fron, diesen Sherlock Holmes in ständig neue Deduktionen stürzen zu müssen.

Da steht er also, wir schreiben 1894, Doyle ist in seinem 35. Lebensjahr, in einem Haus in Dorset. Zwei Kollegen von der British Society for Psychical Research (ein 1882 gegründeter Verein zur Untersuchung parapsychologischer Phänomene) sind dabei. Ein Rabe fliegt herum. Den Rest müssen wir uns jetzt finster denken, das Haus, die Landschaft, den Colonel, dem alles gehört. Und die drei von der Society als Urahnen von Venkman, Stantz und Spengler – den Ghostbusters. Denn in dem Haus, heißt es, geht was um. Haunted Houses sind ja nicht selten in England. Ketten rasseln. Irgendwas stöhnt gern erbärmlich. Die drei finden nicht viel an Übersinnlichem.

Ein paar Jahre später allerdings wird die Leiche eines Zehnjährigen auf dem Grundstück des Colonels gefunden. Doyle, der gläubige Spiritist, sieht sich bestätigt. Es gibt das Übersinnliche. Der Tod ist nicht das letzte Kapitel des Lebens. Da sind welche auf der anderen Seite, im Jenseits, die wollen mit uns reden. Aus dem Jenseits. Für alle Doylianer ist der unbedingte Glaube ihres Helden an Spiritismus, an Séancen, an eine Kommunikation mit den Toten eine ungefähr so große und zu schluckende Kröte wie für die Wagnerianer der Antisemitismus ihres Meisters.

Der Erfinder der »vollkommensten Denk- und Beobachtungsmaschine, die die Welt je gesehen hat«, eines beinhart deduzierenden Realisten, reiste durch die Welt und propagierte die Existenz des Übersinnlichen. Lebte mit einer Frau, die sich als Medium inszenierte und Botschaften eines Dschinns namens Pheneas empfing. Glaubte an die Existenz von Feen, weil sich welche auf (relativ dilettantisch inszenierten) Fotos zeigten. Doyle war nicht allein mit seinem Glauben an die Existenz einer Welt jenseits des Sichtbaren. Der war sozusagen die dunkle Seite eines Zeitalters, in dem technisch alles (und auf geradezu irrational unsichtbare Weise) machbar schien. Spiritisten waren die Aluhüte von gestern.

Doyle, zum Agnostiker mutierter Katholik, studierter Mediziner, hatte früh eine Neigung zum Jenseitigen. Hatte mit Mitte zwanzig an seiner ersten Séance teilgenommen. Der Tod seines Sohnes im Ersten Weltkrieg verstärkte die Sehnsucht, die spiritistische Seelensuche noch. Doyle machte sich ordentlich lächerlich mit seiner Schnurre, über die er beinahe mehr Bücher schrieb als über Sherlock Holmes. Sie machte aber auch die Geschichte der besonderen Männerfreundschaften um ein kurioses Kapitel reicher. Die zwischen Doyle und dem Illusionisten und Entfesselungskünstler Harry Houdini. Der aus Budapest gebürtige Magier Houdini, der aller Scharlatanerie den Kampf angesagt hatte und Zauberei als illusionistische Ingenieurskunst betrieb, und der Spiritist Doyle – sie mochten sich. Waren sich ähnlich. Schrieben sich. Machten gemeinsam Urlaub. In Atlantic City zum Beispiel. Da meinte Lady Doyle bei einer Séance den geheimen Traum Houdinis erfüllen zu müssen. Sie bekam Kontakt zu seiner verblichenen Mutter. 15 Seiten mit Notizen wurden ihr aus dem Totenreich diktiert. Auf Englisch. Das musste die Ungarin allerdings im Jenseits gelernt haben.

War ja nett gemeint, der Doylesche Versuch der Hinterbliebenentröstung. Houdini ging er zu weit. Die Freundschaft zerbrach. Doyle und Houdini ließen nichts unversucht, sich öffentlich gegenseitig zu desillusionieren. 1926 ließ es Houdini – eigentlich ein alter Trick zum Beweis der Stahlhärte seiner Bauchmuskulatur – zu, dass ihm ein Student mit den Fäusten die Magengegend malträtierte. Ein paar Tage später – an Halloween – starb Houdini. Wahrscheinlich an einem Blinddarmdurchbruch. Wahrscheinlich infolge der Hiebe. Doyle stand als Organisator der Attacke auf den Spiritistenfresser kurzzeitig unter Verdacht. Er starb vier Jahre später. Und hat sich seitdem nie wieder gemeldet.

Elmar Krekeler

62 ALS *IRMGARD KEUN* DIE *GESTAPO* VERKLAGTE

Sie ist die interessante Schriftstellerin der Weimarer Republik. Aber die Nazis verbieten ihre Bücher, Keuns Frauenbild passt ihnen nicht. Tollkühn entschließt sich die einstige Bestsellerautorin, Schadensersatz bei Gericht geltend zu machen.

Kein Blick auf die Weimarer Republik kommt ohne Irmgard Keun aus. Die *New York Times* nennt sie »das It-Girl der deutschen Literaturszene um 1930«. *Gilgi, eine von uns*, das Debüt der damals 26-jährigen Irmgard Keun, erscheint 1931, verkauft sich aus dem Stand 30 000-mal und wird nur ein Jahr nach Erscheinen verfilmt. Gelobt wird die »jugendliche Frische« der Titelfigur, in der sich ein neuer Frauentypus zeigt: Gilgi, von Beruf Stenotypistin, führt ein finanziell selbstbestimmtes Leben. Ihr Angestelltendasein liest sich in manchen Szenen wie ein Vorgriff auf die Sekretärinnen der Sixties-Serie *Mad Men*.

Keun, die 1905 in Charlottenburg bei Berlin geboren wurde und mit ihrer Familie nach Köln umzieht, bevor Charlottenburg Teil Berlins wird, lässt Doris, die Heldin ihres 1932 erschienenen Romans *Das kunstseidene Mädchen*, von Köln in die Hauptstadt ziehen. Doris ist eine von den krassen jungen Frauen, die völkischen Ideologen überhaupt nicht in den Kram passen. Das sei »nicht die geeignete Lektüre für ein nationalsozialistisches Volk«, befinden die Nazis, und so landen Keuns Romane nach der NS-Machtergreifung 1933 sofort auf den schwarzen Listen, mit denen Bibliotheken und Leihbüchereien gesäubert werden.

Auch werden ganze Druckauflagen ihrer Bücher beschlagnahmt und vernichtet. Keun darf nicht frei publizieren, tut es ungenehmigt trotzdem in der noch nicht komplett gleichgeschalteten Presse. Doch von Feuilletons und Kurzgeschichten kann sie nicht leben, als Buchautorin ist sie kaltgestellt. In einer Mischung aus mutig und tollkühn meldet sie am 29. Oktober 1935 beim Landgericht Berlin Schadensersatzansprüche gegen die Gestapo an: »Die geheime Staatspolizei hat im Juli 1933 die gesamten Bestände meiner beiden Bücher *Gilgi, eine von uns* und *Das kunstseidene Mädchen* in den Räumen der Universitas Deutsche-Verlags Akt.-Ges., Berlin W. 50, Passauer Straße 3 beschlagnahmt und an sich genommen. Ein Gerichtsurteil, das diese Beschlagnahme rechtfertigt, ist bis jetzt nicht erfolgt und auch nicht angestrebt worden.« Keun rechnet vor, dass sich ihr Monatseinkommen vor der Beschlagnahme auf »mehrere Tausend Mark« belief »und infolge der Beschlagnahme keine hundert Mark mehr beträgt«.

Natürlich ist Deutschland im Herbst 1935 kein Rechtsstaat, Keuns Schadensersatzansprüche werden nicht gerichtlich, sondern von der Gestapo geklärt. Der Bescheid: Für Werke, die zum schädlichen und unerwünschten Schrifttum zählen, gibt es keinen Schadensersatz. Stattdessen bekommt Keun – ohne Einkommen – ihrerseits 200 Mark Ordnungsstrafe für die ungenehmigten Pressepublikationen aufgebrummt. Es folgen ein letzter Versuch der Aufnahme in die Reichschrifttumskammer, ein Selbstmordversuch – und schließlich der Gang ins Exil.

Den Sommer 1936 verbringt Keun im belgischen Ostende, wo sich seinerzeit lauter Exilanten aufhalten: Joseph Roth, Stefan Zweig, Egon Erwin Kisch, Ernst Toller und Hermann Kesten. Mit Roth hat Keun eine Affäre, er ist Alkoholiker wie sie. Im Sommer 1940 kursiert eine ominöse (aber, siehe Walter Benjamin, unter Exilanten durchaus realistische) Suizid-Nachricht: »Fraulein Irmgard Keun, the novelist, is stated to have taken her life at Amsterdam.« Das meldet der britische *Daily Telegraph*. Weil Keun als tot gilt, kann sie den Zweiten Weltkrieg untergetaucht überleben, in Köln und an der Mosel. Sie stirbt im Jahr 1981. An den Erfolg von 1931 kann sie nie wieder anknüpfen.

Marc Reichwein

63

ALS *LORD BYRON* DEN *HELLESPONT* DURCHSCHWAMM

Im Frühjahr 1810 hängt Lord Byron auf einer Fregatte unweit von Konstantinopel fest. Wie der mythische Leander beschließt er, von Europa nach Asien zu schwimmen. Doch die Strömung ist tückisch, das Wasser eiskalt.

Im April 1810 schifft sich Lord Byron im Hafen von Smyrna ein. Am Pier schneidet ihm die tränenüberströmte Gattin des örtlichen Konsuls eine Locke ab, aber das ist gar nicht die Geschichte. Byron legt nach Konstantinopel ab. Die »Salsette«, eine in Bombay gebaute Fregatte der Perseverance-Klasse, gerät schon am zweiten Abend in einen Sturm. Byron hätte es nicht besser treffen können. Zwei Wochen zuvor hat er in Smyrna den ersten Entwurf seines Versepos *Childe Harolds Pilgerfahrt* beendet, die durchaus autobiographische Geschichte eines jungen Mannes, den der Ennui in ferne Länder treibt. Jetzt spürt er eine vage, aber quälende Unrast, die ihn noch unausstehlicher macht als sonst. Auf dem schlingernden Teak-Deck der »Salsette« bejubelt er die aufgewühlte See, »heftig, peitschend und voller Gefahr« wie seine eigene Seele. Dann allerdings kommen die Bürokraten ins Spiel: Auf kaiserliche Anweisung muss die »Salsette« zwei Wochen auf Erlaubnis warten, in die Dardanellen einzufahren.

Doch Byron hat einen Plan: Wie der Leander des Mythos, der die in der Antike Hellespont genannte Meerenge zwischen Europa und Asien Nacht für Nacht überwindet, um seine geliebte Hero zu sehen, will er die Dardanellen durchschwimmen – weniger um den Mythos zu beweisen, als um selbst Mythos zu sein. Ungefährlich ist das nicht: Im Mythos muss Leander im Sturm ertrinken; Hero stürzt sich daraufhin von dem Turm, dessen Feuer Leander so lange den Weg gewiesen hat. Aber Byron ist ein guter Schwimmer. An Land macht ihn sein Klumpfuß schwer, im Wasser fühlt er sich frei und stark genug, die heftige Querströmung zwischen Sestos auf der europäischen Seite und dem kleinasiatischen Abydos zu meistern.

Ein Beiboot soll ihn begleiten, in dem, wie der Zufall will, eine andere Sorte Schriftsteller sitzt. Frederick Chamier ist ein einfacher Matrose und bringt es zwanzig Jahre später mit seinem »Leben eines Seemanns« zu Ruhm. »Ich sah Lord Byron im Zustand der Nacktheit«, schreibt er darin, »wie er sich überall mit Öl einrieb und nach Art einer Ente ins Wasser ging.« Doch der Lord muss auf halber Strecke abbrechen, die Schmelzwasserströme sind einfach zu kalt. Byron ist »weiß wie Schnee«, als Chamier ihn ins Boot zieht, und so wütend über sein Versagen, dass er während der Fahrt zum Schiff kein Wort mehr spricht.

Am 3. Mai 1810, einem ungleich wärmeren Tag mit ruhigerer See, versucht er es ein zweites Mal. Diesmal begleitet ihn Lieutenant Ekenhead von der »Salsette«, und diesmal meiden die beiden die kürzeste Strecke zwischen den Landzipfeln und legen im Wasser gleich mehrere Meilen zurück – wie viele genau, weiß nur die Literaturwissenschaft. Byron jedenfalls ergänzt später sogar den Tagebucheintrag eines Freundes, der von der »Salsette« aus zugesehen hat: »Die Strecke, die Ekenhead und ich schwammen, betrug insgesamt mehr als vier Meilen. Die Strömung war sehr stark und kalt. Auf halbem Weg einige große Fische neben uns.«

Ekenhead landet nach einer Stunde und fünf Minuten in Asien an, Byron braucht fünf Minuten länger, was er in späteren Berichten gern verschleiert. Er schreibt ein Gedicht über sich und den mythischen Leander, in dem er Ekenhead nicht erwähnt, und neun Jahre später ein weiteres, in dem er den Lieutenant beim Namen nennt, was der aber nicht mehr lesen kann, weil er 1812 im maltesischen Valletta fällt. Vor allem aber schreibt Byron seiner Mutter Catherine, die ihn, unvergessen, ihr »verdammtes lahmes Balg« genannt hat. In gleich drei Briefen schildert ihr Byron seine Heldentat, und vielleicht ist es ihm auch nie um etwas anderes gegangen.

Wieland Freund

64

ALS ***MARK TWAIN*** NACH ***ATHEN*** AUSBÜCHSTE

1867 macht Mark Twain eine Kreuzfahrt durchs Mittelmeer. Die Tour wird von der Cholera überschattet. In Griechenland dürfen die Passagiere wegen der Quarantäne nicht mal an Land. Heimlich gelangt Twain trotzdem zur Akropolis.

Der Erfinder der weltberühmten Abenteuer von Tom Sawyer und Huckleberry Finn reist gern und viel, er hat ein ziemlich abenteuerliches Leben. Noch bevor er heiratet und seine großen Werke schreibt, unternimmt der Amerikaner Mark Twain, der mit bürgerlichem Namen Samuel Langhorne Clemens hieß, eine fünfmonatige Schiffsreise nach Europa. Am 8. Juni 1867 geht er an Bord der »Quaker City«. Der Raddampfer ist ein ausrangiertes Kriegsschiff und begibt sich auf eine Pilgerfahrt von New York City ins Heilige Land, als Beifang unterwegs gibt's die Azoren, Gibraltar, Marseille, Rom, Neapel, Istanbul, Odessa und das Schwarze Meer. Spanien und Malta darf die »Quaker City« nicht anlaufen, denn die Schiffsreise fällt in eine Zeit, in der Europa – und insbesondere der Mittelmeerraum – gerade von der vierten großen Cholera-

Pandemie heimgesucht wird. Cholera, traditionell akut bei mangelnder Abwasserhygiene, ist neben Typhus und Tuberkulose die schlimmste Krankheit des 19. Jahrhunderts. Wer sie hat, kann bis zu zwanzig Liter Flüssigkeit am Tag verlieren und in seinen eigenen Exkrementen sterben. Erst Anfang der 1880er Jahre wird das stäbchenförmige, Gift absondernde Darmbakterium, das die Krankheit auslöst, vom deutschen Mediziner Robert Koch nachgewiesen. Seuchenschutz ist schon damals ein Thema. Bei einem Landausflug in Norditalien erlebt der Tourist Twain eine präventive »Ausräucherung«. Und Neapel, wo die »Quaker City« auch anlegt, ist für seine Seuchensterblichkeit dermaßen berüchtigt, dass Twain notiert: Neapel sehen und sterben? Dort wohnen und nicht sterben – das sei die Frage.

Und dann: Griechenland! Weil die rigiden Behörden in Piräus Landgänge erst nach elftägiger Quarantäne gestatten, will der Kapitän gleich am nächsten Morgen Richtung Goldenes Horn weiterfahren. Twain ist enttäuscht. Einmal der Akropolis so nahe, und dann soll man sie nicht besuchen dürfen? Als es eindunkelt, fasst er einen Plan. Mit drei weiteren Passagieren klettert er um halb elf Uhr abends heimlich vom Schiff (Quarantänebrechern drohen damals sechs Monate Haft), sie schleichen sich an Land und wandern los nach Athen, 15 Kilometer durch die damals noch unbebauten attischen Felder. Unterwegs naschen sie Trauben – Mundraub ist kein Diebstahl. In Athen wecken sie schlafende Hunde. Am Fuß der Akropolis bestechen sie eine Wache, um hinaufzugelangen. Und dann sind sie oben, genießen das Plateau: »Athen im Mondlicht! Der Prophet, der dachte, es werde ihm die Herrlichkeit des Neuen Jerusalems enthüllt, hat sicherlich stattdessen dies gesehen! Es lag in der flachen

Ebene gerade zu unseren Füßen – ausgebreitet wie auf einem Gemälde –, und wir blickten darauf wie von einem Ballon aus hinab. ... Zu Häupten die erhabenen Säulen, majestätisch noch im Verfall, zu Füßen die träumende Stadt, in der Ferne das silberne Meer – nirgends auf der weiten Erde gibt es ein Bild, das nur halb so schön wäre!«

Um vier Uhr früh ist es Zeit für den Rückmarsch. Unterwegs wird wieder Proviant aus den Weingärten stibitzt. Vor Sonnenaufgang und mit Hundegebell im Nacken erreichen sie die Küste. Zurück an Bord erfahren sie: Sie waren nicht die Einzigen, die illegal an Land gegangen sind. Zwei Mitpassagiere waren auch in Athen. Sie prahlen, ab Piräus eine Droschke genommen zu haben. *The Innocents Abroad (Die Arglosen im Ausland)* von 1869 gehört zu den bestgelaunten Werken der Weltliteratur. Jeder, der in seinem Leben schon mal Tourist war, sollte Twains Reisetagebuch lesen.

Marc Reichwein

65
ALS ***RIMBAUD*** IN ÄTHIOPIEN EIN ***IMPORT-EXPORT-GESCHÄFT*** BETRIEB

Als Teenager revolutioniert er die Literatur, als Erwachsener hilft Arthur Rimbaud den Untertanen Kaiser Meneliks, auf moderne Weise Honigwein zu trinken. Er verdient Geld mit Importflaschen. Dann kommt der Krebs.

Die anhaltende Faszination, die der Poet Arthur Rimbaud bis heute auf eine globale Gemeinde ausübt, rührt nicht allein von dessen grundlegenden Beiträgen zur Entstehung der Literaturmoderne her. Seine Gedichte und Prosatexte schrieb er fast alle, bevor er 19 wurde. Fast noch interessanter ist sein bewegtes Leben. Seine sexuelle Beziehung zu Paul Verlaine ist mit Leonardo DiCaprio und David Thewlis verfilmt worden. Schließlich verließ er Europa, heuerte bei der holländischen Fremdenlegion an, desertierte, sobald er auf Java angekommen war, zog mit einem dänischen Wanderzirkus durch die Welt und beaufsichtigte Straßenbauarbeiter auf Zypern.

Bekannt ist, dass Rimbaud seine letzten Lebensjahre am Horn von Afrika verbrachte. Nachdem er eine Zeit als Angestellter und Subunternehmer der in Aden ansässigen Kaufleute Alfred Bardey und César Tian tätig war, machte er zunehmend Geschäfte auf eigene Rechnung. Seine Operationsbasis wurde das kleine Emirat Harar, dessen mildes Klima ihm zusagte. 1887 besiegte der Herrscher des äthiopischen Teilkönigreichs Shewa, Menelik II., den Emir von Harar und verleibte das Emirat seinem Reich ein. 1889 wurde er Kaiser von Gesamtäthiopien. Zu Rimbauds Bekannten gehörten der Schweizer Alfred Ilg, Meneliks Premierminister, und Ras Makonnen, der erste äthiopische Gouverneur Harars, dessen Sohn Haile Selassie später als letzter Kaiser herrschte.

Man weiß, dass der Ex-Dichter Kaffee exportierte und Waffen für Menelik einführte. Weniger bekannt ist, dass er Geschäfte damit machte, ein typisch äthiopisches Trinkgefäß in Europa herstellen zu lassen und im Land zu verkaufen. Es handelte sich um die Berele – eine Flasche mit einem langen schmalen Hals, aus der der Honigwein Tej getrunken wird. Das Tej-Trinken war damals gerade demokratisiert worden. Jahrhundertelang war es ein Privileg des Adels, nun trank auch die neu entstehende äthiopische Mittelschicht. Meneliks Vorgänger Johannes gestattete das. Als ein Nichtadliger angeklagt wurde, Tej hergestellt und serviert zu haben, befand Johannes: »Es gibt keinen Grund, warum der Angeklagte nicht seinen eigenen Honig trinken sollte. Er sollte nicht bestraft werden, und von nun an kann es das Volk halten, wie es will.«

9700 Bereles ließ Rimbaud von 1887 bis 1889 auf drei Kamelkarawanen einführen. Waren die ersten Bereles noch einfache Massenware, importierte er bald auch hochwertige Designs für die Oberschicht. In Briefen rühmte Rimbaud sich, diese Bereles höchstselbst entworfen zu haben – als Kompromiss zwischen Landesgeschmack und praktischem Nutzen. Der Äthiopien-Historiker Ian Campbell schreibt Rimbauds Importen Einfluss auf die heute übliche Gestalt der Berele zu.

Die Bereles kamen aus Rimbauds Heimat. In Charleville, wo er gelebt hatte, bevor er mit 15 aus dem bürgerlichen Leben floh, hatte ein Monsieur Lionne 1866/67 eine Glasfabrik errichtet – 300 Meter vom Haus der Familie Rimbaud entfernt. Ian Campbell findet Indizien dafür, dass Rimbaud sich später an die Fabrik erinnerte, in der 150 Arbeiter 700 Tonnen Glas pro Jahr verarbeiteten, und seine Bereles dort bestellte. Es ist eine bittere Ironie, dass Rimbaud, der sich nun endgültig vom anarchischen Poeten zum erfolgreichen Kaufmann gewandelt hatte, ausgerechnet jetzt an Knochenkrebs erkrankte. Er kehrte nach Frankreich zurück, besuchte seine Schwester in der Nähe von Charleville und starb mit 37 Jahren unglücklich und gescheitert – zumindest nach bürgerlichen Maßstäben.

Matthias Heine

66

ALS *MARY SHELLEY* AM GENFER SEE IHR *MONSTER* TRAF

Im Sommer 1816 verdüstert ein Vulkanausbruch den Himmel. Am Genfer See lädt ein diabolisch wirkender Mann zur Geisterstunde. Die Folge: Geschrei, eine grässliche Vision und ein Jahrhundertbuch.

Es ist der 18. Juni 1816, aber der Sommer spielt verrückt. Im Jahr zuvor hat sich auf der fernen Insel Sumbawa der Höllenschlund eines Vulkans geöffnet. Jetzt sieht es sogar am idyllischen Genfer See so aus, als habe der Teufel zum Weltuntergang geladen. Womöglich ist er sogar höchstpersönlich angereist: ein wildfunkelnder Mann mit Hinkebein, der sein Alter eben erst mit »hundert« angegeben hat, Knochen aus dem Beinhaus von Waterloo verwahrt und an jenem 18. Juni seine zartbesaiteten Gäste mit grausigen Versen quält. Die Gäste, damals blutjung, sind heute sozusagen Literaturdenkmäler: Mary Shelley, bald Autorin des *Frankenstein;* ihr Geliebter, der romantische Dichter Percy Bysshe Shelley; Claire Claremont, Marys Stiefschwester, über die Henry James später die *Aspen Papers* schrieb, und John William Polidori, Verfasser der ersten gedruckten Vampirgeschichte der Welt, an diesem 18. Juni 1816 jedoch als Leibarzt des »hinkenden Teufels« zugegen, für den sich der wildfunkelnde Lord George Byron zuweilen hält.

Byron hat die Villa Diodati am Genfer See gemietet, und er ist es auch, der vorgeschlagen hat, ein jeder von ihnen möge, solange der endlose Regen sie im Haus einsperrt, eine Gespenstergeschichte schreiben. Seltsamerweise war die 19-jährige Mary Shelley die einzige Person im Raum, die sich von Byron nicht blenden lassen wollte. Claire Claremont glühte für den Lord; Percy Bysshe wärmte sich am lodernden Hass, der Byron erfüllte; Mary aber muss den wild gewordenen Mann befremdlich gefunden haben. Sie war die Tochter einer bekannten Frauenrechtlerin und weder bereit, Byron nach seinen Vorgaben geistreich zu unterhalten, noch, wie Muriel Spark es ausdrückt, seinen Vorstellungen »von einem anhänglichen, sanften und fügsamen Weibchen zu entsprechen«. Umso befremdeter dürfte sie gewesen sein, als man sich um zwölf zur kollektiven Geisterstunde zusammenfand und – in den Worten des stets unglücklichen John Polidori – *»really began to talk ghostly«*. Vielleicht waren an diesem Tag auch Drogen im Spiel, anders lassen sich die folgenden Minuten jedenfalls kaum erklären.

Stellen wir uns einen diabolischen Byron, einen berauschten Percy und eine nüchterne Mary vor, die Byron zu Beginn eine Ballade von Samuel Coleridge vortragen hört, in der ein frommes, engelsgleiches Wesen namens Christabel im Wald einer Hexe begegnet, die sie mithilfe schwarzer Magie ganz offenbar zum Äußersten zwingt, schließlich – *»Behold!«* – ihren »grässlichen, entstellten, fahlen« Busen enthüllt und … – Zu den Vorzügen von Romantikern zählt, dass sie Gefühle zeigen, Percy jedoch hat sich an diesem 18. Juni 1816 womöglich auch in den Augen seiner Gefährtin lächerlich gemacht. Denn kaum dass Coleridges Verse verklungen sind, durchbricht Percys Kreischen die Stille im Raum. Er schlägt sich die Hände vor den Kopf und stürzt mit einer Kerze davon – verfolgt vom kundigen Polidori und seiner Geliebten, die ihm, kaum dass sie sich über ihn beugt, gleich den nächsten Schrecken einjagt. Percy glaubt eine barbusige Frau zu sehen, die, so Polidori in seinem berüchtigten Tagebuch, »Augen statt Nippeln« hat.

Es ist bei dieser Erscheinung geblieben; Percy hat im Gespenstersommer 1816 keine Gespenstergeschichte hervorgebracht. Und auch Byron brach sein Selbstporträt bald ab: Polidori hat es übernommen und daraus seine Vampirgeschichte gestrickt. Wirklich unsterblich aber ist in diesem Sommer Mary Shelley geworden. Sie kannte ein Monster, das Monster macht.

Wieland Freund

67

ALS *TUCHOLSKY* PLÖTZLICH *BANK-AZUBI* WURDE

1923 herrscht Hyperinflation in Deutschland. Es ist das Jahr der Krise – auch für Autorenhonorare. Da fasst Kurt Tucholsky einen genialen Plan. Er fängt mit 33 noch mal neu an – und geht dorthin, wo das Geld ist.

Als der Schriftsteller Kurt Tucholsky 1923 die Krise kriegt, herrscht Hyperinflation in Deutschland. Gleich mehrere Historiker des Jahres 1923 erzählen die Story, mit leicht unterschiedlichen Nuancen, so: Eigentlich gehört Tucholsky zu den erfolgreichsten Autoren der Weimarer Republik. Er, der mit *Rheinsberg. Ein Bilderbuch für Verliebte* – einem bis heute charmanten Büchlein über ein Berliner Pärchen auf Wochenend-Landpartie – schon 1912 einen Bestseller landete, ist in den 1920er Jahren Literatur- und Theaterkritiker der Zeitschrift *Die Weltbühne.* Darüber hinaus textet er für Revue- und Kabarettbühnen. Er veröffentlicht unter diversen Namen (Ignaz Wrobel, Peter Panter, Kaspar Hauser, Theobald Tiger), hat auch deshalb viele Pseudonyme, weil er so viel schreibt. Doch von Autorenhonoraren kann er zunehmend weniger leben, denn die vorab vereinbarten Summen sind in dem Moment, in dem sie real ausbezahlt werden, immer weniger wert. Das Geld verfällt – rapide. So kommt es, dass Tucholsky für einige Monate (fast) gar nicht mehr schreibt und dorthin geht, wo das Geld ist: in eine Bank.

»Ich fange noch einmal ganz von vorne an«, schreibt er seiner Flamme Mary Gerold, als er das Angebot des befreundeten Bankiers Hugo Simon annimmt und am 1. März 1923 als Lehrling ins Bankhaus Bett, Simon & Co. eintritt. Tucholsky ist mit seinen 33 Jahren nicht mehr wirklich jung, aber er braucht das Geld – und lernt jetzt: Scheine zählen, Coupons schneiden, Wertpapiere bearbeiten. Sein Lohn wird täglich an die Inflation angepasst. »Der größte Journalist der Weimarer Republik, eine Mischung aus Heine und Lichtenberg, er ist jetzt Bankazubi! *So* verrückt sind die Zeiten«, resümiert Peter Süß in seinem Buch *1923*. Tucholsky macht seinen neuen Job gut, mit Humor: »Ein Viertelpfund Dollars? Geschnitten oder im Ganzen?«

Am 8. August 1923 bedient er Heinrich Mann am Schalter. Danach gehen die beiden Schriftsteller Mittag essen: »Er hat ein paar lange Stockzähne wie eine alte Frau, sieht aber im Ganzen doch sehr gut und soigniert aus«, notiert Tucholsky über Mann, dessen große Erfolge (*Professor Unrat*, *Der Untertan*) inzwischen lange zurück – nämlich noch im Kaiserreich – liegen. Schmeichelhafter fällt die Gebrauchslyrik aus, die Tucholsky seinem Chef Simon im Geburtstagsständchen zuteilwerden lässt: »Ganz Holland soll ihm immer schulden / die Knisterscheine echter Gulden! / Und immerdar soll er gesunden / an guten dicken englisch Pfunden. / Von beidem wünscht ihm eine Masse / Der Tiger aus der Sortenkasse.« Theobald Tiger bleibt eben auch in der Bank ein echter Tucholsky.

Nach sechs Monaten Turbo-Ausbildung ist er vom Schalter-Lehrling zum persönlichen Sekretär des Bankdirektors aufgestiegen. Der weiß, dass ein Tucholsky mit Geldzählen nicht ausgelastet ist. Als die Inflation im November 1923 mit der Einführung der Rentenmark besiegt wird, kündigt Tucholsky bei der Bank. Am 15. Februar 1924 unterzeichnet er einen neuen Vertrag bei der *Weltbühne*. Er hat sich ausbedungen, als Korrespondent nach Paris zu gehen. Weil ein *Weltbühne*-Gehalt dafür nicht reicht, heuert Tucholsky parallel auch bei der *Vossischen Zeitung* und anderen an. »Tucho« soll keine Tagespolitik covern, sondern das deutsche Frankreichbild, das mit der Ruhrbesetzung und der Inflation 1923 auf dem Tiefpunkt ist, erneuern. Am 6. April 1924 nimmt Tucholsky den Zug nach Paris. Er verbannt sich selbst aus Deutschland, wie weiland Heinrich Heine.

Marc Reichwein

68

ALS *MARINETTI* KRACH ZUR *KUNST* ERKLÄRTE

21. April 1914: Filippo Tommaso Marinetti macht in einem Mailänder Theater so lange Lärm, bis das Publikum vor Wut die Polizei ruft. Die Geräuschorgie der Futuristen hat gleichermaßen Literatur- wie Punkgeschichte geschrieben.

Das ist Krach, einfach nur Krach! Die Gerätschaften, mit denen die Gehörgänge der Theaterbesucher malträtiert werden, sind keine Musikinstrumente, wie man sie kennt, sondern Lärmmaschinen. Die Zuhörer lassen sich das nicht lange gefallen. Zunächst erschallt Gelächter, dann versuchen sie, die ohrenbetäubenden Dissonanzen mit Gesang zu übertönen. Als einer der Bühnenkünstler zu einer wüsten Publikumsbeschimpfung anhebt, eskaliert das Geschehen. Obst und Gemüse, Kleidungsstücke, ein Teil des zertrümmerten Mobiliars sowie eine Rauchbombe fliegen ihm entgegen. Schließlich beginnt eine Massenschlägerei, die Polizei greift ein und beendet die Veranstaltung.

Was im Rückblick wie eine frühe Punk-Performance der Einstürzenden Neubauten erscheint, fand vor mehr als hundert Jahren statt. Bei den jungen Wilden, die das entsetzte bürgerliche Publikum im Mailänder Teatro Dal Verme am 21. April 1914 zum Toben bringen, handelt es sich um den Dichter Filippo Tommaso Marinetti und einige weitere Mitstreiter einer Bewegung, die sich »Futuristen« nennen. Sie wollen die Dynamik einer durch technische Geräte beschleunigten Gegenwart durch eine Kombination von Gedichtvorträgen, Manifesten und Reden ästhetisch erfahrbar machen. Die von Luigi Russolo inszenierten Krachorgien bringen die Geräusche der modernen Großstadt und der mit Maschinen bestückten Werkshallen auf die Bühne. Marinetti, der den Krieg als Ferment der Erneuerung verherrlicht, nutzt die Auftritte dazu, nationalchauvinistische Reden zu halten. Schon bei einer der ersten *serate* am 15. Februar 1910 brüllt er dem aufgebrachten Publikum des Mailänder Teatro Lirico immer wieder »Nieder mit Österreich!« entgegen.

Die Empörung des Publikums ist kein unerwünschter Nebeneffekt der in zahlreichen italienischen Städten absolvierten Auftritte, sondern wichtiger Bestandteil des künstlerischen Kalküls. Durch die Provokationen auf der Bühne sollen die Zuschauer zum Mitspielen und dadurch auf einen neuen Bewusstseinsstand gebracht werden. Marinetti und seine Mitstreiter wollen keine fiktiven Figuren auf der Bühne darstellen, sondern als Aktionskünstler *avant la lettre* in das Geschehen eingreifen. »Statt innerhalb einer vorgegebenen Rolle eine fiktive Person zu repräsentieren«, schreibt die Kunsthistorikern Ann-Katrin Günzel, »standen die Futuristen als Einheit von Autor und Darsteller auf der Bühne und präsentierten sich selbst als authentische Wirklichkeit.«

Marinetti will die Trennung von Kunst und Leben überwinden, so wie das Manifest der futuristischen Bewegung 1909 in *Le Figaro* gefordert hatte. Die fast nie ausbleibenden Tumulte sind ein Gradmesser für das Gelingen dieses Konzepts. Sie zeigen aber auch bald seine Grenzen. Die Botschaften der Futuristen sind im Spektakel kaum wahrnehmbar.

Trotzdem finden sie unter linken pazifistischen Künstlern begeisterte Nachahmer: Die Dadaisten im Cabaret Voltaire in Zürich machen das von Marinetti programmatisch befreite Wort *(parole in libertà)* ab 1916 zum Ausgangspunkt ihrer eigenen Dichtkunst und orientieren sich in ihren Veranstaltungen unübersehbar an den *serate* der Futuristen. Wenige Jahre später schließen sich Marinetti, der mit Benito Mussolini befreundet ist, und einige seiner Mitstreiter mit wehenden Fahnen der faschistischen Bewegung an. Als das Performa-Festival in New York 2009 mit nachgebauten Instrumenten an die Geräuschmusik Russolos erinnerte, komponierte Neubauten-Frontmann Blixa Bargeld dazu ein Stück, für das er sich von einem futuristischen Kochrezept hat inspirieren lassen.

Thomas Wagner

69

ALS ***ANNETTE VON DROSTE-HÜLSHOFF*** EIN ***WILDES TIER*** AUFSPÜRTE

Hat sich die berühmteste deutsche Dichterin mit Scherenschnitten die Augen verdorben? Sicher ist nur, dass sie superkurzsichtig ist. Bis sie am Bodensee plötzlich Bergdetails erspäht. Ein besonderes Wetterphänomen spielt mit.

Auf der Alpennordseite ticken die Leute manchmal aus bei Föhn. Wenn der Fallwind aus Süden, bevorzugt im Spätherbst oder Frühjahr, tagelang warme Luft über die Alpen drückt und dabei so sehr abtrocknet, dass die Gebirgskette irreal heranrückt, sieht man fernste Bergspitzen plötzlich groß und nah und klar, wie auf einer Fotomontage im Cinemascope-Format. Literarisch hat die Föhnwetterlage mit ihrer ausgeprägten Fernsicht ausgerechnet bei der Dichterin Niederschlag gefunden, die als kurzsichtigste Person der deutschsprachigen Literaturgeschichte gelten darf: Annette von Droste-Hülshoff. Die Münsteranerin litt unter starker Myopie. Ohne Sehhilfe konnte sie schon Personen auf wenige Meter Entfernung nicht mehr erkennen. Umgekehrt hing sie beim Schreiben von Briefen oder Gedichten extrem dicht über dem Papier. Mit ihren mikroskopischen Augen kritzelte sie Blätter in winziger Schrift und so eng voll, dass manche ihrer Manuskripte an Robert Walsers Mikrogramme erinnern.

Ob Droste sich die Augen in ihrer Kindheit verdorben hat? Sicher ist, dass sie schon mit acht Jahren im Scherenschnitt tätig wurde. »Meine Mädchen fangen jetzt an außzuschneiden«, schrieb Drostes Mutter 1805 über ihre beiden Töchter Jenny (geboren 1795) und Annette (Jahrgang 1797). Scherenschnitte waren damals hochgeschätzte und bis zum filigranen Exzess betriebene Freundschaftsgesten. Man bastelte Familienbilder und Veduten. Annette von Droste-Hülshoff war noch im fortgeschrittenen Alter scherenschnittmanisch. Anno 1844, mit 47, entschuldigt sie sich bei ihrer Brieffreundin Elise Rüdiger für monatelanges Schweigen mit der Begründung: »eine ziemlich große und theilweise haarfeine Ausschneiderey für die Emma Gaugreben ist schuld daran – sehr hübsch geworden, hat mich aber vier Wochen Arbeit und meine halben Augen gekostet«.

Erstmals 1835 und wiederholt in den 1840er Jahren kommt die superkurzsichtige Droste in die Bodenseeregion. Ein Glück für sie, die ehelose Münsterländerin, dass ihre Schwester Jenny den Germanisten Joseph von Laßberg geheiratet hat, der ab 1838 auf der Meersburg zu Hause ist. Die Ritterburg und die gleichnamige Kleinstadt drumherum gleichen bis heute einer Puppenstube, mit spektakulären Weinbergen über dem See. Bei Föhnwetterlage rückt das Alpenpanorama mächtig nah heran, namentlich der felsige Säntis, den Droste-Hülshoff in Versen und Briefen bedichtet hat. Aber hat sie ihn jemals auch mit bloßem Auge gesichtet? »Ich bedarf hier nur einer guten Lorgnette um meilenweit zu sehen und dasselbe leisten andere mit freyem Auge«, schreibt sie dem blinden Mentor Christoph Bernhard Schlüter. Im Brief vom 22. Oktober 1835 – es ist Spätherbst und bestimmt ein Föhntag – erklärt sie ihm das Wetterphänomen: »Die Alpen-Häupter ... scheinen oft so nah, daß man nur sogleich hinan gehen möchte.« Weiter gibt sie – ein paar Jahre später – im Gedicht »Die Schenke am See« an: »Wenn eine Gemse an der Klippe hängt / Gewiß mein Auge müsste sie erreichen.«

Von Meersburg sind es 35 Kilometer Luftlinie zum Säntis, selbst mit einem sehr guten Fernglas sind kletternde Tiere da eher nicht zu erkennen. Gut möglich, so der Germanist Ulrich Gaier in einem Aufsatz über Sinn und Raum in Drostes Lyrik, dass die Dichterin der allgemeinen Föhn-Laune – die faszinierende Näherung der Alpenkette macht Menschen euphorisch – einen eigenen »Begeisterungsbonus« hinzugefügt hat. Droste hat eine Fernsicht erfunden, die es so gar nicht gab. Droste sieht nichts – aber Bergdetails und Gespenster sieht sie, wie auch ihre tollen »Heidebilder« mit dem *second sight* beweisen.

Marc Reichwein

70

ALS *PATRICK LEIGH FERMOR* EINEN *NAZI-GENERAL* ENTFÜHRTE

Kreta 1944. Im Dunkeln wird der Wagen des deutschen Befehlshabers von einem Posten gestoppt. In der deutschen Uniform aber steckt ein britischer Major. Eine der spektakulärsten Kommandoaktionen des Weltkriegs beginnt.

Mittwoch, 26. April 1944, abends um halb zehn auf Kreta, nicht weit von Heraklion. Die Sonne ist schon vor reichlich einer Stunde untergegangen. Die Straße nach Knossos liegt im Dunkeln, das Spezialkommando wartet in einer Kurve. Patrick Leigh Fermor und sein Stellvertreter Stanley Moss sind erst, als es dämmerte, in die mitgebrachten Wehrmachtsuniformen geschlüpft. Leigh Fermor, von seinen Freunden Paddy genannt, spricht Deutsch. Auf dem gefährlichen Fußmarsch hierher hat er, wenn Hunde anschlugen, lauthals das Horst-Wessel-Lied angestimmt. Sobald der Wagen des Wehrmachtsgenerals Kreipe erscheint und in der Kurve langsamer wird, wird er sich ihm in den Weg stellen und erst »Halt!«, dann »Die Papiere, bitte schön« und schließlich »Hände hoch!« sagen.

Ein durchaus ungewöhnlicher Text für jemand, der sich sein Deutsch mit Schlegel und Tiecks Shakespeare-Übersetzung beigebracht hat, während er 1933 auf seinem Fußmarsch von Holland bis nach Konstantinopel durch Deutschland gekommen ist. Aber Paddy ist ein Sprachengenie, auch wenn seine Lehrer früher nur »eine gefährliche Mischung aus Raffinesse und Rücksichtslosigkeit« in ihm sahen und ihn von der Schule warfen.

Kreta ist seit Mai 1941 von der Wehrmacht besetzt. Paddy ist im Februar mit dem Fallschirm über der Insel abgesprungen. Sieben Wochen lang hat er sich in einer Höhle versteckt. Dass Patrick Leigh Fermor einmal einer der einflussreichsten Reiseschriftsteller seines Jahrhunderts werden würde, haben seine Kameraden nicht geahnt, aber das ahnt da nicht mal Leigh Fermor selbst. Für die nächsten Minuten hat er einen Plan, für sein Leben hat er keinen. Oberhalb der Kurve scheinen die Lichter des Generalswagens auf. Danach geht alles sehr schnell. »Halt«, »Papiere«, »Hände hoch«, und dann drückt Leigh Fermor dem General das Gewehr an die Brust und reißt ihn aus dem Wagen. Dass Kreipes Chauffeur seine Luger zieht und von Moss mit dem Schlagstock niedergeschlagen wird, sieht er vermutlich nur aus dem Augenwinkel, bevor er den General auf die Rückbank verfrachtet und sich mit Kreipes Mütze auf dem Kopf selber auf den Beifahrersitz hockt und, »Generalswagen!« rufend, nicht weniger als 22 Kontrollposten passiert.

Den Opel lassen sie bald darauf auf offener Straße zurück; der prominent im Wagen platzierte Brief, der die Wehrmacht auf Kreta über die Entführung ihres Befehlshabers informiert, endet mit den Worten: »Auf baldiges Wiedersehen!« Wenig später wirft ein kleines Flugzeug ein Flugblatt ähnlichen Inhalts ab. Da aber sind Paddy, Moss und der General Kreipe schon in den schwer zugänglichen Bergen. Ihre Flucht wird bis weit in den Mai dauern und jeden von ihnen an den Rand der Erschöpfung bringen, aber Paddy macht seine Ankündigung vom Abend des 26. wahr: »Herr General, ich bin ein britischer Major. Wir bringen Sie nach Ägypten.«

Aufgeschrieben hat die Geschichte nach dem Krieg Stanley Moss, verfilmt wurde sie mit Dirk Bogarde als Paddy – aber Leigh Fermor hatte mit beidem nichts zu tun. In seinem Meisterwerk nimmt die Entführung des Generals Kreipe nur eine irritierende halbe Seite ein. Im Schneeregen, so erinnert er sich in *Die Zeit der Gaben*, habe Kreipe angefangen, Horaz zu zitieren, und er habe den Vers aufgenommen. »Ach so, Herr Major«, sagt Kreipe darauf. »Ja, Herr General«, sagt Paddy, und dabei ist ihm, »als hätte für einen kurzen Augenblick der Krieg aufgehört«.

Wieland Freund

71 ALS *NOVALIS* DIE *BRAUNKOHLE-BAGGER* RIEF

Im bürgerlichen Beruf ist der romantische Dichter Novalis Bergbau- und Salinenbeamter. Er will den Energieverbrauch modernisieren und propagiert ein Braunkohlenrevier, das noch heute abgebaggert wird.

Blaue Blume trifft braune Kohle: 2007 hat die Mitteldeutsche Braunkohlengesellschaft MIBRAG einen Gedenkstein aufgestellt. Südlich von Leipzig, am Rand des Tagebaus Profen, wird Novalis, der bürgerlich Friedrich von Hardenberg hieß, als »kursächsischer Berg- und Salinenbeamter« gewürdigt. Für den romantischen Dichter der »Hymnen an die Nacht« war Schriftstellerei nur »eine Nebensache«. Beruflich läutete er den Einstieg in den Energieträger Braunkohle mit ein.

Seit 1728 förderte Sachsen Salz aus seinen Solequellen im Gebiet der Saale. Schon August der Starke hatte das weiße Gold als kurfürstliche Einnahmequelle erkannt und seine Gewinnung forciert. Zwischen den drei Sole-Orten Artern, Kösen und Dürrenberg liegt Weißenfels, wo Novalis' Vater seit 1786 seinen Amtssitz als Salinendirektor hatte und wo, nach dem Jurastudium in Jena, Leipzig und Wittenberg, ab 1796 auch der 24-jährige Friedrich tätig wurde. Zunächst ist »Hardenberg junior, der geübte Reiter« (so sein Biograph Wolfgang Hädecke), eine Art Messenger-Dienst zu Pferde und pendelt inspektormäßig zwischen den drei zentral verwalteten Salinen-Orten hin und her. Doch schon bald sattelt er ein Aufbaustudium drauf. An der sächsischen Bergakademie in Freiberg belegt er Fächer wie Chemie, Eisenhüttenkunde und Geognosie (die Lehre vom Bau der Erdkruste). Denn Hardenberg hat eine Mission: Er soll die Salzproduktion durch Braunkohle (»Erdkohle«) vergünstigen. Der Hintergrund: Alle drei sächsischen Solequellen sind, was ihren Kochsalzgehalt angeht, schwachprozentig. Um das Salz zu gewinnen, wurde die aus der Erde gepumpte Sole gradiert und gesiedet. Die mächtigen Gradierwerke von einst kann man in Bad Dürrenberg und Bad Kösen bis heute bewundern. Für die Befeuerung der Siedepfannen wurden enorme Mengen Brennholz verbraucht. Um den Kahlschlag in den Wäldern der Umgebung zu reduzieren, wurde seit 1745 zunehmend auch Braunkohle genutzt.

Friedrich von Hardenberg hat nach Studienabschluss die Aufgabe, Braunkohlevorkommen zu erschließen. Ende Mai 1799 inspiziert er dafür mehrere Wochen lang Mitteldeutschland: »Überall stößt man auf neues, unangebautes Feld und dunkle Stellen. Besonders merklich wird die Unmöglichkeit, ein einzelnes Stück der Erdoberfläche richtig zu bestimmen.« Im April 1800 verfasst er einen umfänglichen Abschlussbericht über die »Holzerdenlage der hiesigen Gegend«. Der Aufsatz gehört zum Konvolut der sogenannten Salinenschriften, die Novalis' Familie ab 1930 an die Berliner Staatsbibliothek versteigerte, wo sie nach 1945 als verloren galten, bis sie 1983 in der Krakauer Jagiellonen-Bibliothek wiederentdeckt wurden. Mit ihnen lässt sich der romantische Dichter als Braunkohlenexperte entdecken. Er schrieb Haushaltsberichte, Salinenarbeiter-Studien und physikalische Abhandlungen, etwa über die »Erdkohlenbefeuerung im Großen ... zur Verminderung der Feuerholzbedürfnisse«. Mit anderen Worten: Novalis propagierte Braunkohle als Energieträger und plante sogar Brikettherstellung. Aufgrund seiner Bestandsaufnahme der Braunkohlelager südlich von Leipzig entsteht 1802 die erste petrographische Landkarte.

Im 20. Jahrhundert folgt die monströse Abbaggerung ganzer Landstriche. In Novalis' Roman *Heinrich von Ofterdingen* träumt der Bergmann vom Schoß der Erde, als wäre sie seine Braut. Neben dem Novalis-Stein am Tagebau Profen zeigt sich die Landschaft, die der Bergbau-Beamte einst kartierte, wie die Dystopie einer gefräßigen Zivilisation, die ihre Schürfrechte geltend gemacht hat.

Marc Reichwein

72

ALS *SIMONE DE BEAUVOIR* DEN *HAMBURGER KIEZ* ERFORSCHTE

1934 reisen die französische Denkerin Simone de Beauvoir und ihr Freund Jean-Paul Sartre quer durchs Reich. In Hamburg bestaunen sie die Prostitution, die die Gauleitung hinter neu aufgestellten Bretterwänden versteckt.

Deutsche Konditoreien gefallen der französischen Dichterin und Denkerin nicht, traditionelle deutsche Gasthäuser mit ihren massiven Tischen und schweren Gerüchen findet sie hingegen »gemütlich«. »Wir aßen dort oft zu Mittag. Ich mochte die fette deutsche Küche, Rotkohl, Rauchfleisch, Bauernfrühstück.« Morgens um elf wird in deutschen Gasthäusern Bier getrunken, Simone de Beauvoir trinkt mit – und staunt, wie man sich unterhakt und schunkelt: »*C'est la Stimmung*, erklärte mir Sartre.«

Simone de Beauvoir, geboren 1908, und Jean-Paul Sartre, geboren 1905, sind seit 1929 ein Paar. Man kann ihr Leben in der biographischen Erzählung von Wolfram

Eilenberger nachlesen: *Feuer der Freiheit* handelt von gleich vier Philosophinnen zwischen 1933 und 1943 (Simone de Beauvoir, Simone Weil, Ayn Rand und Hannah Arendt). Von Beauvoirs Deutschlandtour in dieser Zeit erzählt Eilenberger nichts; hierzu muss man Beauvoir selbst lesen, im zweiten Band ihrer Memoiren *In den besten Jahren* schildert sie, wie sie das nazifizierte Deutschland bereist, um Sartre zum Abschluss seines Berliner Forschungsaufenthaltes zu besuchen. Er studiert am Institut Français der deutschen Hauptstadt von September 1933 bis Juni 1934 Heidegger und Husserl. Im Anschluss an diese Zeit unternimmt das Paar eine Autotour durch Deutschland. Manchmal marschieren Braunhemden durchs Bild. Es ist der Sommer, in dem Hitler die Führungsspitze der SA um Ernst Röhm ermorden lässt. Nichtsdestotrotz ist das französische Paar in Urlaubslaune: Stralsund und Lübeck findet Beauvoir schön, Dresden hingegen »noch hässlicher als Berlin«, und im Café auf der Schwaneninsel bei Potsdam ist sie angeekelt von »der Menge, die sich rund um uns mit Schlagsahne vollstopfte«. Sympathie für deutsche Kaffeehausgänger wäre was anderes: »Kein Gesicht, das Sympathie oder auch nur Neugier erweckt hätte. Melancholisch dachten wir an die spanischen Cafés, die italienischen Trattorien, wo unsere Blicke so angeregt von Tisch zu Tische gewandert waren.«

Ein Höhepunkt der Reise wird: »Hamburg, deutsch und nazistisch« (Beauvoir). Dort unternehmen sie und Sartre zum einen eine Dampferfahrt »elbabwärts bis nach Helgoland, wo kein Baum wächst«. Zum anderen bestaunen sie den Hafen, Schiffe, die auslaufen, ankommen, vor Anker liegen. Neben den Matrosenkneipen kommt die später weltberühmte Feministin *(Das andere*

Geschlecht) auf »die ganze Skala der Laster« zu sprechen: »Man hatte aus Gründen der Moral einen großen Teil des verrufenen Viertels auffliegen lassen. Es blieben trotzdem noch einige Straßen mit Absperrungen an beiden Enden, wo geschminkte Dirnen mit gekräuseltem Haar sich hinter blankgeputzten Fensterscheiben zeigten. Ihre Gesichter waren reglos, man hätte sie für Puppen in Friseurauslagen halten können.«

Tatsächlich hatten die Nazis das Gewerbe erst verbieten wollen, es dann aber dulden müssen: So sieht Beauvoir neben den Koberfenstern die damals neuen (und bis heute bestehenden) Sichtschutzwände, die von der NS-Gauleitung 1933 an beiden Enden der Herbertstraße angebracht wurden. Und auch wenn Alice Schwarzer es womöglich besser weiß: In Hamburg verliert Beauvoir kein kritisches Wort über die Prostitution, im Gegenteil ist flanierende Feldforschung angesagt. »Wir gingen auf den Kais und um die Hafenbecken spazieren, aßen am Alsterufer zu Mittag. Am Abend erforschten wir die Lasterstätten; das Hin und Her gefiel uns.«

Die Deutschlandreise endet in Süddeutschland, wo sie bei den Jubiläumsfestspielen von Oberammergau (man feiert 300 Jahre, von 1634 bis 1934) neben Jesus fast auch Hitler über den Weg gelaufen wären. Aber das ist eine andere Geschichte.

Marc Reichwein

73

ALS *RICHARD YATES* EINE *BOMBE AUF RÄDERN* FUHR

Tuscaloosa im US-Bundesstaat Alabama, 1990: Richard Yates, groß, aber vergessen, hat hier einen Uni-Job ergattert. Er raucht so viel, dass er eine Salatschüssel zum Aschenbecher umfunktioniert. Und kauft sich für 700 Dollar einen alten Mazda.

Tuscaloosa, Alabama. Keine Stadt, in der man auf Dauer leben möchte. Keine Stadt, in der man sterben möchte. Allenfalls, wenn man aus Tuscaloosa kommt und dageblieben ist. Rund 80 000 Menschen wohnen hier, und regelmäßig bedrohen Tornados die Region. Immerhin beherbergt die Stadt die University of Alabama, die 1963 für Aufsehen sorgte, als der berüchtigte Gouverneur George Wallace, eingedenk eines Wahlversprechens, die Rassentrennung aufrechtzuerhalten, zu verhindern versuchte, dass sich zwei afroamerikanische Studenten an der Universität einschrieben. Widerwillig kommt Richard Yates 1990 nach Tuscaloosa, nach »fucking Dixie«, in den ungeliebten Süden. Was bleibt ihm anderes übrig? Eine Dozentur hilft ihm erst einmal über seine permanenten Geldprobleme hinweg; seine existenzielle Not wird auch sie nicht lindern.

Obwohl erst Mitte sechzig, ist Yates ein vom Tod Gezeichneter, der sich mit Alkohol und Zigaretten systematisch zugrunde gerichtet hat. Mehrere Ehen sind gescheitert, und nichts erinnert daran, dass dieser einst gut aussehende, groß gewachsene Mann mit dem eingefallenen Gesicht und dem struppigen Bart einer der großen amerikanischen Schriftsteller des 20. Jahrhunderts ist. Die 1980er Jahre hat er in Boston verbracht, abseits des Literaturbetriebs. Schon damals sind seine Kurzgeschichten und seine meisterlichen Romane *Zeiten des Aufruhrs* und *Easter Parade* vergessen. Abend für Abend saß er in einem irischen Pub, freute sich, wenn alte Zechkumpane aufkreuzten, und richtete sich genügsam in ärmlichen Unterkünften ein.

In Tuscaloosa wendet sich nichts zum Besseren. Die Arbeit an seinem Manuskript *Uncertain Times* kommt nicht voran, und Freunde zeigen sich entsetzt, wenn sie sehen, wie Yates haust. Wo er steht und geht, lässt er Zigarettenasche zu Boden fallen. Der Teppich und die Möbel sind alsbald mit Brandflecken überzogen. Als Aschenbecher dient ihm eine Salatschüssel, die aufgrund ihres Fassungsvermögens nicht oft geleert werden muss. Als seine Dozentur ausläuft, zieht er noch mal um. Ein weiterer Abstieg: ein schmales Rollbett, das sich zur Couch ausklappen lässt, ein paar Möbelstücke aus dem Fundus der Heilsarmee, ein L-förmiger Schreibtisch mit Schreibmaschine, ein Klappstuhl im Wohnzimmer – mehr ist da nicht. Ein Essen-auf-Rädern-Dienst versorgt ihn.

Bleiben und sterben wollte Yates in Tuscaloosa auf keinen Fall, und so ruiniert er sich endgültig, vor den Augen aller. Seiner Hinfälligkeit zum Trotz beschafft er sich ein Auto, einen rostigen Mazda aus den frühen 1970er Jahren, für den er 700 Dollar bezahlt. Mit dem fährt er durch Tuscaloosa, und der Anblick des hinter dem Lenkrad zusammengefalteten, zu einem unkonventionellen Fahrstil neigenden Yates, der mal zur Zigarette und mal zu einem Sauerstoffaufbereiter greift, zählt zu den wenigen Attraktionen im Alltag der Stadt. Eine »Bombe auf Rädern« nennt man das Gefährt. Yates ist zum Kuriosum geworden.

Sein körperlicher Zustand lässt bald das Schreiben nicht mehr zu; die letzte Manuskriptergänzung trägt das Datum vom 28. August 1992. Zweieinhalb Monate später stirbt Richard Yates, im gottverdammten Alabama, im Veteranenkrankenhaus von Birmingham. Erst Jahre nach seinem Tod wird man ihn wiederentdecken. Über seinem Schreibtisch hing viele Jahre ein Zitat des demokratischen Präsidentschaftskandidaten Adlai Stevenson: »Die Amerikaner gehen unbewusst immer davon aus, dass jede Geschichte zu einem Happy End führen müsse.« Ein Irrglaube, an dem nicht nur viele der Yatesschen Romanfiguren zerbrechen.

Rainer Moritz

74

ALS *GEORG BÜCHNER* MIT DER *UNDERGROUND RAILROAD* FLOH

1. August 1834: Am Gießener Selterstor wird ein Student verhaftet. Er hat eine revolutionäre Kampfschrift dabei – verfasst vom blutjungen Georg Büchner. Doch der behält die Nerven, schmiedet Befreiungspläne und hat in der Not einen Plan B.

Karl Minnigerode – zwanzig, Student, und die gelten im deutschen Vormärz für die Schlimmsten – wird am 1. August 1834 am Gießener Selterstor verhaftet. Er hat, wie es im schönsten Behördendeutsch heißt, eine »revolutionäre Druckschrift« im Gepäck und wird gleich dem Universitätsrichter Georgi vorgeführt, der zwar einen V-Mann bezahlt, aber noch nicht ahnt, wer die »revolutionäre Druckschrift«, die *Der Hessische Landbote* heißt, verfasst hat. Georg Büchner aber, der es gewesen ist, verlässt Gießen noch in der Nacht, um seine Mitverschwörer zu warnen. »Ich wählte die Nacht der gewaltigen Hitze wegen«, wird er an seine brave Familie in Darmstadt schreiben, »und so wanderte ich in der lieblichsten Kühle unter hellem Sternenhimmel, an dessen Horizonte ein beständiges Blitzen leuchtete.«

Man stelle sich eine solche noch nicht lichtverschmutzte Sommernacht vor, voller Revolution und Gewitter, in denen auf den Brücken die Agenten wie die Mücken schwärmen – auch wenn der Student Büchner ihnen diesmal entkommt. Das beständige Blitzen aber holt ihn am Folgetag ein. Am 2. August wird er als Verfasser des *Landboten* denunziert, »der bei Weitem gefährlichsten und strafbarsten« Flugschrift, die, im Großherzogtum Hessen-Darmstadt kann man es kaum fassen, »geradezu zum Umsturz des Bestehenden auffordert«.

Doch der Revolutionär behält die Nerven. Drei Tage später ist er zurück in Gießen und lässt seine schon versiegelte Wohnung öffnen. »Keine Zeile, die mich kompromittieren könnte«, sei darin, behauptet er. »Es ist unmöglich, dass man einen Grund zur Verhaftung finde.« Dabei ist das Risiko groß: Die hessischen Strafverfolger haben ein Gewaltproblem. Minnigerode wird in der Friedberger Haft misshandelt, der ältere Mitverschwörer Friedrich Ludwig Weidig, der dem *Landboten* zu Büchners Missfallen wohl die revolutionärsten Spitzen genommen hat, wird an den Folgen seiner Haft zugrunde gehen. Büchner hält dennoch in Gießen aus und verlässt die Stadt erst zum Semesterende, obwohl der brutale Trinker Georgi ihn nach wie vor »sistieren« will: Georg Büchner, »21 Jahre«, »6 Schuh, 9 Zoll neuen Hessischen Maßes«, »Stirne: sehr gewölbt«, »Nase: stark«, so wird es später im Steckbrief heißen, mit dem Georgi Jagd auf Büchner macht. Noch allerdings organisiert Büchner kleine revolutionäre Zellen und plant Minnigerodes Befreiung, zu der es niemals kommt: Codierte Kassiber werden in aufgebohrten Zuckerstückchen versteckt, Schlüsselbärte in Brot gedrückt, zur Betäubung des Wärters hat man Opium gebunkert.

Zu Hause in Darmstadt allerdings gerät Büchner in eine ganz andere Haft. Der Vater, ein braver Stadtpyhsikus, lässt sich von Georgs Unschuldsbeteuerungen nicht mehr täuschen. Im Garten, wo Büchner aushalten muss, liegt angeblich stets eine Leiter zur Flucht. Im Februar 1835 ist der Sohn schließlich verschwunden. Wohin, weiß bis heute niemand genau. Fest steht, dass Büchner sich Anfang März nach ebenjener Methode außer Landes schmuggeln lässt, die im fernen Amerika »Underground Railroad« heißt: Seine Fluchthelfer kennen stets nur ihren Vorder- und Hintermann. Am 12. des Monats trifft Büchner so unter dem falschen Namen Jacques Lutzius in Straßburg ein. »Meine Zukunft ist so problematisch, dass sie mich selbst zu interessieren anfängt«, schreibt er an Karl Gutzkow, dem er sein heimlich verfasstes Drama *Dantons Tod* schickt. Tatsächlich bleiben ihm nicht mal zwei Jahre, bis nicht Georgi, sondern der Typhus ihn holt. Minnigerode aber, der mit Büchner für die Freiheit stritt, wird nach Amerika entkommen und sich dort auf die Seite der Sklavenhalter stellen.

Wieland Freund

75

ALS ***ROBERT WALSER*** EINMAL DIE ***WUT*** KRIEGTE

Die meiste Zeit seines Lebens ist der Schweizer Schriftsteller Robert Walser bitterarm. Aber einmal, in Berlin, erlaubt er sich, eine saftig hohe Rechnung zu stellen. Was ist in ihn gefahren – und kommt er damit durch?

Früher verbrachte ein Autor sein Leben sitzend (am Schreibtisch) oder stehend (am Stehpult) oder diktierend (Goethe) oder im Bett (Proust), auf jeden Fall aber: drinnen, im Haus. Eine Neigung zu Ruhe und Einsamkeit musste er besitzen und das berühmte Zimmer für sich allein. Aber was, wenn er von Natur unruhig war, nach Frischluft verlangte und nichts lieber tat, als die Landschaften seiner Heimat zu durchwandern wie Robert Walser, der Schweizer? Dickleibige, komplizierte Romane konnten unterwegs nicht entstehen, wohl aber viele, viele in ein Heft notierte »Prosastückli«, deren Komposition Walser meisterhaft beherrschte. Von lauen Abenden ist dort die Rede, von Villenbesitzerinnen, die einen jungen Wanderburschen gern beherbergen, aber auch von ärmlichen, bitterkalten Stuben und einem »ehrlichen Hemdknopf«, den der Autor höchstselbst wieder annähen muss. Zeitungen und Zeitschriften druckten solche Texte als Lückenfüller oder Glanzstück, aber da sie kurz sein sollten, wurden sie nur kärglich bezahlt. Armutsspuren durchziehen Walsers Werk, von den meisten Lesern flüchtig bemerkt, doch es gab auch Liebhaber, die ihn lobten, Kafka zum Beispiel und Hermann Hesse.

Also nur »Kleine Prosa aus ländlichen Gegenden«? Nein, nein. Von 1905 bis 1913 lebte der Dichter in Berlin, wo sein Bruder Karl als Maler und Bühnenbildner reüssierte und den jungen Wanderer in die literarischen Kreise einführte. Und obwohl Robert wie gewohnt in Berlin umherstreifte, Prachtstraßen beschaute und Hinterhöfe, saß er auch lange Stunden schreibend am Tisch. Auf diese Weise brachte er es in vier Jahren auf drei Romane, die Herzstücke seines Ruhms. Alle erschienen im feinen Verlag von Bruno Cassirer, wo Christian Morgenstern sein begeisterter Lektor war. Außerdem entstanden natürlich weitere »Stückli« für die großen Berliner Blätter wie *Die Woche*. Einer ihrer Redakteure, vielleicht sogar der Herausgeber Paul Dobert selbst fand so viel Gefallen an ihnen, dass er Walser vorschlug, einen Roman zu liefern, möglichst rasch, und die Honorarforderung solle er gleich dazulegen. Was für eine Chance! Und zum genau richtigen Zeitpunkt, da der stille, eigenwillige Schweizer ja den Roman *Der Gehülfe* soeben fertiggestellt hatte, in sagenhaften sechs Wochen! Froh sandte er das Manuskript an die Redaktion, nachdem er eine Rechnung über 8000 Mark obenauf gelegt hatte. Das klingt noch heute verwegen. Im Jahr 1908 kostete ein Liter Bier 24, ein Kilo Roggenbrot 23 Pfennig. Lange, lange Zeit also hätte der Poet ein Auskommen gehabt und in Würde leben können!

Ach, nur ein Traum. Zwei Tage später kam das Paket kommentarlos zurück. Hierauf, so erzählt Walser später einem sehr geneigten, wohlhabenden Zuhörer, »habe er sich voll Wut auf die Direktion begeben«, und als sich der Chef »mit offizierlicher Erhabenheit« über die Geldforderung lustig machte, sei ihm schier der Kragen geplatzt. Voller Zorn habe er gerufen: »Sie Kamel verstehen überhaupt nichts von Literatur!« und Türen knallend und ohne weiteren Gruß das Büro verlassen. Walser, außer sich und Türen knallend? Gedemütigt wie so oft, aber sich lautstark wehrend, dass dichterische Originalität ihren Preis habe, der gar nicht hoch genug zu veranschlagen sei? Stimmt das oder war es auch geträumt? Doch wie gut mag dem Autor so ein Ausbruch getan haben, und wie gut tut es uns, den Lesern, dass einem Mächtigen mal die Wahrheit gegeigt wird! *Der Gehülfe* wurde dann 1908 bei Cassirer gedruckt.

Gisela Trahms

76

ALS *FRIEDRICH RÜCKERT* EINE *PREUSSISCHE KRIEGERIN* BESANG

1813. Deutschland erhebt sich gegen Napoleon. Im Lützowschen Freikorps greifen Freiwillige aus allen Ständen zu den Waffen. Nur Männer? Nein, auch eine Frau hat sich als »August Renz« eingeschmuggelt. Sie ist größer und tapferer als viele Kameraden. Ihr Tod wird Anlass für ein Gedicht.

Kriege sind immer Anlass für Literatur gewesen – und es war oft nicht die schlechteste. Am Anfang stehen zwei Epen, die von einem zehnjährigen Kampf gegen eine feindliche Macht und von der anschließenden verzögerten Heimfahrt eines Veteranen handeln. Derartig zeitlos großartige Poesie hat der Aufstand der Deutschen gegen die napoleonische Besatzungsherrschaft nicht hervorgebracht – man tut Kleists *Hermannsschlacht* sicher nicht unrecht, wenn man ihr nicht den Rang der *Ilias* und der *Odyssee* zugesteht. Darüber hinaus hat der Freiheitskrieg auch zu einem ganzen Schwung von Gedichten geführt, von denen das bekannteste Theodor Körners »Lützows wilde verwegene Jagd« ist.

Keinen Eingang in gängige Gedichtanthologien fanden die Verse, in denen Friedrich Rückert den Schlachtentod der Soldatin Eleonore Prochaska besingt. Aber das kann sich ändern, denn Prochaska und die anderen Frauen, die zwischen 1813 und 1815 als Mann verkleidet in Uniform gegen Napoleon kämpften, sind zum Forschungsgegenstand der Gender-Wissenschaft geworden. Wenn man endlich den Aufstand gegen Napoleon auch noch als antikoloniale Revolte begreift, steht der Verbreitung des Poems »Auf das Mädchen aus Potsdam, Prochaska« in Lesebüchern für einen neuen Kodex nichts mehr entgegen. Als Rückert das »Mädchen« und andere Blumen der patriotischen Poesie 1814 im Band *Deutsche Gedichte* veröffentlichte, war es noch ein kleines Risiko, antinapoleonische Heldinnen zu feiern. Napoleon wurde erst im April 1814 besiegt und zur Abdankung gezwungen. Bekanntlich war auch das noch nicht einmal endgültig. Der Dichter Rückert entschied sich daher, unter dem Schutz des Pseudonyms Freimund Raimar zu schreiben.

Eleonore Prochaska hatte getan, was sie konnte, um Napoleon zu vertreiben und unschädlich zu machen. Ende Juni 1813 schloss sich die nach dem Tod ihres Vaters in Armut aufgewachsene Soldatentochter dem Lützowschen Freikorps unter dem ausgedachten Namen August Renz an. Sie fiel dort nicht als Frau auf, weil sie relativ groß war, ihre Füße nicht in die englischen Schuhe hineinpassten, die allen anderen zu groß waren, und sie eine ziemlich deftige Sprache führte. Schon in ihrem ersten Gefecht, der Schlacht an der Göhrde am 16. September 1813, wurde sie durch Kartätschensplitter schwer getroffen, als sie einen verwundeten Kameraden aus der Feuerlinie ziehen wollte. Einem Vorgesetzten, der sich um sie kümmerte, verriet sie schließlich ihr wahres Geschlecht. Drei Wochen später starb sie. Am 7. Oktober berichteten die *Berlinischen Anzeigen von Staats- und gelehrten Sachen:* »Heute morgen um 9 Uhr wurde die Leiche der in der Schlacht bei Göhrde verwundeten Eleonore Prochaska zur Erde bestattet, welche als Jäger im Lützowschen Korps unerkannt ihren Arm aus reinem Patriotismus der heiligen Sache des Vaterlandes geweiht hatte.«

Die Meldung ihres Todes inspirierte Rückert zu den Versen: »Wer ist der Gesell, so fein und jung? / Doch führt er das Eisen mit gutem Schwung. / Wer steckt unter der Maske? / Eine Jungfrau, heißt Prochaska. / Wie merkten wir's nur nicht lange schon / Am glatten Kinn, am feineren Ton? / Doch unter den männlichen Thaten / Wer konnte das Weib erraten?«

Eleonore Prochaska wurde im blühenden Nationalbewusstsein des 19. Jahrhunderts zur »deutschen Jeanne d'Arc« stilisiert. Beethoven schrieb die Musik zu einem Bühnenstück über ihren Kampf und Tod. Heute entdeckt man sie – leicht anachronistisch – als Freiheitsheldin andere Art wieder: als eine, die starb für die Freiheit, das eigene Geschlecht selbst zu definieren.

Matthias Heine

77

ALS ***SAINT-EXUPÉRY*** VIER ***BRUCHLANDUNGEN*** ÜBERLEBTE

Antoine de Saint-Exupéry, später berühmt für das Märchen *Der kleine Prinz,* ist leidenschaftlicher Pilot, in den Diensten der Luftpost und der französischen Armee. Viermal muss er seine eigenen Flugzeuge notlanden – und ahnt das fünfte Mal voraus.

Puh! Eine Panne. Ausgerechnet in der Sahara. »Etwas an meinem Motor war kaputtgegangen. Und da ich weder einen Mechaniker noch Passagiere bei mir hatte, machte ich mich ganz allein an die schwierige Reparatur. Es war für mich eine Frage auf Leben und Tod, ich hatte für kaum acht Tage Trinkwasser mit. Am ersten Abend bin ich im Sand eingeschlafen. Tausend Meilen von jeder bewohnten Gegend entfernt. Ich war viel verlassener als ein Schiffbrüchiger auf einem Floß mitten im Ozean. Ihr könnt euch daher meine Überraschung vorstellen, als bei Tagesanbruch eine seltsame kleine Stimme mich weckte: ›Bitte ... zeichne mir ein Schaf!‹«

Mit dieser Bitte tritt eine der berühmtesten Figuren der Weltliteratur auf den Plan: der kleine Prinz. Am 6. April 1943 erscheint die französische Ausgabe. Übrigens zuerst in den USA, wohin der Autor, Antoine de Saint-Exupéry, im Jahr 1940 aus dem von der deutschen Wehrmacht besetzten Frankreich zeitweilig geflohen ist. In Frankreich selbst kommt *Le Petit Prince* erst nach dem Zweiten Weltkrieg heraus, 1946 bei Gallimard, wo Saint-Exupéry schon ab den 1920ern seine ersten Bücher veröffentlicht hat, Romane übers Fliegen wie *Südkurier* oder *Nachtflug*. Denn Fliegen ist sein Leben. Seit seiner Teenagerzeit, erst recht seit seinem Militärdienst in einem französischen Fliegerregiment ist Saint-Exupéry leidenschaftlicher Pilot und nimmt abenteuerlustig an der Globalisierung des Luftverkehrs teil. 1926 heuert er bei der hispano-afrikanischen Luftpostlinie Latécoère an, 1929 bei der Aeroposta Argentina in Buenos Aires. Dort lernt er am 3. September 1930 auch Consuela Gómez Carillo kennen, seine spätere Frau. Die beiden heiraten 1931 in Frankreich. Sie nennt ihn »Tonnio, Liebster«. Er schreibt ihr: »Du bist schöner als Greta Garbo!« Im Karl-Rauch-Verlag ist der Briefwechsel von Antoine und Consuela de Saint-Exupéry auf Deutsch erschienen: *Der Prinz und die Rose*. In dem Band erfährt man viel von ihrer stürmischen Liebe und vom tragisch häufigen Getrenntsein.

Er ist nicht nur Pilot, sondern auch Testpilot, steuert Flugzeuge, Wasserflugzeuge, alles. Im Dezember 1933 entgeht er dem Tod bei einer Bruchlandung vor der Küste von Saint-Raphaël nur knapp. Und in der Nacht vom 30. auf den 31. Dezember 1935 stürzt Saint-Exupéry in der ägyptischen Wüste ab (er und sein Mechaniker André Prévot wollten von Paris bis Saigon einen Rekord für Langstreckenflüge aufstellen). Es ist jener Unfall, der

Saint-Exupéry die Erfahrung von Durst und die Begegnung mit einem Wüstenfuchs beschert. Vier Tage dauert es bis zur zufälligen Rettung in der Wüste, nachzulesen im Bestseller *Wind, Sand und Sterne* und in *Der kleine Prinz*, dem Märchen, das manche als Kitsch verdammen, während es vielen Trost spendet, in mehr als 180 Sprachen.

Seinen schwersten Flugunfall erlebt Saint-Exupéry im Februar 1938 in Guatemala City, sein Ohr hört seitdem lebenslänglich nicht mehr auf zu brummen. Im Mai 1940 gerät Saint-Exupéry als Pilot eines französischen Aufklärungsgeschwaders unter deutschen Beschuss (nachzulesen in *Flug nach Arras*). Insgesamt vier Bruchlandungen und Abstürze mit dem Flugzeug überlebt Saint-Exupéry (doppelt so viele wie Hemingway). Mit dunklen Vorahnungen wird er 1943 noch einmal Kriegspilot, absolviert Aufklärungsflüge über Algerien und Südfrankreich. »Ich habe mich nie so in Gefahr gefühlt«, schreibt er an Consuela. Sie antwortet ihm aus New York: »Komm zurück!« Am 31. August 1944 startet Antoine de Saint-Exupéry zu seinem letzten Aufklärungsflug. Seine P38-Lightning wird, wie man heute weiß, vor Toulon von Deutschen abgeschossen, angeblich von Horst Rippert, dem Bruder von Rolf Rippert, den man als Sänger Ivan Rebroff kannte. Das Wrack wurde erst im Jahr 2000 geortet und 2003 geborgen.

Marc Reichwein

78

ALS *VITA SACKVILLE-WEST* EIN *SCHÖNER JUNGE* WAR

Upper Class verpflichtet – aber nicht auf Toleranz: Um lesbisch lieben zu können, büchst die Britin Vita Sackville-West 1920 mit ihrer Geliebten nach Paris aus – bis sie von ihrem Ehemann eingefangen wird.

Der November gilt als eher trüber Monat, aber 1918 bringt er Europa endlich den Waffenstillstand, der den Krieg beendet. In die französische Hauptstadt fluten die Soldaten, unter ihnen viele Verletzte, deren Köpfe bandagiert sind. Auch der schlanke, groß gewachsene junge Mann, der in diesem November so strahlend verliebt mit seiner aparten, ebenso strahlenden Begleiterin durch das Pariser Nachtleben zieht, trägt einen Kopfverband aus Khaki, der seine Haare verdeckt. Sehr gesund sieht er aus, feiert seinen Liebesrausch und weiß sich dennoch elegant im Zaum zu halten. Alles an ihm atmet Luxus, nichts deutet auf Soldatentum. Seine Liebste nennt er

Luschka, sie ihn: Julian. Im Palais Royal haben sie eine Wohnung gemietet, wo das Glück sich fortsetzt und niemals enden soll. Dieses Fest der Gefühle beruht auf Kostümierung: Der glanzvolle Lover ist eine Frau und heißt weder Julian noch Julia, sondern Victoria Sackville-West, genannt Vita, einziges Kind eines adeligen Vaters und einer Mutter von peinlicher Herkunft. Vita ist 26, verheiratet und hat zwei kleine Söhne in England gelassen. Luschka ist zwei Jahre jünger und heißt Violet Keppel, später Trefusis. So reich wie Vita ist sie längst nicht, aber doch *upper class*. Beide kennen sich von Kind an, im April 1918 ist die Liebe über sie hereingebrochen.

Um einen Skandal zu vermeiden, fliehen Vita und Violet aus London nach Paris und bewegen sich vorzugsweise dort, wo sie keine Engländer vermuten. Endlich für sich sein! Freiheit und Ungebundenheit, ein Leben lang! So vieles verbindet sie: die Leidenschaft für Kunst, Literatur, Landschaften, Städte, Sprachen (Französisch, Italienisch, Spanisch, Deutsch), die Lust am Spiel (Tennis, Roulette), das heftige Temperament, die Sinnlichkeit. Beide schreiben sie, Vita geradezu manisch. Romane, Gedichtbände, Theaterstücke, Reiseberichte, historische und journalistische Stücke fließen ihr aus der Feder. Violet schreibt Romane, die länger lesbar bleiben als die Vitas. Beide erleichtern ihr Herz in Briefen, täglich mehrere, besonders in dramatischen Zeiten, insgesamt Tausende.

Fest entschlossen, nie mehr nach England zurückzukehren, fahren sie weiter nach Monte Carlo. Harold Nicolson, Vitas Ehemann, ist verstimmt, Violets Fast-Verlobter Denys Trefusis leidet entsetzlich. Die Frauen kommen zurück, fliehen aufs Neue, die Männer hinterher. Der Höhepunkt des Dramas findet im Februar 1920 statt, als die Männer in einem zweisitzigen Doppeldecker per Propeller nach Frankreich brausen, um ihre Frauen einzufangen. Was für ein Bild! Zwei tadellose, verzweifelte Gentlemen in Fliegerkluft, und in Amiens vergnügen sich Vita und Violet, können voneinander nicht lassen. Nun, Liebe verblasst.

Dass eine Frau als Gefährtin eines Schriftstellers zu Ruhm gelangt, hat Tradition. Dass eine schreibende Frau durch eine andere schreibende Frau berühmt werden kann, erfährt Vita ein paar Jahre später. Nicht mit Violet natürlich. Die zarte, geniale Virginia Woolf ist 1925 ein paar Tage zu Gast in Long Barn, Vitas und Harolds ländlichem Besitz. Sie lässt es zu, dass aus der Freundschaft Liebe wird. Im Roman *Orlando* porträtiert Woolf Vita als unsterblichen Jüngling, der sich anmutig durch ein paar Jahrhunderte schlängelt und schließlich in eine Frau verwandelt. Die Geschichte endet 1928, dem Jahr ihrer Veröffentlichung, und einer der letzten Ausrufe des/der Helden/in lautet: »Ekstase!« Noch einmal Vita, im Rausch.

Gisela Trahms

79
ALS *ANTONIN ARTAUD* IN *ZWANGSJACKE* VERREISTE

1937 landet Antonin Artaud in Irland an. Mithilfe von Kabbala und Mathematik berechnet er die Apokalypse. Bei sich trägt er den Zauberstab Christi. Als er ihn verliert, beginnt die Sache schiefzugehen.

Wie man sich auf den Weltuntergang vorbereiten und gleichzeitig Geldsorgen haben kann, zeigt die Episode von Antonin Artauds Irlandreise im Sommer 1937. Unter den vielen Erstaunlichkeiten seines kurzen Lebens ist es eine der erstaunlichsten. Der Universalkünstler (Maler, Schauspieler, Requisiteur, Regisseur, Schriftsteller) hatte sich nach Inishmore aufgemacht, die westlichste der Aran-Inseln. Dort strolchte er umher, ausgemergelt vom seriellen Misserfolg seines Lebens.

Zuletzt hatte ihn ein Trip zu den mexikanischen Tarahumara-Indianern völlig fertiggemacht, weil dort trotz intensiven Peyote-Konsums die völlige Vereinigung von Körper und Universum nicht gelingen wollte. Immerhin war ihm eine Vision des nahen Weltendes erschienen. Mithilfe von Kabbala und Mathematik, was für Artaud mehr oder weniger das Gleiche war, berechnete er auf Buchlänge den Plan der Apokalypse. Er gedachte sie zu überleben, wobei ihm insbesondere ein knorriger Stock dienlich sein sollte, den ein Freund auf einem Flohmarkt gekauft und Artaud geschenkt hatte. Artaud war überzeugt, nicht nur den Stab des Heiligen Patrick, dem Schutzheiligen von Irland, in Händen zu halten, sondern zugleich den Zauberstab Christi, das absolut reliquienmäßige Instrument der Teufelsaustreibung aus der Wüste.

Er hockte im Schatten und vertrieb sich die Wartezeit mit dem Schreiben von Postkarten. In einer, an seine Pariser Freundin Anne Manson, heißt es: »Du, nicht ich, lebst in einem Zustand der Illusion und Blindheit. Ich bin mit der Vorbereitung auf etwas beschäftigt, was mitnichten ein Tagtraum ist, sondern eine *Fortgeschrittene Berechnung* von einer Art, die zu verstehen die gegenwärtige Ära zu dumm ist. Eine Prophezeiung, vor 14 Jahrhunderten niedergeschrieben und veröffentlicht, die ich im Laufe der vergangenen Monate VERIFIZIERT habe, Punkt für Punkt, in allen ihren TATSACHEN, und die der Welt eine schreckliche Zukunft verheißt.«

Seinen Verlag, der länger als gedacht brauchte, um *Das Theater und sein Double* zu veröffentlichen, nervte Artaud parallel mit Honorarforderungen. »Schick das Geld«, schrieb er dem Verleger Gaston Gallimard, »ES IST SEHR DRINGEND!!! Herzlich, ANTONIN ARTAUD.« Eine vor der Tür stehende Apokalypse ist ungefähr das Einzige, was Versalien und drei Ausrufezeichen rechtfertigt, da kann man Artaud schon in Schutz nehmen. Leider kam kein Geld. Artaud reiste mittellos von Eoghanacht nach Kilronan, nach Galway, Cobh und schließlich Dublin, wo er im Schatten von Kirchen nächtigte und sich mit Herumtreibern sowie der Polizei prügelte. Bei einer dieser Gelegenheiten kam ihm der Stab Christi abhanden. Schließlich wurde es den Behörden zu bunt, und sie wiesen Artaud als »unerwünschten Ausländer« aus. Die Fährgebühren beglich ein befreundetes Ehepaar, das in den Folgejahren, während Artaud zwischen den Irrenanstalten herumgereicht wurde, erfolglos gegen den französischen Staat prozessierte und letztlich auf den Unkosten sitzen blieb.

Was genau auf der Fähre namens »Washington« geschah, verliert sich in den Wogen der Geschichte. Offenbar kam es zu einem Zwischenfall mit dem Bordpersonal. In einer Zwangsjacke landete Artaud in Le Havre an und wurde in die psychiatrische Klinik von Rouen überstellt. Die schreckliche Zukunft war von der Gegenwart eingeholt worden. Für Artaud begann ein neunjähriges Martyrium aus Gefangenschaft und Elektroschocktherapie, während draußen vor der Tür die Apokalypse losbrach, in Gestalt des Zweiten Weltkriegs.

Jan Küveler

80

ALS ***HUXLEY*** DAS ***SCHÖNSTE GEMÄLDE DER WELT*** RETTETE

Man kennt Aldous Huxley für seine Dystopie *Schöne neue Welt.* Doch er bleibt auch als Kunstkritiker im Gedächtnis. Als im Zweiten Weltkrieg eine italienische Stadt zerstört werden soll, erinnert sich ein Militär, was Huxley über diesen Ort geschrieben hat.

Aldous Huxley kennt man für seinen Roman *Schöne neue Welt*, von dem viele sagen, er falle als Dystopie weitaus düsterer aus als George Orwells *1984*. Weniger bekannt ist, dass Huxley auch ein exzellenter Kunstkritiker war und einer der kundigsten und unterhaltsamsten Italienreisenden aller Zeiten. Eines seiner Bücher bewahrte die toskanische Stadt Sansepolcro im Zweiten Weltkrieg vor einem Angriff – und mit ihr eines der berühmtesten Gemälde der Frührenaissance. Wenn das keine verdienstvolle Wirkung von Weltliteratur ist! Und das kam so: Anfang der 1920er Jahre hält sich Huxley mit seiner belgischen Frau Maria Nys mehrfach in Italien auf. Einmal besucht er, ziemlich abgelegen von allen großen Routen, die kleine Stadt Sansepolcro am Oberlauf des Tiber. Es gebe wenig zu sehen, schreibt Huxley in seinem Reisetagebuch *Along the Road:* einige Renaissance-Palazzi, ein paar hübsche schmiedeeiserne Balkone und eine nicht wirklich interessante Kirche. Aber dann das: »the greatest picture in the world« – die *Auferstehung Christi* von Piero della Francesca. Ein Fresko, das jahrhundertelang überputzt gewesen sei und nun, nach seiner Freilegung, frisch und farbig leuchte, als habe Piero della Francesca eben erst den Pinsel weggelegt und nicht schon anno 1465.

Man muss Huxleys Reisebuch kennen, um einen Eindruck von seiner kunsthistorischen Expertise zu bekommen. Und eine Ahnung von der Nonchalance, mit der Briten wie er die größten Fragen der Kunstgeschichte in einen heiteren Plauderton zu fassen kriegen. Huxleys famoses Reisebuch *Along the Road,* das im Original 1925 erschien, muss bei einer Person mächtig Eindruck hinterlassen haben, denn noch fast zwanzig Jahre später wirkt bei einem gewissen Anthony Clarke etwas aus Huxleys Reisebericht nach.

Es ist Sommer 1944, mitten im Zweiten Weltkrieg. Die Alliierten rücken von Süditalien Richtung Norditalien vor. Das offizielle Italien hat im Krieg die Seiten gewechselt, doch die Republik von Salò hält im Verbund mit den Deutschen noch die sogenannte Gotenstellung. Etliche Orte entlang dieser Linie quer durch den Apennin sind wie Festungen besetzt, auch Sansepolcro. Die Stadt im Nordosten der Toskana soll bombardiert werden, um die Deutschen zu vertreiben. Als der Beschuss beginnt, kommt Clarke, der Kommandeur der britischen

Truppen, ins Grübeln. Woher nur kennt er den Namen Sansepolcro? Dann fällt es ihm ein: Vor vielen Jahren hat er als kunstbegeisterter Teenager *Along the Road* von Huxley gelesen. Und die Episode mit dem schönsten Gemälde der Welt nie vergessen. Sollte er, Clarke, jetzt verantwortlich dafür sein, wenn ein Meisterwerk der Kunst, das als Fresko nicht evakuiert werden kann, durch schwere Artillerie zerstört wird? Will man an so einem Ort ein zweites Monte Cassino veranstalten?

Zwar hat Clarke die *Auferstehung Christi* selbst noch nie gesehen, doch weil ihn Huxleys Beschreibung dermaßen enthusiasmiert hatte, beschließt er, den Beschuss zu stoppen. Eine militärisch riskante Entscheidung. Und Glück im Unglück: Die Deutschen haben Sansepolcro bereits verlassen. Es gibt keine Schlacht um die Stadt. Die *Auferstehung Christi* ist gerettet – und noch heute so zu bestaunen, wie Huxley sie beschrieben hat. Piero della Francesca male majestätisch, aber nicht theatralisch und hysterisch. In der Tat schauen uns sein Christus, aber auch die Wache am Grab mit dermaßen individuellen Gesichtsausdrücken an, dass man sofort versteht, wie dieser Maler zu einem Vorbild für Andrea Mantegna, Leonardo und Raffael wurde.

Marc Reichwein

81

ALS *KOTZEBUE* NACH *SIBIRIEN* VERBANNT WURDE

August von Kotzebue ist der berühmteste Dramatiker der Goethezeit. Am 23. April 1800 wird er an der russischen Grenze ohne Angabe von Gründen verhaftet und nach Sibirien geschafft. Zar Paul I. will es so.

Bevor Kotzebue ermordet wurde, passierte noch etwas anderes Aufregendes in seinem Leben. Und zwar wurde er am 23. April 1800 an der russischen Grenze ohne Angabe von Gründen verhaftet und sofort nach Sibirien verbannt. Von seiner Frau und den paar zufällig ausgewählten seiner unüberschaubar vielen Kinder, die er als Reisebegleitung mitgenommen hatte, wurde er noch an der Grenze getrennt. Es ist Zar Paul I. selbst, der die Verbannung des Theaterdirektors und Dramenautors August von Kotzebue nach Sibirien anordnet. Allerdings handelt es sich um eine Art Verbannung *de luxe:* Kaum in Sibirien angekommen, fängt Kotzebue an, ein Buch über seine Verbannung zu schreiben. Es erscheint später unter dem Titel *Das merkwürdigste Jahr meines Lebens.*

Dieser Titel ist eine für Kotzebue absolut typische Übertreibung. In Kurgan, dem Bestimmungsort seines Exils, befand er sich in Wirklichkeit gerade einmal 22 Tage. Schon nach drei Wochen also wird ihm aus heiterem Himmel mitgeteilt, dass seine Verbannung aufgehoben ist. Er reist sogleich nach Petersburg und trifft seine Frau wieder. Wenn Kotzebue auch bis zuletzt nicht erfährt, warum er verbannt wurde, so stellt sich doch heraus, warum er plötzlich wieder freigelassen wurde: Paul I. war Kotzebues altes Drama *Der alte Leibkutscher Peter des Dritten* in die Hände gefallen. Er las es, und es gefiel ihm außerordentlich. Hier eine Inhaltsangabe des Dramas: Der Zar ist gütig. Ende. – Kotzebue wurde oft als »Tränenschleusendirektor« bezeichnet, weil ständig alle weinen mussten: das Publikum, weil Kotzebues Stücke so rührende Szenen enthielten; die Schauspieler, weil Kotzebues Regieanweisungen es so vorgaben; und die Kritiker, weil Kotzebues Dramen einfach so entsetzlich schlecht waren. Gäbe es einen weltweiten Wettbewerb um die langweiligsten Theaterstücke, würde *Der alte Leibkutscher Peter des Dritten* sicher in den Top zehn landen. Aber von einem Zaren kann man schließlich nur verlangen, dass er sein Volk unterdrückt, und nicht, dass er ästhetischen Geschmack entwickeln soll.

Manche sagen, dass Goethe ungerecht war, als er nach der Lektüre von Kotzebues Verbannungsbericht schrieb: »Ich bin gewiß, wenn einer von uns im Frühling über die Wiesen von Oberweimar herauf nach Belvedere geht, daß ihm tausendmal Merkwürdigeres in der Natur begegnet, als dem Kotzebue auf seiner ganzen Reise bis ans Ende der Welt zugestoßen ist.« Das ist klar: Wenn Goethe nach Sibirien verbannt worden wäre, hätte er mit seiner Anschauungsobsession natürlich im Vorbeifahren sämtliche

Baumrinden bestimmt, eine im Farbenspektrum noch unbekannte Farbe entdeckt und 300 Kutschen voller Mineralien gesammelt und mit nach Hause genommen. Kotzebue hingegen hat tatsächlich nur entdeckt, dass im sibirischen Städtchen Tobolsk mehrere seiner Stücke dort am Theater gespielt werden. Goethe war aber gar nicht ungerecht, denn Kotzebue schrieb ja selbst: »Die Landschaften gingen ungesehen an mir vorüber.«

Geht man nach dem Gregorianischen Kalender, wurden Kotzebue und Paul I. zwar nicht am selben, aber doch am gleichen Tag ermordet: der Zar am 23. März 1801, der Theatertausendsassa am 23. März 1819. Für diese Datumsdeckungsgleichheit gibt es zwei mögliche Erklärungen. Erstens: Sie ist sehr merkwürdig und mystisch, da der Weltgeist sich immer wieder groteske Scherze erlaubt. Zweitens: Sie ist überhaupt nicht merkwürdig, sondern vollkommen banal, da es schließlich schon öfter vorgekommen ist, dass verschiedene Leute am gleichen Tag gestorben sind.

Joseph Wälzholz

82

ALS *WIELAND NAPOLEON* ZUM LACHEN BRACHTE

Am 6. Oktober 1808 kommt Napoleon nach Weimar. Wieland hat keine Lust auf den Trubel. Aber neugierig ist er doch. Im Schauspielhaus späht er den Kaiser der Franzosen hemmungslos mit seinem Fernglas aus. Jetzt will Bonaparte wissen, wer dieser Spanner ist.

Im Herbst 1808 erstrahlte Erfurt im Glanz der Fürstenkonferenz, genauer, im Gedränge von »zwey Kaisern, vier Königen, acht regierenden und nicht regierenden Herzögen und einer unzählbaren Menge deutscher, französischer und russischer Matadors und Magnaten«, wie der in Weimar wohnende Wieland an eine Freundin schrieb. Am 6. Oktober machten »alle diese Majestäten, Hoheiten, Durchlauchten und Excellenzen« samt ihrem atemberaubenden Servicetross einen Ausflug nach Weimar, wo »alles unter und über sich ging«. Das Programm für die Herrschaften umfasste eine Treibjagd, ein großes

Diner, einen Ball und zwischendurch noch eine Aufführung von Voltaires *Julius Caesar*, gespielt von der Pariser Comédie Française, die Napoleon begleitete – alles an einem einzigen Tag!

Christoph Martin Wieland, ehemaliger Erzieher der Weimarer Prinzen, berühmter Schriftsteller, Übersetzer und Herausgeber des *Teutschen Merkur*, beschloss, diesem Getöse fernzubleiben. Nur ins Schauspielhaus ging er, um den berühmten Acteur Talma als Brutus zu erleben. Da er in einer Loge nahe Napoleon saß, betrachtete er auch diesen so ausgiebig durch sein Lorgnon, dass der Empereur sich später erkundigte, wer dieser indiskrete Späher sei. Ah, Monsieur Wieland! Goethe war schon in Erfurt angetreten, Schiller war tot, Herder ebenfalls, aber Wieland, der Autor von *Agathon* und *Oberon*, immerhin! Er möge zum Ball erscheinen, unbedingt!

Also bestieg Wieland, der 75-jährige zarte Gelehrte, in seiner gewöhnlichen Kleidung (schwarzes Samtkäppchen, Tuchstiefel) die hergesandte Kutsche und fuhr zum Tanzsaal, abends gegen halb elf. Dort würdigte ihn Napoleon eines Gesprächs von sage und schreibe anderthalb Stunden, »zu großem Erstaunen aller Anwesenden«. Unter diesen befand sich auch der berühmte Minister Talleyrand, der später alles Erlauschte in sein Tagebuch notierte, genauer gesagt: alles, was Napoleon gesprochen hatte, so als hätte der Deutsche bloß den Mund gehalten. Ganz falsch!

Wieland, der ein geselliges Leben am Weimarer Hof verbracht hatte und fließend Französisch sprach, erzählte die Geschichte dieses Abends seinem Freunde Friedrich Rochlitz so: Entzückt, als das Gespräch sich der Antike zuwandte und Napoleon allerlei Bedenkenswertes über Cäsar und Tacitus äußerte und die Lektüre ihrer Schriften als nützlich pries, habe er des Kaisers Rede durch den Hinweis ergänzt, dass auch die Evangelisten und Apostel sich als Historiker betätigt hätten, nicht nur, was ihre eigene Zeit betraf, sondern auch die Zukunft. Sie hatten den Untergang Jerusalems prophezeit, die Ausbreitung des Christentums vorhergesagt und anderes mehr. »Höchstbefremdet« heftete der Eroberer einen stechenden Blick auf Wieland, ließ ihn weiterreden, fasste ihn aber dann »beim Rockknopfe« und zischte: »Genug, genug! Diese Apostel waren gescheite Juden und kannten ihre Leute«, um nach kurzer Pause fortzufahren: »Kurz und gut, ich glaube gar nicht, dass jemals ein Herr Christus gelebt hat.«

Was, bitte, soll man da als guter Christ dem mächtigsten Mann Europas erwidern? Wieland, heiter und selbstsicher wie stets, hat's gewusst: »Sire, so glaube ich, und *wenigstens* mit gleichem Rechte, in einem Jahr nicht mehr, dass *jemals ein Napoleon gelebt hat.*« Blitz und Donner!

Was antwortete der Kaiser? Er rief: »Bon, très bon!«, und lachte »ziemlich laut«.

Gisela Trahms

83

ALS *JAMES JOYCE* *40 BORDELLE* ZUR AUSWAHL HATTE

Für einen Job als Englischlehrer zieht James Joyce 1904 von Dublin nach Triest. Doch seine Freundin hat erstmal nichts zu lachen. Direkt nach Ankunft lässt Joyce sie am Bahnhof sitzen.

Es ist der 20. Oktober 1904, abends in Triest. Vor dem Bahnhof lungert eine junge Frau einsam und nervös auf einer Parkbank herum, neben ihr stapelt sich massiv Gepäck. Die Frau heißt Nora Barnacle. Ihr Freund James Joyce hat sie hier sitzen lassen. Er wolle ihnen eine Unterkunft für die erste Nacht besorgen, hat er zu ihr gesagt und ist seit Stunden verschwunden. Jetzt wird es dunkel und weiterhin keine Spur von James, während Nora von zwielichtigen Gestalten beäugt wird. Sie schaut zur Bahnhofsuhr, dann wieder Richtung Stadtzentrum, in die schräge Straße, die noch heute Via Carlo Ghega heißt – benannt nach Carl Ritter von Ghega, dem Erbauer der Eisenbahnstrecke von Wien nach Triest.

Auf dem Trip von Zürich bis hierher lief schon viel falsch. Am Tag zuvor sind Nora und James versehentlich in Laibach (Ljubljana) ausgestiegen, weil sie glaubten, das sei bereits Triest. Es ist nicht das erste Mal auf dieser Reise, dass James Nora irgendwo stundenlang alleine sitzen lässt. Es ist, wie James' Bruder Stanislaus später notiert, sogar das dritte Mal innerhalb von zwei Wochen, dass das passiert. Weil James einen Job bei der Berlitz Language School in Aussicht hat – Englischlehrer sind in der boomenden Hafenmetropole der Habsburger sehr gefragt –, zieht ein Paar aus Dublin anno 1904 nach Triest um. Doch wo, verdammt, steckt James?

Er ist auf dem Weg Richtung Piazza Grande in eine Bar und dort in eine Schlägerei mit betrunkenen Seeleuten geraten, Engländern. Joyce wird von der Polizei festgenommen. Als er auf der Wache nach dem britischen Konsul verlangt (auch Iren gehören 1904 noch zum Empire), hat der überhaupt keine Lust zu kommen. Seine Landsleute sind in Triest als Trunkenbolde verschrien. Dass Joyce kein Seemann ist, sondern als Sprachlehrer nach Triest zieht, kann der Konsul kaum glauben. Jedenfalls kommt James nach Stunden endlich frei und kann seine Nora am nächtlichen Bahnhof abholen.

Bei Berlitz stellt sich tags drauf heraus, dass es den angebotenen Job gar nicht gibt. Nur in der Außenstelle Pola (heute: Pula, Kroatien) ist eine Stelle frei. Also unterrichtet James einige Monate dort, bevor das Paar im April 1905 nach Triest zurückkehrt und der notorisch verschuldete Joyce (viel Geld versäuft er) sowohl bei Berlitz als auch als Privatlehrer unterrichtet. Rund zehn Jahre, bis zum Ausbruch des Ersten Weltkriegs, lebt Joyce in Triest, die Sprachkurse florieren, und er lernt darüber viele interessante Leute kennen. Sein berühmtester

Schüler, Ettore Schmitz, wird dank Joyce der Schriftsteller, den die Welt als Italo Svevo kennt. Von Schmitz ist viel in Leopold Bloom eingeflossen, die Hauptfigur des *Ulysses*, des berühmtesten Romans von Joyce. Der Ire vollendet in Triest mehrere Werke, darunter *Portrait of the Artist as a Young Man* und *The Dubliners*. Nur für Nora bleibt es, na ja, schwierig. Obwohl sie in Triest zwei Kinder bekommen, ist es mit James so: Wenn er betrunken ist, geht er ins Bordell. Triest als Hafenstadt birgt damals rund 40 einschlägige Etablissements, schreibt die Schriftstellerin Jan Morris in ihrem Buch über Triest. Sie suchte lange nach einer Erklärung, warum der gleiche Joyce, der Weltliteratur schrieb und seine Frau und seine Kinder liebte, fast jede Nacht volltrunken durch die Pubs und zu den Prostituierten taumelte. Ihre Antwort fällt trivial aus: »Ich glaube, dass Lust zu den banaleren Trieben gehört und grundlegend funktional angelegt ist, sie ist nicht nur den Vögeln und fleißigen Bienen, sondern jedem alten Hängeohrenkater zu eigen. Und in Triest den allergrößten Genies.«

Marc Reichwein

84

ALS *HUGO VON HOFMANNSTHAL* ROTE ROSEN VON *STEFAN GEORGE* BEKAM

Er war nicht nur ein literarisches Junggenie. Er sah mit 17 auch sehr gut aus. Prompt wurde Hugo von Hofmannsthal von Stefan George stürmisch der Hof gemacht. Hofmannsthal wehrte ihn ab. Doch etwas blieb.

Der junge Hugo von Hofmannsthal war ein Phänomen. Mit 17 veröffentlichte er das erste seiner traumverlorenen Dramolette in Versen, bezeichnenderweise hieß es *Gestern*. Sofort wurde der junge Edelmann als *die* neue große Hoffnung der österreichischen Literatur gefeiert. Eine nicht geringe Rolle bei der Bewunderung, die ihm allenthalben entgegenschlug, spielte sein Äußeres. »Etwas Zartes, Mädchenhaftes« bescheinigte ihm ein Beobachter. Der ältere Kollege Hermann Bahr, schon ein wenig maliziös, bemerkte an Hofmannsthal die »caressante

Hand der großen Amourösen«. Und der Busenfreund Leopold von Andrian fand sogar, »der liebe Hugo« sei »sensibel wie eine hysterische Frau«. Jedenfalls war Stefan George, immer auf der Suche nach edel geformten Jünglingen, die er für sein Projekt einer Erneuerung der Dichtkunst rekrutieren konnte, Feuer und Flamme, als er Hofmannsthal zum ersten Mal begegnete.

Mitte Dezember 1891 entdeckte George den hübschen Jungen im Café »Griensteidl« beim Lesen der Journale und trat sofort, »ganz ohne Vermittlung von Zwischenpersonen«, wie das Jungtalent später leicht indigniert schreiben sollte, auf ihn zu. Man unterhielt sich über Bücher, was sonst. Aber George dürfte sein außerliterarisches Interesse an dem sechs Jahre Jüngeren durchaus bekundet haben. Jedenfalls schrieb dieser sofort ein Gedicht, in Anlehnung an Georges Kleinschreibung »Herrn stefan george, einem, der vorübergeht« betitelt. In dem stehen die berühmt gewordenen Zeilen: »du hast mich an dinge gemahnet, / die heimlich in mir sind / du warst für die saiten der seele / der nächtige flüsternde wind.«

Kein Wunder, dass der Angesprochene verlauten ließ: »Ihr schönes bekenntnis hat mich tief entzückt«, und den Jüngling umgehend zu Hause aufsuchte – noch am Nachmittag des 24. Dezember. Es ging dann über die Feiertage weiter mit gegenseitigen Komplimenten, die aber Hofmannsthal offenbar mehr belasteten als erfreuten, jedenfalls entstand alsbald ein weiteres Gedicht, in dem er sich seine Irritation von der Seele schrieb, nun wieder in korrekten Großbuchstaben: »In einer Halle hat er mich empfangen / Die rätselhaft mich ängstet mit Gewalt / Von süßen Düften widerlich durchwallt«. Dann kam es noch dicker. Der stürmische George schickte dem Umworbenen, der nach Neujahr wieder die Schulbank drücken musste, ein pompöses Bukett roter Rosen ins Klassenzimmer, »zur lebhaften Belustigung seiner Mitschüler«, wie sich Leopold von Andrian später genüsslich erinnern sollte. Dadurch sei für den lieben Hugo, »der nichts mehr fürchtete als Lächerlichkeit, die Situation unhaltbar geworden«.

Es ging nun noch ein Weilchen hin und her mit Briefen, Richtigstellungen und einer Duelldrohung Georges, der sich von Unterstellungen unlauterer Absichten seitens Hofmannsthals in seiner Ehre tief verletzt fühlte. Schließlich bat der den Herrn Papa, die Sache zu richten. Und dieser ersuchte George in deutlichen Worten, den »Verkehr« mit seinem Sohn »nicht erzwingen zu wollen«. So geschah es, was gelegentliche spätere Zusammenarbeit nicht ausschloss. Und viele schwärmerische Männerfreundschaften samt heftigen Liebeserklärungen seitens Hofmannsthals nicht minder. Jedoch »die Grenze zu Sodom«, so das Resümee Andrians, wurde »wohl nie überschritten«. Vielmehr heiratete Hofmannsthal mit 27, setzte drei Kinder in die Welt und widmete sich dann weiter seinen Männerliebeleien. Man kann auch nichtschwul sein *wollen*. Und seine Sexualität für die Gattin abspalten.

Tilman Krause

85

ALS *W. H. AUDEN KRIEGSTOURIST* IN CHINA WAR

Offiziell verheiratet war Auden seit 1935 mit Erika Mann, der Tochter von Thomas. Tatsächlich liiert war er mit Christopher Isherwood. Kennengelernt haben sie sich in Berlin. Später ging es auf Weltreise.

Eigentlich hatte sie Christopher Isherwood gefragt, aber der traute sich nicht und vermittelte Erika Mann an seinen Freund W. H. Auden. Der erklärte sich sofort zur Trauung mit ihr bereit. Der 1907 in York geborene Auden war ein dichterischer Shootingstar, Sozialist, Herzenskommunist. Später, in den 1940er Jahren, wird er in den Schoß der anglikanischen Kirche zurückkehren. Er hat Libretti für Benjamin Britten, Igor Strawinsky und Hans Werner Henze geschrieben, hat mit Bertolt Brecht zusammengearbeitet. Seine Gedichte wurden unter anderem von Wolf Biermann übersetzt, von Hans Magnus Enzensberger, Erich Fried, Ernst Jandl, Friederike Mayröcker und Hilde Spiel. Noch einmal aktuell wurden seine Liebesgedichte durch den Film *Vier Hochzeiten und ein Todesfall* (1994), worin geradezu herzzerreißend sein »Funeral Blues« zitiert wird: »Er war mein Nord, mein Süd …«

Die Brautleute hätten sich schon Ende der 1920er Jahre in Berlin treffen können, das für Auden »der Traum jedes Schwulen« war. Doch sahen sie sich erst unmittelbar vorm Standesamt, am 15. Juni 1935 in London. Als Auden das Aufgebot bestellt, weiß er weder Geburtsdatum noch den gültigen Nachnamen seiner Braut – Mann oder Gründgens? Durch die Trauung wird die von Nazideutschland wenige Tage zuvor ausgebürgerte Erika Mann britische Staatsbürgerin. Auden besorgt später auch noch einen Ehemann für Erikas Geliebte Therese Giehse. 1936 reist Auden nach Island und schreibt darüber einen Bericht in seinem oft imitierten ironischen Stil. Nebenher eins seiner berühmt gebliebenen Gedichte, »Night Mail«, für einen Dokumentarfilm im Auftrag des General Post Office. Im Januar 1937 zieht es ihn in den Spanischen Bürgerkrieg. Doch fühlt er sich deplatziert. Ihn deprimieren die Kirchenschändungen ebenso wie die stalinistischen Morde im Namen der Republik – ein wesentlicher Impuls für seine Rückkehr zur Kirche. Zudem wimmelt es in Spanien von linken Autoren. Da findet er einen anderen Krieg, viel weiter weg und ohne lästige Konkurrenz: den Japans gegen China.

Ergebnis: *Journey to a War* (1939). Freund Isherwood steuert ein Tagebuch bei, nicht ohne Selbstironie über die Arglosigkeit der beiden Kriegstouristen, Auden liefert Fotos und was er am besten kann: Gedichte. Sonette von der Reise, vom Krieg und der Menschheit in solchen Zeiten. Es sind vollmundige, oft kryptische oder hoch allegorische Texte, schwer mit den Schätzen abendländischer Bildung beladen, obwohl er dichtet, man müsse den »imposanten Schutt« der Bildung vergessen. Doch wert, nicht vergessen zu werden, sind sie allein schon für solche Zeilen: »Und Karten können wirklich auf Orte zeigen / Wo das Leben jetzt böse ist: / Nanking: Dachau.« Isherwood und Auden gehen widerwillig in Restaurants, die mit Fotos aus US-Illustrierten tapeziert sind, logieren in Luxushotels und treffen Prominente. Am Ende landen sie in Shanghai, wo die Japaner die chinesischen Viertel in Schutt und Asche legen und die Bevölkerung metzeln, während die Bewohner der verschonten internationalen Zone dabei zusehen können. (Der chinesische Propagandabuster *The 800* zeigt das drastisch.)

1939 zieht Auden in die USA, wo er Erika wiedertrifft, mit der er über dreißig Jahre verheiratet bleiben wird. Er lebt mit deren Bruder Golo, Benjamin Britten und Carson McCullers in einer Wohngemeinschaft, begegnet dem Schwiegervater respektvoll und wird von Schwager Klaus beeifersüchtelt. 1947 wird er für seine Langdichtung *The Age of Anxiety* gerühmt und lebt im Dreieck zwischen New York, Oxford, wo er Professor für Poesie ist, und seinem Ferienhof im niederösterreichischen Kirchstetten. 1973 ist er dort beigesetzt worden.

Erhard Schütz

86

ALS ***HERTA MÜLLER*** EIN ***AKKORDEON*** LOSWERDEN MUSSTE

Herta Müller wächst in Ceaușescus Rumänien auf. Ob sie Akkordeon lernen möchte, wird sie nicht gefragt. Einmal wöchentlich schleppt sie das schwere Instrument zum Unterricht bei einem alten Mann. Bis sie einen Plan fasst, es loszuwerden.

Für das Mädchen ist das Dorf ein ungeliebtes Stück Welt. Mehrmals am Tag hört sie den Zug pfeifen, der aus der Stadt kommt und sich entfernt in andere Städte. Könnte sie doch einsteigen und diese Städte kennenlernen! Ihr Vater ist Lastwagenfahrer und fährt in der Fremde herum, allerdings kommt er immer wieder zurück, wie alle, die irgendwelcher Geschäfte wegen das Dorf für kürzere oder längere Zeit verlassen – alle kommen wieder. Dabei ist das Dorf kein lebensfreundlicher Ort. Abgeschieden liegt es in der Ebene, jeder Regen verwandelt die ungepflasterten Wege in Matsch, während sie im Sommer vor Hitze glühen und die Tage sich bis zur Betäubung gleichen. Das Mädchen ist ein Einzelkind und wohnt mit Eltern und Großeltern in einem der Häuser, die der schnurgeraden Dorfstraße folgen. Sie muss mitarbeiten und im sogenannten Tal die Kühe hüten, was bedeutet, den ganzen Tag allein auf der Weide zu sitzen. Das ist schlimm. Noch schlimmer ist die Feldarbeit. Das Feld ist riesig, da es aus allen zwangskollektivierten Feldern zusammengefügt wurde. Die stacheligen Maispflanzen schneiden die Haut, »ins Feld gehen« wird zum Schrecken aller Schrecken.

Viele Jahre später, als berühmte Autorin, erzählt sie ihre Kindheit für eine CD und resümiert: »Im Feld wird man alt, schon als Kind« und »Die Menschen lassen sich vom Feld das Leben fressen«. Das will sie auf keinen Fall, sie will weg, wirklich weg, also: nicht wiederkommen. Das Dorf liegt im Banat und gehört zu Rumänien, aber fast alle Bewohner sind Banater Schwaben, ihre Alltagssprache ist Deutsch. Viele wurden der deutschen Herkunft wegen nach dem Zweiten Weltkrieg in sowjetische Arbeitslager verschleppt, auch die Mutter des Mädchens ist noch nicht lange wieder zu Hause. Der Krieg war eine Katastrophe, der Kommunismus brachte Enteignung und Hunger.

Von den Kindern wird Gehorsam und Hilfe erwartet. Aber das Mädchen hat schon früh einen eigenen Willen und setzt sich zur Wehr, manchmal sogar gegen das Gutgemeinte. Eine der guten Gaben in der lähmenden Monotonie ist die Musik. Allerdings muss man sie selber machen, besonders an den Festtagen, wenn die Dorfbewohner Kirchweih feiern. Der Bruder der Mutter war ein beliebter Musiker. Er fiel im Krieg, zum unheilbaren Kummer der Großmutter. Seine Hinterlassenschaft ist das prächtige Akkordeon, das im sogenannten Paradezimmer hinter Glastüren im Schrank steht. Jetzt soll Herta, das Mädchen, den Spuren des toten Onkels folgen und das Akkordeonspielen erlernen. Ob sie das möchte, wird nicht gefragt. Also schleppt sie das schwere Instrument wöchentlich zum Unterricht bei einem alten Mann. Er unterrichtet mit dem Stock. Nicht nur deswegen bleiben die Lehrstunden ohne Lehre und sind eine Qual. Die Mädchenohren wollen sich den Klängen und Melodien einfach nicht öffnen. Statt zum Medium der Freude wird das Akkordeon zum Inbegriff des verhassten Lebens, weshalb es aus der Welt geschafft werden muss.

Eines Nachmittags lässt Herta es vom Rücken in den Eimer des tiefen Ziehbrunnens an der Dorfstraße gleiten und hinab ins Wasser sausen, wo es verrotten soll. Aber eine herbeistürzende Nachbarin zieht den Eimer unter Geschrei wieder nach oben. Herauf kommt eine triefende Ruine, für immer stumm. Das Mädchen wird hart bestraft, dennoch fühlt es sich als Siegerin. Von Niţchidorf in Ceauşescus Rumänien bis zur Nobelpreisverleihung nach Stockholm ist es ein weiter Weg. Herta Müller hat früh begriffen, welche Schritte sie nach vorn bringen, zu sich selbst, auch wenn sie schmerzen.

Gisela Trahms

87

ALS *OSCAR WILDE* MIT DER *TAPETE* KÄMPFTE

Er ist der Dandy schlechthin, lebt auch ohne Geld reich an Stil. Als er 1898 in Paris Quartier bezieht, sagt er einen Satz über die Tapete seines Hotelzimmers, mit dem er unsterblich wird.

Wer in Paris am Boulevard Saint-Germain-des-Prés im »Café Flore« oder im »Deux Magots« einkehrt und vergebens darauf wartet, den Geist von Simone de Beauvoir oder Jean-Paul Sartre zu erspüren, macht sich danach vielleicht über die Rue Bonaparte in die Rue des Beaux-Arts auf, um Rive-Gauche-Flair zu atmen. Hier, unter der Hausnummer 13, versteckt sich eines der kleinsten Fünfsternehotels von Paris, eines, das – zumindest von außen betrachtet – nichts vom pompösen Glanz anderer Nobeladressen, des »Ritz« oder des »Crillon« zum Beispiel, aufweist. Schon der Name dieses Juwels, das der Innenarchitekt Jacques Garcia im Jahr 2000 mit viel Marmor, Brokat, Seide, Plüsch und raffinierten Beleuchtungsarrangements ausstattete, verrät nobles Understatement: »L'Hôtel«. Nicht immer freilich strahlte dieser Ort eine derart erlesene Eleganz aus, und nicht immer bot er seinen Gästen besten Komfort. Ende des 19. Jahrhunderts hieß die Unterkunft »Hôtel d'Alsace«, galt allenfalls als viertklassige Herberge – und wurde zum letzten Wohn-, zum Sterbeort Oscar Wildes.

Im Mai 1897 war Wilde aus dem Londoner Zuchthaus entlassen worden, in dem er wegen »Unzucht« zwei Jahre eingesessen hatte. Physisch und psychisch schwer angeschlagen, ging er ins Exil und nannte sich fortan Sebastian Melmoth. Im Frühjahr 1898 kommt er in das ihm gut vertraute Paris. Seine finanzielle Situation ist miserabel, so dass er ständig darauf angewiesen ist, die wenigen ihm gebliebenen Freunde um Geld anzugehen und Quartier im schäbigen »Hôtel d'Alsace« zu nehmen. Finanzielle Nöte hielten Wilde jedoch nie davon ab, auf großem Fuß zu leben. Und so darf er sich glücklich schätzen, im Besitzer des »Hôtel d'Alsace«, Jean Dupoirier, einen Mann zu finden, der seinem insolventen Gast sehr zugetan ist und seine Schulden übernimmt. So muss Wilde in seinem ganzen Elend nicht auf allen Luxus verzichten und bekommt nicht nur an Sonntagen die vertraute Coupe de Champagne serviert, was ihn zu einem seiner legendären Bonmots anspornt: »Ich sterbe über meine Verhältnisse.«

Sein Gesundheitszustand verschlechtert sich zusehends und zwingt ihn zuletzt dazu, seinen Aktionsradius auf die Boulevards und Cafés der Rive Gauche zu beschränken. Im Herbst 1900 muss er sich einer Ohrenoperation unterziehen, von der er sich nicht mehr erholt. Ende November des Jahres geht es mit ihm zu Ende, doch wie es sich für einen Dandy und Ästheten von subtilem Geschmack gehört, hat Wilde einen letzten Kampf in seinem ärmlichen Alkoven zu führen: Dessen Tapete ruft tiefste Abscheu in ihm hervor, und er ist nicht bereit, sich dieser Demütigung zu beugen: »Die Tapete und ich liefern uns ein tödliches Duell. Einer von uns beiden muss gehen.« Das sollen seinem Freund Reginald Turner zufolge, der bis zuletzt an seinem Bett wachte, Wildes letzte Worte gewesen sein, als er am 30. November 1900 stirbt. Die scheußliche Tapete trägt den Sieg davon – ein Schicksal, das Ästheten häufig zu erdulden haben. Doch immerhin: Von der Tapete hat sich kein Fetzen erhalten, Wildes dedizierte, sich nicht mit Hässlichkeit abfindende Worte sind geblieben.

Heute erinnert eine Gedenktafel an den berühmtesten Gast des »Hôtel«, und natürlich gibt es im ersten Stock eine bei Literaturreisenden stark nachgefragte Oscar-Wilde-Suite, deren Mobiliar englischer nicht sein könnte und die mit Faksimiles und Fotografien an seinen früheren Bewohner erinnert. Auch die Tapete fällt nicht unangenehm auf. Wer glauben möchte, dass Wildes Lebenslicht genau in diesem Gemach erlosch, mag das gern tun. Stimmen tut es nicht.

Rainer Moritz

88

ALS *ERICH MARIA REMARQUE* DER LAUFBURSCHE VON *MARLENE DIETRICH* WAR

September 1937: In Venedig werden Erich Maria Remarque und Marlene Dietrich ein Paar. Aber eigentlich trösten sich hier zwei Weltstars im Karriereknick. Drei Jahre lang bleibt er ihr Liebhaber, dann hat er genug.

Zwei deutsche Promis, die beide nicht mehr in Deutschland leben, laufen sich 1937 am Lido di Venezia über den Weg. Sie kennen sich vom Sehen, aber jetzt fährt es wie der Blitz durch sie. Er lässt sie wissen: »Ich bin total impotent, aber wenn es gewünscht wird, kann ich eine bezaubernde kleine *lesbienne* sein.« Und sie so: »Ach, wie wunderschön!« Sie, Jahrgang 1901, ist die fesche Lola und von Kopf bis Fuß auf Liebe eingestellt: Marlene Dietrich, der deutsche Weltstar der ausgehenden 1920er und beginnenden 1930er Jahre, hat mit *Der blaue*

Engel Filmgeschichte geschrieben, so wie er Literaturgeschichte geschrieben hat. Erich Remark, Jahrgang 1898, hat als Erich Maria Remarque (neben vergessenen Büchern) einen Roman verfasst, der Epoche gemacht hat: *Im Westen nichts Neues* von 1929 erzählt die Sinnlosigkeit des Schützengraben-Weltkriegs aus der Sicht eines jungen Soldaten und erreicht eine Million verkaufte Exemplare innerhalb eines Jahres allein in Deutschland, Auslandslizenzen in 25 Sprachen, 20 Millionen Gesamtauflage, ein Welterfolg. Die Nazis hassen das Buch, weil es den Nerv der kriegsmüden Leute trifft; sie verbrennen es 1933. Sie wollen Revanche für Versailles statt populären Pazifismus.

Als Remarque und Dietrich 1937 ein Paar werden, schreibt er: »Ich glaube, wir sind einander geschenkt und gerade zur rechten Zeit.« Die Zeit meint es nicht gut mit beiden, jeder für sich steckt in einer künstlerischen Krise. Ihre Kinofilme floppen in Serie. Er prokrastiniert und bekämpft seine Schreibblockaden mit Alkohol und Sprüchen: »Herr Jesus, wenn man durchs Telefon vögeln könnte! Das wäre ein Fortschritt.« Heute würde er womöglich Dick-Pics verschicken. Bis 1940 leben beide auf zwei Kontinenten, Remarque in Porto Ronco am Schweizer Lago Maggiore, die Dietrich in Beverly Hills, zwischendurch aber auch im Hotel in Paris. Eine dieser Pariser Hotelnächte schildert er: Zum Einschlafen darf er sie, die er »Puma« nennt, mit Öl massieren, nachts um vier nimmt er den Telefonanruf ihres Agenten aus Übersee entgegen, »dann holte das Puma Apfelsinen u. Weintrauben, fraß, war zärtlich und es wurde weiter geschlafen bis gegen zehn, wo wieder das Spiel begann, ich kümmere mich nicht um heißes Vichywasser, warme Morgenröcke etc. Bessere Art von Servant.« Remarque ermahnt sich selbst, wie im Schützengraben: »Soldat! ... Du kannst nicht der Schlattenschammes eines Filmstars sein. Das ist was für Leute ohne Arbeit. Du hast zu arbeiten«, notiert er am 27. Oktober 1938 ins Tagebuch.

Er war 18, als er 1916 zum Militärdienst einberufen und im Juni 1917 an die Westfront nach Flandern geschickt wurde. Bereits an Tag 1 der dritten Ypernschlacht (31. Juli 1917) verwundet, verbrachte er den Rest des Krieges in einem Lazarett in Duisburg. *Im Westen nichts Neues* wurde (auch dank Ullstein-Marketing) zum Kultbuch einer ganzen Generation. Dieser Hit wird sich nicht wiederholen. Aber die Neben-Affären von Marlene wiederholen, häufen sich. Männer wie Frauen. Hauptsache Abwechslung. Am 8. Dezember 1940 macht Remarque Schluss, laut Tagebuch mit »Türengeballer«. Sie bleiben Freunde. Ausnahmsweise stimmt der Plattitüdensatz, Marlene und Erich schreiben sich weiter Briefe. Er stirbt 1970 in Locarno, sie 1992 in Paris. Ihre Korrespondenz ist lieferbar (ebenso Remarques Tagebücher). Von Marlene haben sich nur zwanzig Briefe an ihn erhalten, und nur solche aus der Zeit nach ihrer Affäre. Remarques spätere Frau, die Schauspielerin Paulette Goddard, hat die anderen alle vernichtet. Aus Eifersucht. Im Herzen nichts Neues.

Marc Reichwein

89

ALS *JEAN PAUL* KEINE *BETTSZENEN* BRAUCHTE

Die Damen sind hinter dem fränkischen Dichter her. Jean Paul aber bleibt standhaft, will nur küssen, umarmen und darüber schreiben. Als der männlichen Jungfrau wieder einmal eine Adelige zu Leibe rückt, kommt es zum Eklat.

Jean Paul hat es geschafft. Im Jahr 1800 ist der Schriftsteller ein Star, er hat die Armut hinter sich gelassen und wird in der Literaturszene herumgereicht wie eine Trophäe. Frauen von Adel beten den dürren Dichter aus dem Fränkischen an. Charlotte von Kalb zum Beispiel, Emilie von Berlepsch, Juliane von Krüdener oder Josephine von Sydow. In Berlin hat er sich feiern lassen und »Weiber die Menge« getroffen, jetzt bricht er auf nach Weimar, vorfreudig. Dort erwartet ihn schon die nächste Adelige, die für ihn brennt. Und diesmal wird es gefährlich für ihn. Er: Jungfrau, männlich, 37. Henriette Gräfin von Schlabrendorff: zehn Jahre jünger als er, schön, geschieden und zu allem entschlossen. Das Problem: Jean Paul steht dem Liebesakt grundsätzlich kritisch gegenüber und möchte doch lieber erst eine Ehefrau gefunden haben, wenn es denn schon unbedingt sein muss mit dem Sex. Was über Bewunderungen und Zärtlichkeiten hinausgeht, ist ihm nicht geheuer. Erst recht, wenn eine Frau Ausschließlichkeitsansprüche erhebt. Dann ist der Verfechter der »Simultan- oder Tutti-Liebe« schnell weg.

Mit der Gräfin will Jean Paul nach Gotha reisen. Sollte es zu Intimitäten kommen, so ist er in einer Hinsicht tiefenentspannt: Er würde sich dadurch ja »an keinem anderen versündigen«, also keinem anderen Mann die Frau streitig machen. Sein ihm sonst so wohlgesinnter Biograph Günter de Bruyn schüttelt den Kopf: Der Gedanke, dass Jean Paul mit seiner Hinhaltetaktik sich an ihr versündige, »kommt ihm gar nicht«. Am Vorabend essen sie gemeinsam, dann schreitet sie zur Tat. »Wir bewohnten dann das Kanapee«, schreibt Jean Paul seinem Freund Christian Otto und macht einen langen Gedankenstrich. Was da nicht alles draufpasst, sogar Assoziationen zu anderen Frauen: » — die schöne lange Gestalt, die durchaus harmonischen Teile, die gerade Nase und der feine, zu besonnene, gespannte, an die Berlepsch erinnernde Mund«, »das alles neigte sich an meine Lippen«. »Das alles«, also die Gräfin, drückt beherzt aufs Tempo und den Dichter in die Couch: »Wir legten in Sekunden Wochen zurück«, japst der Bedrängte. Ohne dabei aber die literarisch verwertbaren Details aus den Augen zu verlieren: »Sie hatte noch die Hof-Brillanten an Fingern und am Halse; und als ich wahrlich an dem letzteren nicht weiter rückte als ein Rasiermesser an unserem (...), so schnallte sie das Kollier ab und machte ungebeten die tiefern schönen Spitzen auf. Ihr Globulus hatte die Farbe und Weichheit der Wolkenflocken.«

Jean Pauls nicht ganz unschuldige Unschuld steht buchstäblich auf Messers Schneide. Doch malt er sich schon die Konsequenzen aus. Aus ihrem »Anwinden und aus ihrem Wunsche, an mir zu schlafen, war leicht auf die Zukunft zu schließen«. Er sagt ihr den kryptischen Satz: »Du weißt den Teufel, wie oft Männern ist« – und geht. Zwar findet die Fahrt nach Gotha tatsächlich noch statt, aber Jean Paul erwähnt Henriette in seinen Briefen kaum noch, sie heiratet bald danach einen anderen. Jean Paul wiederum ehelicht ein Jahr nach der Gräfinnen-Attacke die Berlinerin Karoline Mayer, mit der er drei Kinder hat und die ihn umsorgt.

Das Lieben sei eigentlich nicht sein Beruf, sondern die Liebe zu schildern und so »aller Frauen Mann zu sein«, versuchte einmal sein enger Freund Johann Gottfried Herder eine vom Dichter Verlassene zu trösten. Man muss Jean Paul zugutehalten, dass er keiner von ihnen je frauenfeindliche Bemerkungen hinterherwarf. Frauen waren ihm ganze »Weltteile«, deren Komplexität und Überlegenheit er bewunderte, anstatt diese ihnen vorzuwerfen. Eigentliche Begleiterin seines letzten Lebensjahrzehnts war dann eine Wirtin, genannt »die Rollwenzelin«. Bier war halt schon auch wichtig.

Cosima Lutz

90 ALS *ELSE LASKER-SCHÜLER* EINEN *DSCHUNGEL-KÖNIG* LIEBTE

Berlin, 1912: Sie liebt Gender-Rollenspiele. Er nennt sich »Tiger«. Die poetische Liaison zwischen Else Lasker-Schüler und Gottfried Benn gehört zu den wildesten Beziehungen der Literaturgeschichte.

Im Literaturbetrieb des Jahres 1912 ist sie der Star. Sie liebt androgyne Rollenspiele und hat sich gerade zum Prinz Jussuf von Theben erklärt, trägt die Haare superkurz und orientalisch geschnittene Hosen. Für das wilhelminische Berlin ist diese jüdische Frau sensationell, und für Gottfried Benn, den protestantischen Pfarrerssohn aus der brandenburgischen Provinz, irgendwie auch.

Sie ist 43, er 26. Das Unerhörte ihrer Liebe: Sie gibt zu reden und zu lesen. Kaum sind die beiden zusammen, bedichten sie sich auch gegenseitig – und zwar öffentlich. Ihre Beziehungs-Lyrik erscheint in expressionistischen Zeitschriften wie *Die Aktion* und *Schaubühne*, über Monate, live zum Mitlesen: Sie gibt ihm einen *nickname* aus dem *Nibelungenlied:* »Der hehre König Giselheer / Stieß mit seinem Lanzenspeer / Mitten in mein Herz«. – »Ich treibe Tierliebe«, dichtet Benn: »In der ersten Nacht ist alles entschieden. Man fasst mit den Zähnen, wonach man sich sehnt. Hyänen, Tiger, Geier sind mein Wappen.« Else Lasker-Schüler antwortet »Giselheer dem Tiger« in der *Schaubühne.* Sie erklärt ihren 17 Jahre jüngeren Geliebten zum Dschungelkönig (»Deine Tigeraugen sind süß«) und sich selbst zur zärtlichen Tigermutter: »Ich trage dich immer herum / Zwischen meinen Zähnen.« Da macht sich der Tiger doch gern zum poetischen Affen: »Ich bin Affen-Adam. Rosen blühn in mein Haar. / Meine Vorderflossen sind schon lang und haarig. / Baumast-lüstern. An den starken Daumen / kann man tagelang herunterhängen.« Selten ist Sex metaphorisch witziger und expressionistischer überhöht worden als in der poetischen Liaison von Else Lasker-Schüler und Gottfried Benn, die real vielleicht kein halbes Jahr dauerte. Die Beziehung lässt sich nicht exakt datieren und belegen. Aber Benns Metapher für Lasker-Schülers Art zu lieben wird bald düster, in seinem Gedicht »Drohungen« schreibt er: »Du, dass wir nicht an einem Ufer landen! / Du machst mir Liebe: blutigelhaft: / Ich will von dir.« Die Blutegel-Metapher passt zu Benn, der als frisch promovierter Militärarzt gerade die dunkle Gedichtsammlung *Morgue* (benannt nach dem Pariser Leichenschauhaus) veröffentlicht hat. Das bekannte Gedicht »Kleine Aster« ist Teil der Sammlung, die Else Lasker-Schüler als Lyrikern liebte.

Der junge Benn steht auf reifere Frauen. Nach seiner Liaison mit Lasker-Schüler heiratet er 1914 die acht Jahre ältere Edith Osterloh. Als Edith 1915 ein Kind von Benn bekommt (ein Mädchen namens Nele), zeichnet Lasker-Schüler alias Jussuf eine böse Postkarte. Darauf will Jussuf mit Giselheers »Mägdelein« spielen, und in der Hand hält er einen Curettage-Löffel, »also das Gerät, das damals für Abtreibungen benutzt wurde«, so Helma Sanders-Brahms in ihrem 1997 veröffentlichten Buch über Benn und Lasker-Schüler. Sanders-Brahms liest das als Hinweis auf ein abgetriebenes Kind und spekuliert, ob Else von Benn schwanger gewesen sein könnte. Auch weil Benn in seinem Gedicht »Curretage« einen Schwangerschaftsabbruch beschrieben habe: »Nun liegt sie in derselben Pose / wie sie empfing / die Schenkel lose / im Eisenring.«

Später trennen sich Giselheers und Jussufs Wege für immer. Benn dient sich, zumindest anfangs, den Nazis an, Lasker-Schüler emigriert 1933 nach Zürich und 1934 nach Jerusalem, wo sie im Januar 1945 stirbt. 1952, genau vierzig Jahre nach ihrer Affäre, erinnert der Meister der melancholischen Gedichte öffentlich an seine poetische Lehrmeisterin, nennt sie »die größte Lyrikerin, die Deutschland je hatte«.

Marc Reichwein

91

ALS ***DANIEL DEFOE*** AM ***PRANGER*** STAND

London 1703. Daniel Foe (alias Defoe) macht einen großen Fehler: Er schreibt eine Satire. Es folgen: Flucht, Verrat und eine Verurteilung wegen Volksverhetzung. Defoe muss an den Pranger. Doch da läuft es ganz anders als gedacht.

Der König ist vom Pferd gefallen, so verschlechtert sich die Lage. Der Berater des Verunglückten wird bald steckbrieflich gesucht: »Er ist mittelgroß, hager, etwa 40 Jahre alt, hat eine bräunliche Hautfarbe und dunkelbraune Haare, trägt aber Perücke; Hakennase, spitzes Kinn, graue Augen und ein großes Muttermal in der Mundgegend.« So sieht er also aus, dieser Daniel Defoe. Und es ließe sich behaupten: Er verkörpert das London dieses Jahres 1703. Als er ein Kind war, hat das große Feuer die mittelalterliche Stadt gewissermaßen brandgerodet; jetzt sprießen die Projekte und Geschäfte, nach denen Defoe gewissermaßen süchtig ist.

Einmal ist er schon pleitegegangen, jetzt hat er, nunmehr Besitzer einer Fabrik für Ziegel, etwas ganz anderes ausgeheckt. Er hat eine Satire geschrieben, aber der Romancier, der in ihm steckt, hat es einfach zu gut gemacht: Sein sarkastischer Vorschlag, die Anglikaner unter der neuen Königin sollten doch einfach kurzen Prozess mit den Dissentern (den Baptisten oder Presbyterianern, von denen Defoe einer ist) machen, statt sie bloß weiter zu gängeln, ist, romanhaft gesprochen, einfach *zu realistisch* geraten, übrigens sogar für den Geschmack der Dissenter.

Mister Foe bleibt keine Wahl: Er muss sich bei einem wohlmeinenden Weber in Spitalfields verstecken, dann setzt er sich, soweit man weiß, nach Schottland ab. Doch auch da kann er nicht bleiben: In London stehen die Familie und die Fabrik auf dem Spiel. Verhaftet wird er schließlich wieder beim Weber, mittlerweile ist ein Kopfgeld auf ihn ausgesetzt. Man karrt ihn nach Newgate, in jenes berüchtigte Londoner Gefängnis, das er später in seinem Roman *Moll Flanders* als »Sinnbild der Hölle« beschreiben wird. Die Anklage lautet auf Verleumdung und Volksverhetzung, und der missverstandene Satiriker gesteht – nicht aus Überzeugung, nur in der Hoffnung auf ein mildes Urteil. Doch nicht mal sein Freund William Penn (der nicht in London bleiben, sondern lieber Pennsylvania gründen wird) kann ihm noch helfen. An den letzten drei Julitagen wird Daniel Defoe gleich dreimal an den Pranger gestellt: in Cornhill, in Cheapside und schließlich in der Fleet Street klemmen seine Hände und sein Hals zwischen den schweren Balken. Doch das Wetter, ein paar Freunde und das nächste Projekt können zumindest den Seelenschmerz lindern. Weil es regnet, bleibt Defoe viel Pöbel erspart, wer trotzdem gekommen ist, an den wird Defoes brandneue »Hymne an den Pranger« verteilt – statt fauler Eier fliegen Blumen. Defoe kehrt patschnass, aber ungebrochen nach Newgate zurück. In Haft nämlich ist er weiterhin, und nach der Geldstrafe, die man ihm aufgebrummt hat, ist er auch wieder pleite. Was also jetzt? Ganz einfach: Der hyperaktive – man könnte auch einfach sagen: der moderne – Defoe ersinnt noch im Gefängnis das nächste Projekt. Er erfindet Defoe, den Journalisten. Die einen Besucher tragen ihm die Geschichten zu, die anderen tragen sie nachher zum Drucker.

Als am Ende von Defoes *annus horribilis* ein siebentägiger Sturm England verwüstet, ist es Defoe, der die Katastrophe in einem Buch dokumentiert – nachdem er sich in Zeitungsanzeigen Augenzeugenberichte erbeten hat. So manchem gilt *Der Sturm* heute als Erfindung des modernen Journalismus. Doch Defoe, mittlerweile lange aus Newgate entlassen, kann den Sturm, der sein Schlechtwetterjahr beschließt, sogar ein zweites Mal brauchen. Als er 1719 noch schnell den bürgerlichen Roman erfindet, baut er ihn in seinen *Robinson Crusoe* ein.

Wieland Freund

92

ALS *MARIE LUISE KASCHNITZ* NIE MEHR *SCHLITTSCHUH LAUFEN* WOLLTE

Marie Luise Kaschnitz wächst in Berlin auf. Sie ist ein unsportliches Kind. Auf dem zugefrorenen Jungfernsee bei Potsdam passiert, was passieren muss. Es wurde zum Ur-Erlebnis für ihre beste Erzählung.

Zwei Kriege und das Dritte Reich hat sie durchgestanden, üble Zeiten also, trotzdem gelang ihr das Leben. 1901 in eine badische Adelsfamilie geboren (ihr Mädchenname lautete Marie Luise Freiin von Holzing-Berstett), später mit dem Archäologen Guido Freiherr Kaschnitz von Weinberg eine liebevolle Ehe führend, *ladylike* in Perlenkette und Vokabular, sympathisch, aufrichtig und produktiv bis zu ihrem Tod 1974, alles ohne Misserfolge oder Krisen: ein seltener Fall. Schon als Jugendliche beginnt sie zu schreiben, erntet Erfolge mit Gedichten, ja: Gedichten – auch ein Glück. Daneben entstehen Erzählungen, Reisebücher und Hörspiele, für die sie Preise gewinnt und schließlich, 1955, auch die Krone, den Büchner-Preis, damals wie heute die angesehenste literarische Auszeichnung in Deutschland. Theodor Heuss, der populäre erste Bundespräsident, sitzt während der feierlichen Verleihung neben ihr.

Mit Mann und Tochter wohnt sie in Rom, später in Frankfurt, dem literarischen Zentrum der Bundesrepublik, wo die Berühmten in ihrer Mietwohnung aus und ein gehen. Sie hat Talent für Freundschaften, ist offen und warmherzig, mag viele und wird gemocht. Adorno kommt zum Tee, Ingeborg Bachmann wird getröstet, Paul Celan fühlt sich verstanden, Thomas Bernhard ist artig, Reich-Ranicki macht Komplimente. Die Liste ihrer Besucher, Bewunderer und Briefpartner ist atemberaubend. Natürlich muss jetzt ein »Aber« kommen, irgendein Schatten, da zur Empathie die Erfahrung des Unglücks gehört. Auf Marie Luise Kaschnitz wartete es gleich zu Beginn. Als dritte Tochter in Folge, während die Eltern sehnlichst auf einen Stammhalter hofften, empfand sie sich als unerwünscht und war ein schwieriges, plumpes, kränkbares Kind.

Der Vater, Flügeladjutant des Kaisers, hielt seine Mädchen zu sportlicher Tüchtigkeit an, auch im Winter. Kaum war der Potsdamer Jungfernsee zugefroren, in dessen Nähe die Familie wohnte, stand Schlittschuhlaufen auf dem Programm, was Marie Luise von Herzen hasste. Die unter die Schuhe geschnallten metallenen Schienen schnitten ihr die Knöchel blutig, sie glitschte mehr, als sie fuhr, und stolperte über eingefrorene Kiesel. Wie anmutig drehte die Schwester Lonja ihre Pirouetten, wie sauste sie über das Eis! Marie Luise schaut ihr nach und findet weder ins Gleichgewicht, noch hat sie einen

Blick dafür, wo die weiße Härte trügt. Eines Nachmittags kracht und splittert es unter ihr, und sie sackt in das schwarze Wasser.

Hat sie geschrien, kam jemand zu Hilfe? Es geschah nicht weit vom Ufer, der See war erst einen Meter tief, und die stämmige Achtjährige schaffte den Rückweg ans sichere Land wohl allein. Aber der Schock des gluckernden, eisigen Wassers, das ihr ans Leben wollte, saß tief. Vierzig Jahre später veröffentlicht sie eine Erzählung, in der dieses Erlebnis einem Kind widerfährt, das die Icherzählerin an eine Raupe erinnert, so gierig kaut es die angebotenen Butterbrote, so träge und dumpf bewegt es sich, und so angeekelt und seltsam mitleidlos beobachtet die erwachsene Frau, wie das Mädchen im Wasser versinkt. Die Geschichte wurde berühmt und immer wieder nachgedruckt. Sie moralisiert nicht und schwelgt auch nicht in sentimentalem Mitgefühl, sondern streut diskret und kunstvoll ein paar Handlungselemente zwischen Lücken und Dunkelheiten. Der Titel lautet *Das dicke Kind*, und während Kaschnitz' redliche Gedichte, die einen Band von über 800 Seiten füllen, nahezu vergessen sind, kriecht die Raupe noch immer höchst wirkungsvoll auf uns zu.

Gisela Trahms

93

ALS ***HELEN HESSEL*** IN DIE ***SEINE*** SPRANG

Das Liebesleben des Schriftstellers Franz Hessel hat Kino-Geschichte geschrieben, in *Jules und Jim.* Die wirkliche Dreiecksliebe war allerdings noch irrer als in Truffauts Kultfilm – und nicht arm an Wendungen.

Als die Berliner Kunststudentin Helen Grund im Herbst 1912 in Paris eintrifft und im »Café du Dôme« Franz Hessel kennenlernt, zeigt sie sich fasziniert von seiner Sanftheit, er betört von ihrer Vitalität. Franz Hessel lebt schon seit 1906 als Bohemien in Paris. Er, der reiche Bankierssohn aus Berlin, hat wilde Münchner Studienjahre hinter sich, in den George-Kreis hineingeschnuppert und die Schwabinger Boheme erlebt. »Hesselfranz« (Franziska zu Reventlow) weiß, was eine Ménage-à-trois ist. Vielleicht also kein Zufall, dass Hessel sich in Paris mit Henri-Pierre Roché anfreundet, einem Kunsthändler, dem Hessel für die eigenen Frauengeschichten zupasskommt: »klein, rund und von großer Einfühlungsgabe«, nennt Roché Hessel in seinem Tagebuch. Sie teilen sich die Frauen, wobei Roché für das Körperliche und Hessel für das Seelisch-Reflektierende zuständig scheint.

»Schlafen Sie mit Ihren deutschen Freundinnen?« »Ja und nein«, antwortet Franz, »eher nein.« So bringt, im Dokumentarroman *Gesprungene Liebe,* Manfred Flügge das Konzept von Hessels Liebesfreundschaft auf den Punkt. Was Hessels Beziehung zu Helen Grund angeht, so drängt er im Mai 1913 zur Verlobung. Im Monat drauf heiraten sie in Berlin. Später in Paris treffen sie Hessels Busenfreund Roché. Die beiden Männer unterhalten sich, intensiv wie immer, als wären sie für sich. Beim Dreierspaziergang an der Seine springt Helen plötzlich theatralisch in den Fluss. Endlich hat sie die Aufmerksamkeit der beiden Männer. Die Szene, die in den Tagebüchern der Beteiligten verbürgt und in Rochés Roman *Jules et Jim* von 1953 eingegangen ist, wird durch Truffauts gleichnamige Verfilmung berühmt.

Im Herbst 1913 zieht es Franz und Helen nach Blankensee bei Berlin, wo das erste Kind gezeugt wird: Ulrich Hessel kommt dann 1914 in Genf zur Welt, Roché soll Taufpate werden, doch schon beginnt der Krieg. Franz muss an die Front, entfremdet sich von Helen, die mehr und mehr Affären hat, was Franz seinerseits duldet. 1917 kommt ein zweiter gemeinsamer Sohn zur Welt, Stefan – jener Stéphane Hessel, der 2010 für weltweites Aufsehen sorgt, als er mit 93 Jahren *Empört Euch!* veröffentlicht. Die Streitschrift trifft den Nerv der Zeit, wird dank »Occupy Wall Street« und »arabischem Frühling« ein Weltbestseller.

Ab 1920 kriselt es bei Franz und Helen Hessel so sehr, dass sie Roché nach Deutschland einladen. Franz, der dem Freund einst signalisiert hatte, dass seine Helen tabu sei (»pas Helen«), sieht der Affäre der beiden jetzt zu. Roché will ein Kind von Helen, sie soll sich – so sein Wille – von Franz scheiden lassen, was im Juli 1921 vollzogen wird. Warum Helen, zweimal schwanger von Roché, dann trotzdem zweimal abtreibt und 1922 wieder Franz heiratet (obwohl die Affäre mit Roché weitergeht), kann man in der Helen-Hessel-Biographie von Marie-Françoise Peteuil nachlesen.

1925 zieht das Ehepaar nach Frankreich, wo Franz Hessel (gemeinsam mit Walter Benjamin) beginnt, Proust ins Deutsche zu übersetzen. Hessel, der 1941 kurz nach seiner Entlassung aus dem Lager Les Milles stirbt, ist heute vor allem für seinen Stadterkundungsklassiker *Spazieren in Berlin* (1929) bekannt. Vom Leben eines Flaneurs, den schon das bloße Zusehen glücklich macht, träumte er auch in der Liebe. Helen Hessel wird lange vergessen, erst heute würdigt man sie als Journalistin und Nabokov-Übersetzerin. 1958 überträgt sie *Lolita* ins Deutsche, 1982 stirbt sie, mit 96 Jahren, in Paris.

Marc Reichwein

94
ALS *GOTTFRIED BENN* DAS *SCHIFF IN DEN TOD* VERPASSTE

1914 heuerte der junge Dichter und Mediziner Gottfried Benn als Schiffsarzt auf einem Postdampfer an, der ihn nach New York brachte. Dort sah er Caruso und wollte eigentlich weiter nach Westen reisen. Doch es kam anders. Das rettete ihm das Leben.

Bevor 1914 die Welt in eine tödliche Krise geriet, war Gottfried Benn in einer. Auch die hätte beinahe ein fatales Ende genommen. Im Gegensatz zu den »Schlafwandlern«, wie Christopher Clark die sich in den eigenen Untergang politisierenden und mobilisierenden Nationen genannt hat, nahm Benn aber noch rechtzeitig die richtige Abbiegung. Im Frühjahr des Jahres 1914 trat Benn, dem sein bester Biograph Werner Rübe, ein Arzt wie Benn selbst, ein »schizothymes Temperament« attestiert hat, die Flucht vor einer Sinnkrise an. Diese hatte ihm einerseits die ersten Rönne-Novellen beschert, in denen er seine Symptome und Erfahrungen verarbeitete. Andererseits brachte sie den jungen Arzt, dessen Stellung nach dem gesundheitsbedingten Ausscheiden aus dem Militärdienst, für den man ihn ausgebildet hatte, ziemlich ungefestigt war, in berufliche Schwierigkeiten. Er wurde entlassen, weil er in einer Novelle ziemlich oberflächlich maskiert seinen Chefarzt beleidigt hatte.

Benn heuert als Schiffsarzt auf dem Hapag-Postdampfer »Graf Waldersee« an und war im Mai und Juni damit unterwegs, »fuhr nach Amerika, impfte das Zwischendeck«. In New York angekommen, war seine Stimmung, nachdem die »widerlichen Passagiere ausgeschifft« waren, offenbar auf dem Tiefpunkt. Die Hitze während des Aufenthalts im Hafen von Hoboken ist drückend. Es fehlt ihm an »Money« und »Dollars« (wie der ganz gegensätzliche frühe Brecht liebte Benn es, solche damals modern und mondän klingenden Amerikanismen in seine Texte zu streuen) , um die Stadt zu ergreifen. Für die Metropolitan Opera reicht es aber doch irgendwie. Er hört dort den kleinen »dickbäuchigen« Caruso »arielhaft« singen.

Offenbar erfasst Benn das Gefühl, noch nicht weit genug weg geflohen zu sein. Er kündigt seinen Vertrag mit der Hapag und heuert auf einem Getreidesegler an, der einmal um die halbe Welt, ums Kap Hoorn und über den Pazifischen Ozean nach Wladiwostok, ins äußerste östliche Russland, fahren soll. Was hat ihn bewogen, den Vertrag mit dem Segler rasch wieder zu kündigen? War dessen Besatzung noch widerlicher, reizte sie seine Menschenfeindschaft noch mehr? Oder hatte er eine böse Ahnung? Jedenfalls war es eine lebensrettende Entscheidung. Der Frachter geht auf der Reise unter, »kam nie zurück«. Benn wäre einer von den früh dahingerafften

Expressionisten mit schmalem, jung herausgeschleudertem Werk geblieben, von denen es so viele gibt. August Stramm und Ernst Stadler hielt der Schlachtentod davon ab, zum Klassiker mit dicker Gesamtausgabe zu werden, Georg Trakl eine Überdosis Kokain im Lazarett nach einem Selbstmordversuch. Georg Heym war bereits 1912 beim Schlittschuhlaufen ins Eis eingebrochen. Seltsam unpassend wirkt so ein Kindertod in dieser Reihe.

Benn dagegen kehrt heil zurück nach Deutschland – ins Fichtelgebirge! –, wechselt die Stellen in den letzten Monaten vor dem Krieg wie die Hemden und wird schließlich eingezogen als Arzt in ein Krankenhaus der Brüsseler Etappe. Dort behandelt er Soldaten und Prostituierte, experimentiert mit Kokain, überlebt auch das. Er stirbt erst 1956, im selben Jahr wie der andere überragende deutsche Dichter des 20. Jahrhunderts: Bertolt Brecht.

Matthias Heine

95

ALS *THOMAS WOLFE* SICH AUF DER *WIESN* PRÜGELTE

1927 fährt der amerikanische Schriftsteller Thomas Wolfe aufs Oktoberfest – und lässt die Sause ab sofort nicht mehr aus. Doch im Jahr darauf wird die Bierseligkeit plötzlich gefährlich. »München hat mich fast umgebracht«, erinnert sich Wolfe.

Schon auf dem Weg zur Theresienwiese hat er allerhand zu gucken, bestaunt Besucher aus der Provinz, ihre prächtigen Trachten und einfachen Bedürfnisse: »Ihr Leben beschränkte sich auf einen Wunsch oder zwei – die meisten von ihnen hatten noch nie ein Buch gelesen, ein Besuch in dieser magischen Stadt München war für sie ein Besuch im Herzen des Universums, und die Welt, die jenseits ihrer Berge existierte, war für sie in Wirklichkeit nicht existent.«

Bei Thomas Wolfe denken manche an einen Dandy in weißen Anzügen (*Fegefeuer der Eitelkeiten*) – das aber ist Tom Wolfe. Die Weltliteratur kennt im Grunde nur einen richtigen Schriftsteller namens Thomas Wolfe, berühmt für seinen Roman *Schau heimwärts, Engel.* Bier und dralle Blondinen haben es ihm schon bei seinem ersten Münchenbesuch im Jahr 1926 angetan. 1927 dann die Oktoberfest-Premiere. Der Jahrmarktbereich mit seinen Fahrgeschäften und Schaustellern erscheint Wolfe wie Coney Island. Nur die vielen Wurstständе und der beständige »Geruch nach frisch Geschlachtetem« machen den Unterschied. Spannend wird es, als Wolfe und sein Gefährte das Festzelt mit dem Ochs am Spieß betreten: »An Hunderten von Tischen saßen Leute zusammen und verschlangen Tonnen von Fleisch, Ochsenfleisch, große Teller voll aufgeschnittener kalter Würste, dicke Scheiben von Kalb und Schwein, nebst großen Steinkrügen, in denen jeweils ein guter Liter des kalten und starken Oktoberfestbieres schäumte.« Beeindruckend für Wolfe sind »die stämmigen Landfrauen, die als Kellnerinnen tätig waren« und sich resolut ihren Weg bahnen. Noch mehr Eindruck machen die Gäste: »Die Esser, schien es mir, waren zum größten Teil massige, schwere Leute, in deren Gesichtern schon etwas von der aufgedunsenen Saturiertheit von Schweinen lag. Ihre Augen waren stumpf und benebelt vom Essen und vom Bier, und viele von ihnen starrten die Leute um sie herum in einer Art Betäubung an, als hätte man sie unter Drogen gesetzt. Und in der Tat genügte schon die Luft, die so dick und schwer war, dass man sie mit einem Messer hätte schneiden können, um einem die Sinne zu benebeln.«

An der großen Orgie namens Oktoberfest kann sich Wolfe gar nicht sattsehen: »Jedermann aß; jedermann trank. Die Welt war ein einziger Schlund«, ein »Paradies von Stopf und Pfropf«. Und schon bald tut Wolfe mit, statt nur zuzuschauen. München war seine Stadt, weit vor

Paris, London, Berlin und Wien, schreibt Horst Lauinger im Nachwort zu Wolfes Erzählung *Oktoberfest*. Auch im Buch *Deutschlandreise* kann man Wolfes Begeisterung für alles, was mit Bierseligkeit zu tun hat, nachvollziehen, es ist voller Notizen, manchmal auch Zeichnungen zu »Speckfalten« in Männernacken. Offenbar macht Wolfes Wurst- und Speckfetisch vor Menschen nicht halt. »Große fette Kerle mit kahlgeschorenen Köpfen und Nackenwülsten« sind für ihn »Hunnen«.

1928 kommt Wolfe das dritte Jahr in Folge nach München. Wieder protokolliert er sämtliche Delikatessenplatten mit ihren »vierzehn verschiedenen Fleisch- und Wurstsorten« und die Typen, die sich ihren Wanst damit vollschlagen. Diesmal aber wird es handgreiflich, die Bierseligkeit mündet in eine Schlägerei, an deren Ende nicht nur leichte Blessuren stehen: mehrere Platzwunden, eine gebrochene Nase und ein paar ausgeschlagene Zähne. Wolfe muss ins Krankenhaus, nimmt aber alles sportlich. »München hat mich fast umgebracht«, schreibt der Amerikaner nach Hause, »doch binnen fünf Wochen hat es mich so viel über die Menschen gelehrt, wie die meisten Leute binnen fünf Jahren nicht lernen.« Die Pointe der Geschichte: Wolfe reist weiter nach Oberammergau. Dort platzt eine seiner Kopfwunden wieder auf. Im örtlichen Spital, berichtet er rückblickend, sei er von niemand Geringerem als von Pontius Pilatus und Judas umsorgt worden – Arzt der eine, Krankenpfleger der andere und beide Laiendarsteller bei den Passionsspielen von 1930.

Marc Reichwein

96

ALS ***HILDE DOMIN*** ZU IHREM ***KÜNSTLER-NAMEN*** KAM

Hilde Domin musste 1940 einem karibischen Diktator für Asyl dankbar sein. Der Rassist wollte seine Dominikanische Republik mit Juden »aufhellen«. Die Deutsche ging als Sekretärin ins Exil – und kam als Lyrikerin zurück.

Das Leben der deutschen Lyrikerin Hilde Domin – ihre Emigration, Flucht und Heimkehr – gehört zu den leider normalen Biographien des 20. Jahrhunderts. 1909 als Hilde Löwenstein in Köln geboren, studiert sie ab 1929 in Heidelberg. Dort lernt sie Erwin Walter Palm kennen, ihren späteren Mann, den Altphilologen und Archäologen. Schon vor Hitlers Machtergreifung ist beiden klar, dass sie – wegen ihrer jüdischen Herkunft – keine Zukunft in Nazideutschland haben. Sie ziehen 1932 nach Italien, denn ausgerechnet bei Hitlers Vorbild Mussolini sind sie zunächst sicher, studieren in Florenz, heiraten in Rom. Hilde Palm bringt Italienern Deutsch bei.

1939 fliehen sie nach England. Doch dort erwartet man den Angriff Hitlerdeutschlands. Hilde und Walter haben zu lange gezögert, sämtliche Ausreiseschiffe nach Amerika sind voll. Es gibt nur noch ein Land, das Flüchtlinge aufnimmt. Und gibt es überhaupt noch ein Schiff, das ablegt? Schiffe werden jetzt für Truppen beschlagnahmt. Am 26. Juni 1940 besteigen Hilde und Walter die »Skythia« in Liverpool, und sie haben Glück, das Schiff legt tatsächlich noch ab. Am 4. August erreicht es Santo Domingo, die Hauptstadt der Dominikanischen Republik. In dem Karibikstaat regiert Rafael Trujillo. Der Diktator verehrt Hitler und Mussolini, zieht zum Privatvergnügen SS-Uniformen an. Aber – so paradox ist das 20. Jahrhundert – er nimmt deutsche Juden auf. Er gewährt ihnen Asyl, weil sie seinem Inselrassismus zupasskommen. Alles, was die Bevölkerung aufhellt, die auf der Insel Hispaniola zu großen Teilen aus ehemaligen Sklaven besteht, Schwarzen, die seit Jahrhunderten aus Afrika nach »Saint-Domingue« verschleppt wurden, dem heutigen Haiti, ist willkommen. Trujillo pudert sich gern weiß. Beinahe hätten ihm Hilde und Walter ein weißes karibisches Kind geschenkt, denn Hilde ist während der Überfahrt schwanger geworden. Aber wer will auf der eigenen Flucht ein Kind zur Welt bringen? Hilde treibt ab.

22 Jahre leben Hilde und Walter prekär im Exil. Ihre Ehe kommt in die Krise, als Walter bescheiden Karriere macht und auf Vortragsreisen nach Kuba, Paraguay und Mexiko kommt, während Hilde seine ewige Sekretärin bleibt. Je öfter ihr die Decke auf den Kopf fällt, desto energischer schreibt sie, für sich selbst, Gedichte. Schreiben wird ihr zweites Leben. Bis 1951 leben sie in Santo Domingo. 1954 kehren sie nach Deutschland zurück, 1961 ziehen sie nach Heidelberg, wo Erwin Walter Palm

1988 stirbt und Hilde ihn um 18 Jahre überlebt. Zurückgekehrt aus der Karibik war sie als Dichterin. Exilerfahrungen thematisiert sie, neben der Liebe, in vielen Versen. 1954 veröffentlicht sie – in der Zeitschrift *Hochland* – erstmals unter dem Künstlernamen Domin. In ihrem Gedicht »Landen dürfen« heißt es: »Ich nannte mich / ich selber rief mich / mit dem Namen einer Insel. / Es ist der Name eines Sonntags / einer geträumten Insel. / Kolumbus erfand die Insel / an einem Weihnachtssonntag. / Sie war eine Küste / etwas zum Landen / man kann sie betreten / die Nachtigallen singen an Weihnachten dort. / Nennen Sie sich, sagte einer / als ich in Europa an Land ging, / mit dem Namen Ihrer Insel.«

Hilde Domin wurde eine der bekanntesten Lyrikerinnen der alten Bundesrepublik, Walter Jens stellte sie in eine Reihe mit Nelly Sachs, Marie Luise Kaschnitz und Ingeborg Bachmann. Meine Kinder, hat Domin einmal gesagt, sind die Gedichte. Über ihr Leben gibt es einen Film von Anna Ditges und zwei Bücher von Marion Tauschwitz.

Marc Reichwein

97

ALS ***ERICH KÄSTNER*** 1933 SEINE ***BÜCHER BRENNEN*** SAH

Er war zu Beginn des Jahres 1933 der erfolgreichste deutsche Schriftsteller überhaupt. Dann musste Erich Kästner am 10. Mai mitansehen, wie man seine Bücher verbrannte. Doch das war nur der Anfang.

Zu Beginn des Jahres 1933 geht es Erich Kästner richtig gut. Seine Kinderbücher, allen voran *Emil und die Detektive*, entwickeln sich langsam, aber sicher zu Dauerbrennern. Sein Zeitroman *Fabian* aus dem Vorjahr ist inzwischen in mehrere Sprachen übersetzt. Sogar seine Gedichtbände erzielen ungewöhnlich hohe Auflagen. Anerkennend schreibt dem fast 34-Jährigen der große Kollege Stefan Zweig aus Salzburg im Januar: »Wenn Erfolg glücklich machen könnte, müssten Sie der glücklichste Mensch in Deutschland sein.« Das lässt sich der literarische Glückspilz nicht zweimal sagen und macht nach langer Zeit zum ersten Mal wieder so richtig Urlaub. Als er im April (gegen den Rat vieler Freunde, die sich überwiegend für das Exil entschieden haben) nach Deutschland zurückkehrt, spürt er allerdings schnell, dass sich der Wind dreht. In der bereits jetzt fast vollständig gleichgeschalteten deutschen Presse hagelt es Angriffe. Aber so richtig klar wird Erich Kästner erst am 10. Mai, dass es nun ernst wird für ihn. An diesem Tag geht nämlich eine jener sorgfältig geplanten und mit großer Effizienz durchgeführten »Aktionen« über die Bühne, für die die Nazis bald berühmt-berüchtigt sein werden: die »Aktion wider den undeutschen Geist«. Heute besser bekannt als »Bücherverbrennung«. Entgegen Kästners Vermutung, dass Goebbels hinter der Sache stecke, war es die deutsche Studentenschaft, die sich das Spektakel ausgedacht hatte. Sie wollte nun endlich auch ihrerseits einen Beitrag zur »Neugeburt des deutschen Volkes« leisten. In 19 Universitätsstädten wird sich daher am 10. Mai 1933 dasselbe Szenario abspielen. 20.30 Uhr: Kundgebung im Audimax der jeweiligen Uni. 22 Uhr Fackelzug zum Verbrennungsort. 23 bis 24 Uhr Bücherverbrennung. Der Ablauf ist für alle verbindlich, weil die Deutsche Welle eine »Staffelreportage« sendet.

Der 10. Mai ist in Berlin ein regnerischer Tag. Kästner, der abends mit Freunden essen war, kommt gerade recht, als auf dem Opernplatz (heute Bebelplatz) um 23 Uhr die Aktion startet. Zu seiner Verblüffung sieht er, dass Fahrzeuge der Feuerwehr mit Benzinkanistern aushelfen, als die Bücher nicht in Flammen aufgehen wollen. Ob seine auch dabei sein werden? Kästner muss nicht lange warten: Er ist schon beim zweiten Schwung dabei. Für ihn gilt derselbe »Feuerspruch« wie für die Kollegen Heinrich Mann und Ernst Glaeser (der übrigens 1939 aus dem Schweizer Exil nach Nazi-Deutschland zurückkommen wird): »Gegen Dekadenz und moralischen Verfall! /

Für Zucht und Sitte in Familie und Staat!« Und – rums! – werfen die Jungakademiker, die sich zur Feier des Tages in SA-Uniform gewandet haben, seine Schriften ins Feuer.

Erich Kästner ist tatsächlich der einzige deutsche Schriftsteller, der bei einer der spektakulären Bücherverbrennungen anwesend ist. Die meistgehassten – Thomas Mann, Bertolt Brecht, Kurt Tucholsky, Alfred Döblin, Erich Maria Remarque – haben Deutschland längst verlassen. Sie können nicht Zeugnis ablegen von den 20 000 Büchern, die allein in Berlin »den Flammen übergeben« werden. Sie sehen nicht die 70 000 Menschen, die sich hier einfinden, um das Spektakel zu beäugen. Kästner hingegen steht in der Menge, seinem eigenen Bekunden nach mit tief in die Stirn gezogenem Hut. Doch es hilft alles nichts. Er wird natürlich doch erkannt. »Da steht ja Kästner«, so schreibt er später, soll »eine schrille Frauenstimme« gerufen haben. »Mir wurde unbehaglich zumute. Doch es geschah nichts.« So sein Fazit. Aber bei diesem »nichts« sollte es nicht bleiben.

Tilman Krause

98

ALS ***P. G. WODEHOUSE*** UNTER DIE ***DEUTSCHEN*** FIEL

Mai 1940: Der Autor P. G. Wodehouse ist in Frankreich und hat den Krieg verpennt. Hektische Fluchtversuche scheitern an einem Lancia sowie an einem Ford. Dann nehmen die Deutschen den Tabak und leider auch P. G. Wodehouse mit.

Mitte Mai war es nicht länger zu leugnen: Pelham Grenville Wodehouse hatte den Krieg verpennt. Die Ursachen waren vielgestaltig. Wonder zum Beispiel, der Pekinese, hätte vor der Flucht nach England in Quarantäne gemusst; außerdem schrieb Wodehouse gerade einen Roman und glaubte fest an die britische Überlegenheit. »Wir gingen davon aus, dass die Deutschen schon geschlagen wären«, schrieb seine Frau Ethel später, und »keine Stiefel hätten«. Die flüchtenden Nachbarn im französischen Le Touquet hatten also vergebens bei den Wodehouses angeklopft. Ethel und Plum (wie Ethel ihn nannte) entschieden sich erst am 19. Mai 1940 zum Aufbruch, einem Sonntag.

Die geplante Flucht allerdings erwies sich als typisch Wodehouse'sches Manöver, jenes trotteligen Bertie Woosters würdig, mit dessen Abenteuern Wodehouse weltberühmt geworden war. Der Lancia nämlich gab nach nur 15 Meilen den Geist auf; nach einem kürzlichen Unfall hatte man ihn wohl nur unzureichend repariert. Die Wodehouses ließen ihn auf einem Feld stehen, schafften es zurück zu ihrer Villa und stifteten Bekannten, die einen großen Ford besaßen, ihr im Garten vergrabenes Benzin. Diesmal kamen sie leider nicht weiter als bis zum Golfplatz, wo auch der Ford zusammenbrach.

Drei Tage später hatte die Wehrmacht das Wodehouse'sche Anwesen erreicht, entwendete sämtlichen Tabak, die Radios und schließlich sogar Plum, denn sämtliche in Frankreich befindlichen Engländer unter sechzig wurden interniert. Wodehouse war 58, vergaß den Rasierer und die Zahnbürste, nahm aber einen Pyjama und den Shakespeare mit. Ethel, der Pekinese und ein Papagei kamen bei barmherzigen Menschen unter.

Das folgende Jahr ist deshalb als dunkles Kapitel in die Geschichte des britischen Humors eingegangen, weil Wodehouse denselben nicht verlor. Nicht einmal während seiner 49 Wochen langen Internierung im oberschlesischen Tost wagte Plum sich einzugestehen, nicht länger Teil einer immerwährenden Komödie zu sein. Tatsächlich glauben seine Biographen, dass er die Haft nach Jahren der Abgeschiedenheit wie eine Art Pfadfinderlager genossen hat. An Wächtern, die seine Bücher gelesen hatten, erfreute er sich, den Koch beglückwünschte er, so er Gelegenheit hatte, zur Tagessuppe, und selbstverständlich schrieb er auch unter erschwerten Bedingungen weiter, anderthalb Romane insgesamt.

Dass in Tost auch Zwangsarbeiter litten, dass in den

Betten der Engländer zuvor Menschen geschlafen hatten, die im Rahmen der »Euthanasieaktion« ermordet worden waren: Mitgefangene haben es in Erfahrung gebracht, Wodehouse hat es nicht wissen wollen. »Wenn das hier Oberschlesien ist, wie muss bloß Unterschlesien sein?«, witzelte er in gewohnter Manier. Wo sein Eskapismus nicht liebenswert sein konnte, war er durchaus monströs. Ganz verziehen haben ihm die Briten das nie – zumal Plum den gewohnten Ton auch noch durchhielt, als man ihn zu Propagandazwecken nach Berlin schaffte und Radioansprachen halten ließ. »Good Lord, no« beschied er im Hotel Adlon einen englischen Journalisten, als der sich erkundigte, ob der Krieg denn wenigstens in den im Lager verfassten Romanen vorkam. In seinen Radioansprachen hat Wodehouse dann allerdings doch vom Krieg erzählt. »Junge Männer, die es zu etwas bringen wollen«, sagte er dort, »haben mich oft gefragt: ›Wie werde ich bloß Internierter?‹ Tja, da gibt es verschiedene Methoden. Ich für meinen Teil kaufte eine Villa im französischen Küstenort Le Touquet ...«

Wieland Freund

99

ALS ***NATALIA GINZBURG*** MIT DEM ***LASTWAGEN*** GERETTET WURDE

Ausgebombt, keine Papiere! Nur mit einem Trick entkommt die Italienerin Natalia Ginzburg im März 1943 den deutschen Besatzern. Dann erfindet sie mit *Familienlexikon* das moderne Memoir.

Natalia Levi ist 21, als sie 1938 den sieben Jahre älteren Leone Ginzburg heiratet. »Ein neuer Stern geht auf!«, ruft ihr Vater nach Leones erstem Besuch. »Aber er hat keine sichere Anstellung!« Doch dass Leone Texte gegen den Faschismus publiziert, findet Professor Levi richtig. 1940 wird der Turiner Intellektuelle Ginzburg in ein Dorf in die Abruzzen geschickt, Natalia folgt ihm mit den beiden Söhnchen. Es ist eine Verbannung, ein unter Mussolini verbreitetes Verfahren, politische Gegner mundtot zu machen. Pizzoli liegt zwei Busstunden nordöstlich von Rom, als Ort einer Verbannung scheint das ein Witz. Aber es ist eine andere Welt, an die sich die junge Familie nur mühsam gewöhnt. In der kargen

Wohnung steht ein einziger Herd, mit dem Natalia nicht zurechtkommt. Leone schreibt am Küchentisch, Natalia übersetzt Proust und arbeitet an ihrem ersten Roman. Briefe und Manuskripte gehen und kommen aus und nach Turin, oft zensiert. Von den Dorfbewohnern werden die Fremden bestaunt. Arm in Arm spazieren sie die Hauptstraße auf und ab, sogar im Winter, im Schnee, und mit den kleinen Kindern! Ungesund ist das doch, kein Einheimischer würde das wagen. Andererseits findet man sich sympathisch: Dottore Ginzburg hilft, Briefe und Anträge zu formulieren; Natalia und die Besitzerin des einzigen Gasthofs freunden sich an. Abends sitzen dort alle zusammen, es ist warm, und das Lammfleisch, das Natalia nicht gerät, schmeckt vorzüglich. Von Politik wird nicht geredet, denn in Pizzoli verläuft das Leben nach eigenen Traditionen.

Drei Jahre vergehen. Im März 1943 wird die Tochter Alessandra geboren. Im Juli wird Mussolini gestürzt, und Leones Verbannung ist nichtig. Er schlägt sich nach Rom durch, arbeitet für die Resistenza, Natalia und die Kinder bleiben in Pizzoli. Doch während die Alliierten von Sizilien aus vorrücken, erobern die Deutschen Norditalien, befreien Mussolini, besetzen Rom. Überall Chaos, Gefechte, Erschießungen – und Deportationen. Ginzburg ist Jude, Natalias Vater auch. Leone beschwört seine Frau, nach Rom zu fliehen, wo sie untertauchen können. Aber Rom ist unerreichbar geworden. Ende Oktober kommen die Deutschen nach Pizzoli. Sie quartieren sich im Gasthof ein, Lastwagen donnern über die Hauptstraße, werden ausgeladen, ein Hin und Her voller Lärm und Unruhe. Die Wirtin begreift, dass manche Wagen nach Rom weiterfahren. Sie holt Natalia und die Kinder und redet auf die Deutschen ein: Diese Frau – meine Cousine aus

Neapel! Ausgebombt, keine Papiere! Muss nach Rom! Nehmt sie mit!

Wie oft wird sie das wiederholt haben, im Dialekt der Gegend, erregt, gestikulierend, auf Natalia zeigend und in die Ferne, Richtung Rom, bis ein Soldat sie versteht? Zwei kleine Jungen und eine magere Frau mit einem Baby stehen da und warten. Der genaue Hergang ist nicht überliefert, aber am Ende nickt der Deutsche und lässt die Wartenden einsteigen. Rettung also und Ende gut? Nein. Zwanzig Tage nachdem sie Leone in Rom wiedergefunden hat, wird er verhaftet und ins Gefängnis Regina Coeli gebracht. Deutsche Abteilung, Folter. Er stirbt im Februar 1944. Zwei Jahrzehnte später schreibt Natalia Ginzburg ein Buch, das weder Roman noch Autobiographie ist, ein Memoir avant la lettre, das ein Klassiker wird: *Familienlexikon* erzählt das Leben ihrer Eltern und Geschwister, wie es eben verlief: Alltag, Krieg, Flucht, Entfremdung, Tod. Die Erzählerin selbst kommt kaum darin vor. Sie ist präsent als unbestechlicher Blick, als Gespür für Komik, Absurdität und Schrecken, als Verschwiegene, die in den Lücken wohnt, und als einzigartiger Ton.

Gisela Trahms

100

ALS *EVELYN WAUGH* DEN *D-DAY IM HOTEL* VERBRACHTE

Im Januar 1944 wird dem britischen Offizier Evelyn Waugh Urlaub gewährt. In Windeseile schreibt er seinen Roman *Wiedersehen mit Brideshead.* Ungleich schwieriger ist es, ihm danach die Korrekturfahnen zuzustellen. Denn Waughs Dakota stürzt über einem kroatischen Kornfeld ab.

Inspiration duldet keinen Aufschub. »Es ist eine Eigenheit der literarischen Profession«, schrieb der furchtlose Evelyn Waugh im Januar 1944 an seinen vorgesetzten Offizier, »dass eine Idee, sobald sie im Geist des Autors ausgeformt ist, verdirbt, wenn man sie ungenutzt lässt. In der Tat, wird das Buch nicht jetzt geschrieben, wird es niemals geschrieben werden.« Eine an sich unbedeutende Verletzung, die sich Waugh bei einem Fallschirmsprung zugezogen hatte, tat ihr Übriges: Am Ende des Monats rückte er im East Court Hotel in Chagford ein, um dort bis zu tausend Wörter in der Stunde abzufeuern.

So entstand *Wiedersehen mit Brideshead*, sein berühmter »Abgesang vor dem leeren Sarg« des alten England. Am 6. Juni – beim Frühstück hatte ihn der Kellner mit der Nachricht vom D-Day begrüßt – schrieb er in Windeseile das letzte Kapitel, am 20. gab er das Manuskript auf die Post und kehrte via Gibraltar, Algier, Catania, Neapel und Bari in den Krieg zurück: Zusammen mit Randolph Churchill, dem Sohn des Premierministers, sollte Waugh die Verbindung zu Titos Partisanen an der kroatischen Küste halten. Wie er hinter den feindlichen Linien den Umbruch seines Romans korrigieren sollte, stand somit in den Sternen – zumal Evelyn Waugh im Sommer auch noch vom Himmel fiel.

Der Motor der kleinen Dakota, die ihn und Churchill nachts ins südlich von Zagreb gelegene Topusko bringen sollte, erstarb in Höhe von 400 Fuß. Waugh fand sich im Licht ihrer brennenden Trümmer in einem Kornfeld wieder, die Hände so schwer verbrannt, dass er nicht mal mehr einen Stift halten konnte. Solange die beiden in Bari genasen, brüllten sich Waugh und der junge Churchill vorzugsweise an. Sobald sie ihr Quartier in Topusko endlich erreichten, einen kleinen, abgelegenen Bauerhof, piesackten sie sich weiter, wobei sich Waugh einen Spaß daraus machte, einen auffälligen weißen Mantel überzuwerfen, sobald die deutsche Luftwaffe erschien. Mehr noch als den »schlaffen Rüpel« Randolph Churchill verachtete er den Tod; anders als den Tod konnte er Randolph gut gebrauchen. Irgendwie musste der Umbruch von *Brideshead* ja noch nach Topusko gelangen.

Mit einiger Sicherheit hat kein Umbruch eine abenteuerlichere Reise hinter sich gebracht, Waugh hat sie Jahre später beschrieben. *Brideshead* wurde im Oktober 1944 vom Verlag in die Downing Street geschickt; »von dort«, so berichtete Waugh, »reiste es im Postsack des Premierministers nach Italien, wurde ab Brindisi ausgeflogen und per Fallschirm über Gajana in Kroatien abgeworfen, damals eine isolierte Region des Widerstands; es wurde in Topusko korrigiert und dann mit dem Jeep nach Split gebracht, als die Straße vorübergehend nicht in Feindeshand war; von dort per Schiff nach Italien und so nach Hause, via Downing Street.«

Wiedersehen mit Brideshead ist bis heute Evelyn Waughs berühmtestes Buch; als er es, während der Krieg für ihn Pause machte, schrieb, hat er es auch selbst für sein bestes gehalten. Danach jedoch ging er so streng mit ihm ins Gericht wie zuvor mit Randolph Churchill, ohne den es damals nicht erschienen wäre. »Ich schrieb mit einem Eifer, der mir völlig fremd war«, erinnerte er sich, »wartete aber auch ungeduldig darauf, wieder in den Krieg zurückzukehren. Es war eine trostlose Zeit echter Entbehrungen vor einer drohenden Katastrophe – geprägt von Sojabohnen und einem begrenzten Wortschatz – und deshalb ist das Buch durchdrungen von einer maßlosen Gier nach Essen und Wein, nach dem Glanz der jüngeren Vergangenheit, aber auch nach phrasenhafter, ornamentaler Sprache, die ich heute, mit vollem Magen, widerlich finde.«

Wieland Freund

101

ALS *KARL KRAUS* ÖFFENTLICH *GEOHRFEIGT* WURDE

Im legendären Wiener Café Griensteidl kam es 1896 zum Eklat. Felix Salten, der spätere Schöpfer von *Bambi,* ging auf den Polemiker Karl Kraus los. Das hatte einen Grund – und juristische Folgen.

Es waren zwei Ohrfeigen, um genau zu sein. Der Vorfall ereignete sich im Wiener »Café Griensteidl«, das heute nur noch dem Namen nach existiert. Im alten »Griensteidl« (Spitzname: »Café Größenwahn«) verkehrte bis zum Abriss 1897 das *Who's who* der damaligen Literatenszene. Arthur Schnitzler, Hugo von Hofmannsthal, Hermann Bahr, Max Reinhardt. Man nannte sie die »Jung-Wiener«. Karl Kraus, noch jünger als der Rest der Clique, stieß ab den frühen 1890er Jahren hinzu und fiel dadurch auf, dass er als Publizist selbst unter Freunden kein Blatt vor den Mund nahm.

Er spottete über Schnitzler und düpierte dessen Kumpel Felix Salten. Der, 1869 in Pest (Ungarn) als Sohn einer jüdischen Familie unter dem Namen Siegmund Salzmann geboren, war im *Fin de Siècle* einer der wichtigsten Wiener Kaffeehausliteraten. Sein Name ist heute nicht jedem geläufig, doch sein berühmtestes Werk kennt jedes Kind: *Bambi. Eine Lebensgeschichte aus dem Walde* gab die literarische Vorlage für einen der berühmtesten Stoffe der Kinogeschichte. Saltens Roman über das Rehkitz war 1922 in der Wiener *Neuen Freien Presse* vorabgedruckt worden und 1923 als Buch im Berliner Ullstein Verlag erschienen. Es wurde ein Flop, Experten werten es bis heute als Fehler, dass Ullstein auf die Abbildung eines Rehkitzes auf dem Cover verzichtet hatte. Und dann die Inflation: Saltens Realhonorare schmolzen wie Schnee im April.

1926 erschien eine *Bambi*-Neuausgabe bei Zsolnay in Wien, 1928 folgte die Übersetzung *(Bambi. A Life in the Woods)* bei Simon & Schuster. Mit dieser amerikanischen Ausgabe war der Grundstein für die Disney-Verfilmung gelegt. *Bambi* (1942) wurde eine der ersten großen Zeichentrickproduktionen. Wobei Salten die Rechte 1933 eher verschenkt als verkauft hatte – an den MGM-Mann Sidney Franklin. Zeit seines Lebens konnte Felix Salten, obwohl als Verfasser von Theaterstücken, Kritiken, Kurzgeschichten und später auch Tierromanen ultraproduktiv, kaum je vom Schreiben leben. Dass Salten hinter dem ihm zugeschriebenen pornographischen Werk *Josefine Mutzenbacher oder Die Geschichte einer Wienerischen Dirne* (1906) steckt, konnte nie verifiziert werden. Sicher ist nur, dass er und Schnitzler sich in den 1890er Jahren manche Frau teilten.

Salten und Kraus waren eine Zeit lang ziemlich beste Freunde, doch schon bald kühlte sich ihr Verhältnis ab. Kraus hatte Salten wegen seiner Sprachfloskeln und Stilblüten garstig seziert, in seinem satirischen Text »Die demolirte Literatur« vom Dezember 1896 nahm Kraus die Jung-Wiener Kaffeehausclique seitenlang aufs Korn und machte Saltens bis dato geheime Liaison mit der Burgschauspielerin Ottilie Metzl öffentlich. Daraufhin betrat Salten am 14. Dezember 1896 das »Café Griensteidl« und verpasste Kraus vor aller Augen eine Ohrfeige. Und noch eine, »was allseits freudig begrüßt wurde«, so der Augenzeuge Schnitzler später in seinem Tagebuch.

Der Vorfall hatte ein juristisches Nachspiel. Salten wurde am 25. Februar 1897 zu einer Geldstrafe von 20 Gulden oder vier Tagen Arrest verurteilt. Zeitgemäß wäre der Beef als Duell ausgetragen worden, doch Kraus brachte ein ärztliches Attest bei: Demnach litt er an einer schweren Rückgratverkrümmung, die ihm die »Satisfaction« durch ein Duell unmöglich mache. Kraus starb 1936 – 620-mal hat er Salten in seiner legendären Zeitschrift *Die Fackel* erwähnt, nie positiv. Salten emigrierte nach dem »Anschluss« Österreichs an Hitlerdeutschland in die Schweiz. 1945 starb er verbittert und vereinsamt in Zürich, wo ihn der Bambi-Brunnen im Stadtteil Oberstrass bis heute ehrt.

Marc Reichwein

102 ALS *DIDEROT* EINFACH SO IN DEN *KNAST* KAM

Kritische Geister konnten im Frankreich des 18. Jahrhunderts leicht mal eingekerkert werden, einfach so, ohne Prozess. Das widerfuhr auch Denis Diderot. Der war geschockt, doch lernte auch daraus.

»Voltaire verhaftet man nicht«, hat bekanntlich de Gaulle im Hinblick auf Sartre gesagt, als der sich mal wieder mausig machte und 1968 die Revolution ausrief. Weder Sartre noch Voltaire sind denn auch jemals verhaftet worden. Aber ein anderer Vertreter der französischen Aufklärung, dessen literarische Werke, im Gegensatz zu denen von Voltaire, immer noch gelesen werden und dessen *Enzyklopädie* das Wissen des *siècle des Lumières* bündelte – Denis Diderot also: der wurde tatsächlich inhaftiert. Es war der schwarze Tag in seinem Leben. Dazu muss man wissen, dass im Ancien Régime missliebige Personen per *lettre de cachet* vom Fleck weg in Haft genommen und ohne Prozess ins Gefängnis geworfen werden konnten. Genau so geschah es Diderot. Man schrieb den 24. Juli 1749, als um halb acht Uhr morgens ein Kommissar sowie der Inspektor der Königlichen Zensurbehörde in Diderots Wohnung eindrangen, seine Papiere beschlagnahmten, ihn verhörten und sogleich mitnahmen, um ihn ins berühmt-berüchtigte Château de Vincennes vor den Toren von Paris zu bringen, das damals als Staatsgefängnis fungierte.

Diderot war zu diesem Zeitpunkt 36 Jahre alt. Seit vier Jahren lebte er mit Frau und drei kleinen Kindern in der zweiten Etage der Rue de l'Estrapade Nr. 3, einem Haus, das noch heute existiert. Es ist im Süden des Hügels Ste. Geneviève gelegen, hinter dem Pantheon und dem Lycée Henri IV, also dort, wo das Quartier Latin am lateinischsten ist. Doch was war Diderots Verbrechen? Nun, er hatte, wie schon manches Mal zuvor, dem Atheismus das Wort geredet und die »guten Sitten« verletzt. Der für sein Verfahren ausschlaggebende inkriminierte Text hieß übrigens *Brief über die Blinden zum Gebrauch der Sehenden,* und was als Erstes von Diderot verlangt wurde, war, sich für ihn zu entschuldigen und Besserung zu geloben.

Doch bei dieser erzwungenen Selbsterniedrigung blieb es nicht. Ohne zu erfahren, was man mit ihm vorhabe und wie lange seine Gefangenschaft dauern würde, steckte man den damals bereits bekannten Autor in eine der Zellen im Erdgeschoss des mittelalterlichen Wehrturms in Vincennes, in denen später auch der Marquis de Sade und Mirabeau schmachten sollten. Wobei man sich das Schmachten wohl nicht allzu quälend vorstellen muss. Die Zellen, die man heute besichtigen kann, waren geräumig. Aus einem vergitterten Fenster empfingen sie Tageslicht. Die Gefangenen konnten über einen Flur ins Freie gelangen und in einer Art Sperrbezirk um den Turm herumpromenieren. Man durfte sie auch besuchen. Rousseau hat mehrfach beim Häftling Diderot in Vincennes vorbeigeschaut.

Diderots Haft endete nach drei Monaten so abrupt und unvorhergesehen, wie sie begonnen hatte. Es waren seine Kollegen von der *Enzyklopädie,* die seine Unverzichtbarkeit für das Unternehmen bei den entsprechenden Adressaten geltend gemacht hatten. Den Ausschlag gaben – damals schon! – wahrscheinlich wirtschaftliche Interessen, denn die ökonomische und nationale Bedeutung der europaweit gekauften Bände des großen Lexikons zeichnete sich bereits ab. Aber Diderot hatte seinen Schock weg. Er wurde nun ein Virtuose im Erfinden von Schreibstrategien, die ihn davor bewahren sollten, mit dem Gesetz erneut in Konflikt zu geraten. Was wir heute an seinen Schriften so besonders reizvoll finden: Die Überführung systematischer philosophischer Reflexionen in Essay und Dialog, sie war ein Ergebnis jenes schwarzen Tages, als die Staatsgewalt seiner freien Existenz (vorübergehend!) ein Ende bereitete.

Tilman Krause

103

ALS ***KNUT HAMSUN*** DER ***PROZESS*** GEMACHT WURDE

Der norwegische Nobelpreisträger hatte Hitler gefeiert. Nach Ende des Zweiten Weltkriegs wird Knut Hamsun juristisch zur Rechenschaft gezogen. Es wird überprüft, ob er geisteskrank ist. Dann folgt die faktische Enteignung.

Am 14. Oktober 1945 besteigt der 86-jährige Knut Hamsun den Nachtzug von Arendal nach Oslo in Begleitung eines Polizeibeamten. Es soll, so hatte man ihm gesagt, in eine nette Pension gehen. Drei Wochen zuvor war er von einem Krankenhausarrest in das Altersheim nach Landvik gekommen. In der *Aftenposten* liest Hamsun dann, dass er, der Nobelpreisträger und Landesverräter, in die psychiatrische Klinik nach Oslo eingewiesen wird. Dort kommt er nach zwölfstündiger Zugfahrt ohne Liegemöglichkeit total erschöpft an. Man nimmt ihm fast alles ab, auch den Bleistift, mit dem er seit seiner Arretierung im Juni 1945 nach Jahren wieder zu schreiben begonnen hatte.

Er kommt in eine Zelle mit schwerer Tür, die nicht abgeschlossen wird. Er kann Besuch empfangen, wird aber anfangs durch ein Guckloch beobachtet. Seine Unterlagen werden häufiger durchsucht. Die Brille muss er zur Nacht abgeben. Ein Buch hat er gerettet, den Roman *Mañana* seines Schwiegersohnes Hans Andreasen.

Da Hamsun nahezu taub ist, bekommt er die Fragen von Dr. Gabriel Langfeldt bisweilen auch schriftlich vorgelegt. So kann er in den leeren Seiten im Roman ein geheimes Tagebuch führen, zunächst als Kalender, dann verknüpft mit Ereignissen. Der dänische Autor Thorkild Hansen zitierte in seinem 1978 erschienenen Buch *Der Hamsun-Prozess* aus diesen Aufzeichnungen, die sich damals in »privatem Besitz« befanden. Seine Artikel und Aufrufe, vor allem jedoch seinen Nachruf auf Hitler vom 7. Mai 1945 hatte Hamsun nie abgestritten. Er hatte keinen Rechtsbeistand, aber verlangte geradezu seinen Prozess. Langfeldt sollte prüfen, ob Hamsun geisteskrank ist. So könnte man vielleicht den einstigen Helden retten. Er stellt ihm Rechen- und Wissensaufgaben, veranlasst eine schmerzhafte Lumbalpunktion und lässt Hamsuns Frau anreisen, die ihrerseits verhaftet und später wegen Mitgliedschaft in der norwegischen NS-Partei verurteilt werden sollte.

Nach dem Verhör besucht sie ihn. Er ahnt ihren Verrat. Vier Jahre wird er nicht mehr mit ihr kommunizieren: Sie hatte Dr. Langfeldt von ihrem Sexualleben erzählt. Der bricht sein Versprechen, dies nicht zu veröffentlichen. Wer es wissen wollte, konnte nun alles lesen. Hamsun verfällt in den knapp vier Monaten physisch wie psychisch. Sein Augenlicht wird schwächer. »Kurze Tage und lange, lange Nächte, ach Gott«, klagt er. Und einmal: »Schwarzer Sonntag, fürchterlich.« Am 11. Februar 1946 wird er entlassen; der Roman mit den Notaten kommt mit. Hamsun ist, so das Gutachten, nicht geisteskrank, aber ein Mensch mit »nachhaltig geschwächten seelischen Fähigkeiten«. Hamsun kommentiert später sarkastisch, dass diese Diagnose erst durch den Aufenthalt eingetreten sei.

Er wird nicht strafrechtlich als Landesverräter angeklagt, weil man ihn dann finanziell nicht zur Rechenschaft hätte ziehen können. Stattdessen gibt es eine Art Zivilprozess, in dem eine exorbitante Geldstrafe ausgesprochen wurde, die einer vollständigen Enteignung gleichkam. Er darf zwar weiter auf Nørholm wohnen, ist aber praktisch mittellos. Nach zähem Ringen mit dem Verlag und dem Verlust mehrerer Freunde erscheint 1949 *Auf überwachsenen Pfaden*, sein Tagebuch der Jahre 1945 bis 1948, aber ohne die Sequenzen aus Oslo, die nur verarbeitet werden. Ein letztes Mal hatte sich Hamsun durchgesetzt: Derjenige, der ihn so gequält hatte, Dr. Langfeldt, wurde namentlich erwähnt. Thorkild Hansens Doku-Action-Buch wurde 1996 mit Max von Sydow in der Rolle von Knut Hamsun unter der Regie von Jan Troell verfilmt.

Lothar Struck

104
ALS *GEORGE SAND* LIEBESTOLL ZUR *SCHERE* GRIFF

Deutsche denken bei ihrem Namen nur an Frédéric Chopin. Franzosen wissen, wie viele Männer sie wirklich hatte. Die Autorin von Unterhaltungsromanen voller Blitz und Donner ließ es auch im echten Leben krachen.

In Deutschland kennt man George Sand als Verfasserin eines unterhaltsamen Longsellers: *Ein Winter auf Mallorca* schildert die wilde Insel von 1838, wo die schöne Französin mit ihrem lungenkranken Liebhaber Frédéric Chopin ein paar kalte Monate in der Hoffnung auf Heilung verbringt. In Frankreich ist George Sand die Autorin von mehr als siebzig (!) Romanen, die Pionierin des Feminismus (in Männerkleidung und Pfeife rauchend) und die Freundin bedeutender Männer. Balzac, Dumas, Delacroix, Liszt besuchen ihren Salon, der strenge Flaubert weint bei ihrer Beerdigung »wie ein Kind«, und selbst Proust, einer späteren Epoche angehörig, lässt die

Lese-Karriere von Marcel mit Sands *François le Champi (François das Findelkind)* beginnen. Die Brüder Goncourt allerdings fällen in ihrem berühmten *Journal* ein sehr ungalantes Urteil: »Ich würde Madame Sand ganz entschieden eine geniale Null nennen.«

Ihr aufreizendstes Werk ist natürlich ihr Leben. Finanziell unabhängig durch einen ererbten Landsitz und ihre Flut an Publikationen, leistet sie sich Liebschaften voller Blitz und Donner. Bei einem Diner im Sommer 1833 ist der 23-jährige Dichter Alfred de Musset ihr Tischnachbar, sie selbst ist 29, nach damaligen Begriffen eine reife Dame, (noch) verheiratet und Mutter zweier Kinder. Aber spontan und lebenstüchtig, selbstbewusst und klaren Blickes, scheint sie wie geschaffen, den hypersensiblen Romantiker zu erden. Beide trotzen den Konventionen und zeigen sich als Paar, sobald sie es sind, worauf *tout Paris* viel zu reden hat. Vom Klatsch genervt, brechen sie zu einer Reise nach Venedig auf, das sie im Dezember erreichen. Im Hotel »Danieli«, damals noch Hotel »Royal«, doch in seiner Preisgestaltung sicher so atemberaubend wie heute, beziehen sie eine Suite. An diesem schönsten Ort herrscht gerade die Ruhr. George ergeht es übel, und als sie mithilfe eines tüchtigen Arztes endlich kuriert ist, legt sich der arme Alfred mit denselben Symptomen (hohes Fieber, Durchfall) nieder. George wacht an seinem Bett, der tüchtige Arzt mit Namen Pietro Pagello ebenfalls, und so erweitert sich die Zahl der Liebenden auf drei.

Als Alfred nach der lebensbedrohlichen Krisis Anfang Februar 1834 wieder zu Bewusstsein kommt, findet er eine neue, eher anstrengende Situation vor. Er, der sich während Georges Krankheit den Venezianerinnen gewidmet hat, zieht es vor, nach Paris zurückzukehren. Mit der

Kutsche, von Poststation zu Poststation, wo ihn die ausufernden Briefe erreichen, die George fast täglich schreibt. Manchmal antwortet er, ebenfalls seitenlang. Liebe und Leiden schlagen hohe Wellen. Da sie einander so gleichen in Kreativität und Intelligenz, sei ihre Beziehung eine Art Inzest, meint Alfred. George antwortet locker: »Ob ich deine Mätresse war oder deine Mutter, spielt keine Rolle.« Oh!

Aber auch Pagello wird »ein Engel« genannt, von beiden, und Alfred dankt ihm für seine Liebe zu George. Wie das? Als sie in Begleitung des Arztes in Paris erscheint, flieht Musset zur Kur nach Baden-Baden und beginnt einen Roman, der ihn unsterblich macht: *La Confession d'un enfant du siècle (Bekenntnis eines jungen Zeitgenossen).*

Pagello wiederum hat nach einem halben Jahr genug von französischer Boheme und fährt heim. Also: Weg frei für George und Alfred, die hohen Wellen sowie Blitz und Donner (siehe oben), bis zum endgültigen Bruch. Einmal, als es besonders schlimm gekracht hat, greift George zur Schere, schneidet ruckzuck ihr prachtvolles schwarzes Haar ab und schickt es dem Poeten. *Mon ange, mon amour!* Wo sind sie hin, die Zeiten großer Gesten?

Gisela Trahms

105

ALS *IRIS MURDOCH* NUR NOCH EIN *SLIBOWITZ* HALF

Januar 1946: Die irische Schriftstellerin Iris Murdoch ist dabei, als ein jugoslawischer Partisan am Brennerpass verhaftet wird. Er soll abgeschoben werden. Murdoch muss dolmetschen und will ihm helfen. Danach betrinkt sie sich.

Es ist 4 Uhr morgens am 25. Januar 1946, als sich Iris Murdoch hinsetzt und ihrem Verlobten David Hicks einen Brief schreibt, »unter Alkoholeinfluss«. Sehr emotional seien die letzten ein, zwei Tage gewesen, und deswegen habe sie sich völlig mit Slibowitz betrunken und sei mit einigen der schlimmsten Anmacher vom Hauptquartier tanzen gewesen. Murdoch, damals 26, arbeitet seit dem Sommer 1944 für das UNRRA, die Nothilfe- und Wiederaufbauverwaltung der Vereinten Nationen. Nach dem Kriegsende ist sie erst in Belgien und seit Dezember 1945 in Österreich stationiert. Im Innsbrucker Büro wird sie unter anderem als Kontaktperson zu den französischen

Besatzungsbehörden eingesetzt. Was hat Murdoch damals so aufgeregt, dass sie sich mit Schnaps und Party ablenken muss?

Zwei Tage zuvor, am 23. Januar, ist sie von Innsbruck zu einer Sondermission aufgebrochen, einer »mitternächtlichen Raserei zum Brenner«. Ein junger jugoslawischer Flüchtling, der als Fahrer eingesetzt war, hat einen UNRRA-Lastwagen zu Schrott gefahren und sich aus Angst vor Bestrafung mit einer geladenen Pistole über den Brennerpass Richtung Italien aufgemacht, der »arme Narr«. Die Verfolgungsjagd endet an der Grenze, wo die Franzosen ihn festnehmen, und Murdoch muss beim Verhör dolmetschen und verhandeln. Als sie im Jeep zurückfahren, weint der 24-jährige Mann den ganzen Weg; doch das »harte, zynische Schwein« (Murdoch) im Hauptquartier hat nur ein »Steckt ihn in den Bau!« für ihn übrig.

Für Murdoch zeigt sich an diesem Fall die ganze Tragik der Nachkriegssituation. »Gott! So wenige Leute in dieser großartigen Nothilfeorganisation können die Vorstellungskraft entwickeln, um zu verstehen, worin das Displaced-Persons-Problem wirklich besteht.« Der junge Mann hat jahrelang als monarchistischer Partisan, als Anhänger des im Londoner Exil lebenden Königs Peter II., gekämpft, was ihm im kommunistischen Reich Titos den sicheren Tod bringen würde. (Eine Absprache zwischen Churchill und Tito lieferte unmittelbar nach dem Krieg Tausende von jugoslawischen Flüchtlingen der Gewalt der Kommunisten aus, die Massenexekutionen durchführten.) Der junge Mann und mit ihm Murdoch wissen also genau, was ihn erwartet, sollte er wegen der Geschichte abgeschoben werden. »Was für eine elende Welt! Solche Ereignisse machen einem schlagartig bewusst, wie viele Leben der Krieg unwiderruflich zerstört hat. Nichts, nichts, nichts haben diese Menschen noch zu erwarten.« Man versteht, warum Murdoch, die in Oxford Mitglied der KP gewesen war, zum Slibowitz greift. Und der junge Flüchtling?

Zwar wird der Vorwurf des Autodiebstahls und auch des unerlaubten Waffenbesitzes am Ende fallen gelassen, dennoch hat die Geschichte kein Happy End. Zwei Tage später schreibt Murdoch an Hicks, dass er – nach Auseinandersetzungen in der »kleinen Gemeinschaft« der alliierten Verwaltung – den jugoslawischen Behörden zur »Repatriierung« übergeben worden sei, ein Todesurteil vermutlich. »Ein übles Geschäft, das alles hier. Mehr kann ich jetzt nicht tun.«

Für Murdoch beginnt ein neuer Lebensabschnitt. Mitte Februar erreicht sie die Nachricht, dass Hicks die Verlobung löst. Zwei Tage zuvor hat sie den Autor Raymond Queneau kennengelernt, eine Begegnung, die ihr geistig die Richtung weist. Es wird gewandert, auf der Hütte Cognac getrunken. Queneau beschreibt sie später so: »Irin. Groß. Blond. Vernünftig. Ein kleiner Knoten. Schirmmütze. Entschlossener Gang, etwas schwer, militärisch. Schöne Augen, bezauberndes Lächeln.«

Richard Kämmerlings

106

ALS *THEODOR MOMMSEN* SEINE *BIBLIOTHEK* ABFACKELTE

Als der Historiker 1902 den Literaturnobelpreis bekam, war er schon einmal durchs Feuer gegangen. Bei nächtlichen Recherchen in seiner Hausbibliothek hatte er stets mit Kerzen hantiert. Eines Tages stand plötzlich alles in Flammen.

Damit war nicht zu rechnen gewesen: Dass die Schwedische Akademie am 13. November 1902 entschied, den Nobelpreis für Literatur an Theodor Mommsen zu vergeben, den bedeutenden Berliner Gelehrten. Mommsen war nicht nur Jurist und Historiker, sondern hatte durchaus eine literarische Ader. In Kieler Studententagen hatte er gemeinsam mit seinem Bruder Tycho und seinem Freund Theodor Storm Gedichte für ihr *Liederbuch dreier Freunde* geschrieben und mit Karl Müllenhoff Sagen und Märchen gesammelt. Zudem war er Freund des Erzählers Gustav Freytag und Bewunderer der Kunst Eduard Mörikes. Und dann wurde Mommsen der erste deutsche Literaturnobelpreisträger überhaupt – als Geschichtsschreiber.

Mit diesem Preis stand der 84-Jährige strahlend da, nun war buchstäblich der Phönix in neuem Glanz wiedererschienen. Denn zwei Jahrzehnte zuvor hatte Mommsen in Berlin ein brennendes Desaster erlebt. Als Arbeiter der Königlich Preußischen Porzellanmanufaktur in der Nacht zum 12. Juli 1880 auf dem Weg zu ihrer Frühschicht waren und an seiner Villa in der Marchstraße vorbeikamen, entdeckten sie Feuer – ausgelöst, wie es hieß, durch eine Gasexplosion. Mommsen, der des Öfteren in Pantoffeln und Schlafrock und mit der Kerze in der Hand die Leiter zu seinen Bücherregalen erklomm, hatte sich dabei gelegentlich seine langen Haare entzündet. Nun schlief die Familie, als die Charlottenburger Turner-Feuerwehr alarmiert werden konnte – gerade noch rechtzeitig, damit niemand zu Schaden kam.

Die Bibliothek allerdings wurde ein Raub der Flammen. Bücher, Papiere, wertvolle Handschriften antiker Autoren: Mommsen versuchte verzweifelt, gedruckte und ungedruckte Schätze vor den Flammen zu retten. Seine Tochter Adelheid erinnerte sich, dass sie gegen zwei Uhr morgens geweckt wurde, dass brennende Bücher am Fenster vorbeiflogen und sie mit den Geschwistern zu Nachbarn gebracht wurde. »Unterwegs trafen wir den Vater mit verbrannten Haaren und Händen.« Der Gelehrte musste mit Gewalt zurückgehalten werden, damit er sich nicht von Neuem ins flammende Bücherinferno stürzte. »Nie habe ich«, so Adelheid, »dieses Bild der Verzweiflung vergessen, und am anderen Morgen war es das Gleiche.« Denn: »Was das Feuer nicht getroffen«, schrieb die *Vossische Zeitung*, »das hat das Wasser vernichtet.«

Die Öffentlichkeit war erschüttert und erst recht die gelehrte Welt. »Als ich die Geschichte hörte«, schrieb Friedrich Nietzsche am 18. Juli 1880 aus Marienbad an Peter Gast, »drehte sich mir das Herz im Leibe um, und noch jetzt leide ich physisch, wenn ich dran denke.« Die Familie sah Theodor Mommsen später öfter mit Manuskripten arbeiten, deren verkohlte Ränder erst mit der Papierschere abgeschnitten wurden. Mommsen war auch ein engagierter Bürger und liberaler Politiker, der vor allem gegen den Antisemitismus focht. Im Reichstagswahlkampf 1881 musste er sich gefallen lassen, dass ihm in der Satirezeitschrift *Kladderadatsch* unterstellt wurde, den Brand seinerzeit selbst gelegt zu haben. Auch hieß es gelegentlich, dass der vierte Band der *Römischen Geschichte* in dieser Nacht verbrannt sei – eine Legende, denn diesen hatte er nie geschrieben, und auch später hat Mommsen die drei vorliegenden Bände und den fünften Band von 1885 nicht miteinander verbunden. Der Bedeutung seines Werks tat das keinen Abbruch: Die Schwedische Akademie ehrte 1902 »den größten unter den gegenwärtig lebenden Meistern der geschichtlichen Darstellung, besonders für sein monumentales Werk, die *Römische Geschichte*«.

Frank Trende

107

ALS ***BOB DYLAN*** SICH IN WOODSTOCK ***DAS GENICK BRACH***

Ende der 1960er Jahre feierte die Popkultur sich selbst in Woodstock. Nur die Stimme der Generation der Babyboomer fehlte. Bob Dylan hatte sich nach einem Motorradunfall vorübergehend zurückgezogen.

Am 29. Juli 1966 fährt Bob Dylan mit seinem Motorrad über eine Landstraße bei Woodstock. Hier verliert sich seine Spur als Stimme einer Generation, für Jahre bleibt der singende Poet verschollen. Er versäumt dann auch im August 1969 das Festival von Woodstock, was, wie manche mutmaßen, der Anlass seines Verschwindens ist. Die Flucht vor seiner eigenen Figur zurück zum Werk und zu sich selbst. Es heißt, er sei mit seinem Motorrad gestürzt in jenem Sommer 1966. Manche halten ihn sogar für tot, manch andere glauben, Dylan habe den Kulturkapitalismus satt, für wieder andere ist er als Sänger tot, auch wenn er noch am Leben sein mag: Er macht keinen Folk mehr, sondern Rock 'n' Roll.

Bob Dylan spielt elektrische Gitarre – was für seine abtrünnigen Jünger so ist, als würde sich Jesus freiwillig zum Kriegsdienst in der römischen Legion Judäas melden. Als sie ihn zuletzt gesehen haben, singend mit seiner Elektrischen und seiner Rockband, haben sie ihm »Judas!« zugerufen. Auf der Hülle seines letzten Albums vor dem Unfall trägt Dylan ein Shirt mit einer englischen Triumph 500 auf der schmalen Brust. Wer immer auch in seinem Namen weiter Platten aufnimmt: Noch gespenstischer ist, dass Bob Dylans erstes und vollkommen unlesbares Buch *Tarantula* erscheint, zunächst im Raubdruck und 1971 im Verlag Macmillan.

Dann lässt er sich wieder blicken und bricht als Legende auf zu einer unendlichen Weltreise, um seine Lieder vorzutragen, wie er möchte. Er ist auferstanden, er kann wieder gehen. Manchmal spricht er über seinen Sturz. Manchmal waren es mehrere Nackenwirbel, die er sich dabei gebrochen haben wollte, manchmal war es das Genick. Manchmal war es auch gar nichts, bis auf den schon wieder rührenden Wunsch, sich um seine Familie zu kümmern. Dylan sagt, er wolle nur noch seine eigene Stimme sein und dass kein Lied die Menschheit retten werde, nicht einmal eines von ihm. Auch er sei nur ein Mensch. Joan Baez, seine ehemalige Geliebte und Gefährtin, auch vor ihr ist Dylan auf der Flucht, plaudert in Interviews gern über ihn, seine Legende und seine Motorradkünste in den sagenhaften 1960er Jahren: »Er hing wie ein Sack Kartoffeln über seinem Rad.« Er kann ja auch nicht wirklich singen und Gitarre spielen, er hat seine eigene Art, die Mundharmonika zu blasen. Eigentlich ist er kein Musiker, er ist ein Literat. Das kann er. *»I'm a poet and I know it«*, dichtet er – manche verstehen, er sei ein Prophet, auch wenn sich das nicht reimt.

Im Jahr 2004 veröffentlicht Bob Dylan wieder ein Buch, das erste seit *Tarantula.* In *Chronicles* erzählt er seine eigene Geschichte, wobei er natürlich offenlässt, an welchen Stellen sein Leben aufhört und die Literatur beginnt. Über seinen Verkehrsunfall schreibt er zwei Sätze: »Ich hatte einen Motorradunfall gehabt und mich verletzt, aber ich erholte mich. In Wahrheit wollte ich der Tretmühle den Rücken kehren.« Was sich wie die Auszeit eines ausgebrannten Angestellten liest und nicht wie ein Bekenntnis von Bob Dylan, wird im Jahr 2007 verfilmt. In *I'm Not There* ist Dylan nicht nur einer, er ist viele andere. Ein Motorrad rast durch den Film, es scheppert. Einer der sechs Dylans hat den Unfall überlebt und sitzt zu Hause, vielleicht ist es wirklich so gewesen. Noch einmal neun Jahre später bekommt er als »Ovid des Blues« tatsächlich den Literaturnobelpreis. Aber er ist unerreichbar, telefonisch und über die neuen Medien sowieso. Zur Preisverleihung lässt er ausrichten, er habe andere Verpflichtungen und sei verhindert. Manche sagen, er sei wieder mit seinem Motorrad unterwegs. Den Preis holt er sich später ab. Bob Dylan lebt.

Michael Pilz

108

ALS *PAUL CELAN* VOR EINEM *KRUZIFIX* AUSTICKTE

Juli 1964: Paul Celan und seine Frau besuchen deutsche Freunde. Die Stimmung kippt, als der Dichter in dem bayerischen Ferienhaus einen Herrgottswinkel sieht. Es kommt zum Eklat. Die Episode wurde durch Celans Patenkind öffentlich gemacht.

»Mein Patenonkel Paul Celan und seine Frau Gisèle Lestrange wollten für eine Woche gemeinsam mit den Freunden die niederbayrische Sommerfrische genießen.« Damit outete sich Daniel Killy in einem Zeitungsbeitrag zum 50. Todestag von Paul Celan als dessen Patenkind. Der am 18. April 2020 in den Zeitungen der RND-Mediengruppe erschienene Artikel holt wie folgt aus: »Es war ein strahlender Sommer im Niederbayrischen, als die Celans in Triefenried eintrafen. Wie die Woche verlief, lässt sich aus eigener Erinnerung nicht mehr sagen – ich war damals gerade zwei Jahre alt«, so Daniel Killy. Er ist der 1962 geborene Sohn von Walther Killy, dem Herausgeber des legendären *Killy-Literaturlexikons*. Walther und Eva Killy waren mit Paul Celan befreundet, der Dichter wurde der Patenonkel ihres Sohnes. Ein schon bald abwesender Patenonkel, denn in den Ferien im Bayerischen Wald muss es 1964 zum großen Krach zwischen Celan und den Killys gekommen sein. Aus Urlaubsfreude wurde Streit, aus Freundschaft ein Zerwürfnis.

Der Eklat dürfte bei Killys in späteren Jahren wiederholt Thema gewesen sein, zumindest berichtet Daniel Killy im Zeitungsartikel von »vielfältigen Erzählungen« im Familienkreis. Demnach endete der Besuch von Paul Celan in Walther Killys Sommerfrische so: »Celan entdeckte in dem gemieteten bayerischen Bauernhaus den Herrgottswinkel, in dem ein Kruzifix samt Jesusfigur hing. Es hatte niemanden, auch ihn nicht, gestört ... Doch unvermittelt brüllte er meine Mutter, auch sie eine jüdische Emigrantin, an: ›Du hast das Judentum verraten, häng das ab.‹ Die buchstäblich irre Anschuldigung wurde zurückgewiesen unter anderem mit Verweis auf die bäuerlichen Hausherren und den Respekt vor Religion. Darauf sprang Celan auf den Holztisch und sang, in wildem Stakkato, mit ausgestrecktem Arm, die berüchtigste Nazi-Ballade, das Horst-Wessel-Lied. Das war es dann mit dem Besuch. Danach ward Celan bei uns nicht mehr gesehen«, so Daniel Killy.

Vielleicht kündet die Actionszene, soweit sie hier bezeugt wird, nicht nur von psychischen Problemen Celans – der Dichter der weltberühmten »Todesfuge« war in den letzten Jahren vor seinem Freitod mehrfach in der Psychiatrie. Sinnbildlich steht die Episode auch für die Paranoia, die das Nachkriegsdeutschland freizusetzen vermochte, und natürlich nicht zufällig bei einem heimatlos gewordenen Juden. Paul Celan wurde 1920 als

Paul Antschel (rumänisch Ancel, woraus das Anagramm Celan entstand) in Czernowitz geboren und musste erleben, wie seine Eltern dort 1942 von den Nazis deportiert wurden und als Zwangsarbeiter zu Tode kamen. 1948 zog Paul Celan nach Paris. Als deutscher Muttersprachler dichtete er weiterhin für den Kulturraum der Täter, wurde von Leuten wie Martin Heidegger hofiert.

Unter den Nachkriegsgermanisten der alten Bundesrepublik war Walther Killy einer der wenigen, die nicht zu den Alt-Nazis gehörten. Seine Gelehrtenbibliothek, die sich heute im Besitz der Universitätsbibliothek Magdeburg befindet, bezeugt die enge Freundschaft zu Celan. So empfing Killy jedes Celan-Werk mit persönlicher Widmung. In das »Eva und Walther Killy zugeeignete« Exemplar seines 1955 erschienenen Gedichtbandes *Von Schwelle zu Schwelle* hatte Celan notiert: »Was ein auf die einsamste, unzugänglichste Insel verschlagener Jude noch als ›Judenfrage‹ anerkennt. Das einzig ist sie.« In der Nachkriegszeit wurde der Zivilisationsbruch der Vertreibung und Vernichtung der Juden in Deutschland über Jahrzehnte vor allem beschwiegen. Umso tragischer, dass Celans Freundschaft mit den Killys zerbrach – wegen eines Herrgottswinkels in einem bayerischen Ferienhaus.

Marc Reichwein

109
ALS *PATRICIA HIGHSMITH* SICH IN EIN *IT-GIRL* VERLIEBTE

Einige ihrer Kriminalromane wurden legendär verfilmt – wohl auch deswegen ließ sich Patricia Highsmith 1978 in die Berlinale-Jury einladen. Beträchtlich mehr Leidenschaft als fürs Kino hegte sie für bestimmte Bars.

»Sie war in höchstem Maße verkorkst«, urteilt ihre Biographin Joan Schenkar über Patricia Highsmith. So manisch, wie sie schrieb, liebte sie auch – wobei »lieben« nicht das passende Wort scheint. Eher suchen, locken, beherrschen, erniedrigen, kurz: Seelenterror nach ausgeklügelten Mustern mit wechselnden Partnerinnen, lustvoll zu Beginn, schmerzlich, wenn die Frauen es nicht mehr aushielten und flohen. Aus den USA nach Europa übergesiedelt, wechselte Highsmith ruhelos die Länder, lebte in England, Frankreich und Italien, vorzugsweise in der Provinz, die letzten Jahre auf einem kahlen Plateau in der Schweiz. Öffentlich zeigte sie sich höchstens mit den Katzen. Ihre Neigung zu zwittrigen Schnecken mit tagelangen Liebesspielen – nun ja.

Erfolg und Popularität verdankte sie Mordgeschichten, welche sich auf die Psyche der Mörder konzentrieren und Morde so plausibel machen, dass auch der Leser zum Täter wird. Viele Romane wurden verfilmt, ihr Interesse daran und am Kino überhaupt blieb mäßig. Verfilmungen brachten Geld, schon mal gut. War Hitchcock der Regisseur (wie bei *Zwei Fremde im Zug*), mehrte das den Ruhm der Autorin, auch nicht schlecht. Als ihr ein Platz in der Jury für die Berlinale 1978 angeboten wird, sagt sie zu und wird gegen ihren Willen von den anderen Mitgliedern (darunter Sergio Leone und Konrad Wolf) zur Vorsitzenden gewählt. Scheu und wortkarg, wie sie in fremden Umgebungen bleibt, hat sie bei den Beratungen wohl eher geschwiegen und sich über die verlorene Zeit geärgert. Am Ende geht der Goldene Bär an den »spanischen Beitrag«, um die junge Demokratie zu unterstützen.

In Wahrheit war Highsmith nach Berlin gekommen, um für ihr aktuelles Romanprojekt zu recherchieren. *Der Junge, der Ripley folgte*, das vierte Abenteuer des eleganten Mörders und Müßiggängers Tom Ripley, sollte teilweise in West-Berlin spielen, dieser einzigartigen, eingemauerten Insel, und zwar im Milieu der Schwulen- und Transvestiten-Bars. Highsmith war bereits mehrere Male nach Berlin gereist und fand die »Szene« sympathisch. Im »Dschungel« oder im »Risiko« (wo auch David Bowie verkehrte) trifft sie Leute, mit denen sie sich problemlos verständigt, auch ohne deutsche Sprachkenntnisse. Sie raucht Kette, trinkt die Nächte durch und fühlt sich zu Hause. Hier muss sie keine begnadete Künstlerin darstellen, sondern ist sie selbst. Außerdem verliebt sie sich heftig. Die Liebe wird erwidert, in Maßen. Es gibt ein Foto, das die beiden Frauen eng nebeneinandersitzend zeigt: Patricia, 57, dunkle Augen, dunkle Haare, mager, apart. Die junge Blondine an ihrer Seite schaut aus punkig umrandeten Augen kokett und selbstbewusst in die Kamera. Einen gewissen Ruhm hat Tabea Blumenschein, 25, schon erworben. Später macht sie Musik mit der Band Die tödliche Doris, entwirft das Set für den Kinofilm *Looping* und gewinnt dafür den Bundesfilmpreis. Highsmith ist weltberühmt, gewiss – aber Tabea ist Tabea.

Im Mai verbringt das Paar eine sehr glückliche Woche in London. Zurückgekehrt in ihr französisches Landhaus, fleht Patricia um weitere Treffen. Tabea grüßt freundlich aus Berlin. Sie ist *busy working*, während es mit Tom Ripley einfach nicht vorangehen will. Stattdessen schreibt die Mordspezialistin Gedichte. Gedichte! Ewiges Elend und sublime Qual! Nur und für immer Tabea im Kopf, schreibt sie Briefe, ruft an, klagt. Bis sie im August, in Paris, einen Bekannten trifft. An dessen Arm: eine anmutige, jungenhafte, blonde Lehrerin ...

Gisela Trahms

110

ALS ***GRAHAM GREENE*** EINMAL DER ***DRITTE MANN*** WAR

Graham Greene war schon älter und brauchte trotzdem das Geld, als er sich 1949 bei einem Literaturwettbewerb bewarb. Bei dem sollte man Romananfänge im Stil von Graham Greene einreichen. Greene reichte gleich drei unter drei Pseudonymen ein. Das Ergebnis überrascht bis heute.

Wenn Schriftsteller sich langweilen, kommen sie ja auf die blödesten Ideen. Graham Greene zum Beispiel, dessen Leben wohl aus mehr Actionszenen bestand als das jedes anderen Literaten, fiel es im Zustand der Langeweile als Jugendlicher ein, dass russisches Roulette eine genauso interessante Sache sein könnte wie – Jahre später – an der Seite von Kim Philby britisch-sowjetischer Doppelagent zu sein. »Ich war bereit«, hat der bipolare Meistererfinder mindestens zwiegespaltener Charaktere im Minenfeld mindestens zwiespältiger politischer Systeme mal geschrieben, »jede Maske zu tragen, um mir selbst zu entkommen.« Man musste sie Greene, dessen erster Roman auf Deutsch *Zwiespalt der Seele* hieß und dessen letzter *Ein Mann mit vielen Namen*, nur hinhalten. Die britische Wochenzeitschrift *New Statesman* tat das zum Beispiel im Jahr 1949. Da schrieb sie, eine damals gar nicht unübliche Randsportart der Literatur, einen Wettbewerb aus für ihre Leser. Die sollten sich doch bitte Romananfänge einfallen lassen im Stil von Graham Greene oder Henry Green. Zwei Kapitel vielleicht.

Man konnte für diese literarische Mimikry, die heute jeder halbwegs begabte Chatbot hinbekommt, Geld gewinnen. Sechs Guineas etwa bekam allein der Gewinner der Silbermedaille. Graham Greene, der Gernmaskierte, der damals schon Berühmte und Gern-Verfilmte, machte natürlich mit. Und – als ein Mann mit vielen Namen ließ er sich nicht lumpen – gleich dreifach. Er schickte Texte als N. Wilkinson, als M. Wilkinson und als Dr. Look ein. Und gewann tatsächlich. Als N. Wilkinson. Eine Guinea, weil er sich den zweiten Platz mit fünf anderen Graham-Greene-Ähnlichkeitsschreibern teilen musste. Greene beharrte allerdings, obwohl er es eigentlich nicht nötig hatte, auf der Auszahlung, weil ja Preisgeld von der Einkommenssteuer befreit sei. Vielleicht hätte er es als Henry-Green-Imitator versuchen sollen.

Der Wettbewerb mit anderen Graham-Greene-Mimikranten muss ihm jedenfalls derart viel Spaß gemacht haben, dass er sich später noch des Öfteren an ähnlichen Ausschreibungen beteiligte. Gewonnen hat er später genauso wenig wie bei der Stockholmer Nobelpreiskommission. Ein wirklicher Graham-Greene-Roman wurde auch aus keiner seiner Selbstparodien. Sein Silbermedaillentext immerhin machte später noch Filmkarriere. Die Geschichte um den Sohn eines britischen MI5-Spions, der im kälter werdenden Spionagekrieg in Venedig von jugoslawischen Agenten entführt wurde, fiel nämlich dem italienischen Regisseur Mario Soldati in die Finger. Der fragte Greene vorsichtig an, ob er nicht vielleicht doch was Größeres aus dem Anfang machen wolle. Greene zauderte so ein bisschen vor sich hin. Und ließ sich dann zu *The Stranger's Hand* hinreißen, einer »Film-Geschichte« von dreißig Seiten. Soldati nahm, was er bekam. Der junge Guy Elmes, Experte für Agentendramen, und der nicht mehr ganz junge Giorgio Bassani, der mit seinem Debüt, den *Ferrareser Geschichten*, erst Jahre später auch außerhalb Italiens weltberühmt werden sollte, machten ein Drehbuch aus der Novelle. Trevor Howard spielte die Hauptrolle an der Seite der immer hinreißenden Alida Valli.

Fünf Jahre nach dem Wettbewerb im *New Statesman* kam *The Stranger's Hand* in die Kinos. Ein Meilenstein der Filmgeschichte wurde er nicht unbedingt. Mario Soldati war trotzdem ziemlich stolz darauf. Vor allem wegen einer Szene. Da sitzt man in einer Gondel. Und sieht zum ersten Mal Graham Greene in einem Film. Das heißt: Man sieht ihn nicht ganz. Man sieht nur die Hand. Die Hand eines Fremden.

Elmar Krekeler

111

ALS *SEUME* 6000 KILOMETER *ZU FUSS* GING

Das Leben von Johann Gottfried Seume war ein einziger Actionfilm. Zuerst wird er in Hessen gekidnappt und nach Halifax verschifft. Später wandert er zu Fuß von Leipzig bis Sizilien und zurück. In Triest gruselt er sich wegen einer Sache ganz besonders.

Im Jahr 1781 ist Johann Gottfried Seume auf dem Weg von Leipzig nach Metz. Er hat sich auf einer französischen Militärakademie beworben, wird auf dem Weg dorthin aber in Hessen festgehalten, angeworben und als Soldat nach Nordamerika verschifft. Der hessische Landgraf »lieferte« als Verbündeter Englands damals ein Kontingent von 12 000 jungen Männern in den Unabhängigkeitskrieg. Seume war in seinem Leben Soldat in drei verschiedenen Armeen: Hessen, Preußen, Russland – und er desertierte aus allen drei. Später ging er quer durch Europa spazieren. Aber der Reihe nach: Geboren wurde Seume 1763 in einem sächsischen Dorf namens Poserna. Von Poserna gelangte er mit einem Stipendium auf die Leipziger Nikolaischule. Das Theologiestudium gab er 1781 nach nur zwei Semestern auf, ohne echten Glauben ergab es wenig Sinn. Dann folgten die wilden Jahre als Soldat in Halifax, Emden und Warschau. Zwischendurch studierte Seume Jura und Geschichte in Leipzig, promovierte und habilitierte sich (sein Thema: Die Bewaffnung der Römer).

1797 wird er Lektor bei Göschen, dem berühmtesten Verleger der Goethe-Zeit – in Grimma bei Leipzig. Der Spaziergang nach Sizilien beginnt 1801 damit, dass Seume noch schnell den *Aristipp* von Christoph Martin Wieland fertig Korrektur liest und flugs die Sachen packt. 800 sächsische Meilen, also 6000 Kilometer – zu Fuß! Er wolle sich »das Zwerchfell auseinanderwandeln«, das er sich in vier Jahren im Verlag zusammengesessen habe. Neben dem Bewegungsdrang spielt wohl auch der Wunsch, im Leben endlich einmal etwas wirklich Selbstbestimmtes zu tun, eine Rolle. Seume geht mit wenig Bargeld, der Wäsche auf dem Leib und ein paar Büchern los nach Italien, es wird eine »Grand Tour« für Arme. Wo Goethe mit der Kutsche fuhr, geht Seume wie ein Landstreicher zu Fuß – und dichtet sich das schön: »Wer geht, sieht im Durchschnitt anthropologisch und kosmisch mehr, als wer fährt.«

Über Prag, Wien, Graz gelangt er nach Triest, dem »Amphitheater am Meerbusen«: Er bezieht Quartier in der Osteria Grande, »einem Hause von gewaltigem Umfange und dem nehmlichen, worin Winckelmann von seinem meuchlerischen Bedienten ermordet wurde. Meine Aussicht ist sehr schön nach dem Hafen, und vielleicht ist es das nehmliche Zimmer, in welchem das Unglück geschah.« Seume fühlt den Thrill des Genius loci, denn hier war Johann Joachim Winckelmann, Europas berühmtester Altertumsforscher, 1768 von den Messerstichen seines Begleiters Francesco Arcangelo umgebracht worden – die einen sagen, aus sexueller Eifersucht, die anderen: »aus Habsucht«. In den Akten steht, dass sich Winckelmann blutüberströmt noch ins Erdgeschoss schleppte, Angaben zum Mörder machte und sein Testament diktierte, bevor er in der Osteria starb.

44 Jahre später spaziert Seume durch die Stadt. Er sucht Winckelmanns Grab, findet es aber nicht, und macht Witze, dass Triest ein gefährliches Pflaster sei. Abends in der Oper ist Seume genervt, dass die Italiener sich während der Vorstellung unterhalten: »Nur die Lieblingsarien werden still angehört.« Außerdem fällt ihm auf, »dass das Parterre nach Stockfisch roch, ich mochte mich hinwenden, wo ich wollte«. Die Reise dauert noch sechs Monate, führt über Venedig, Rom, Neapel und von dort per Schiff bis Sizilien. Man kann Seumes *Spaziergang nach Syrakus* in verschiedenen Ausgaben und sein ziemlich wildes Leben in der wunderbaren Biographie von Bruno Preisendörfer *(Der waghalsige Reisende)* nachlesen. Seumes Motto: »Viel gelebt und wenig geschrieben! Besser als umgekehrt.«

Marc Reichwein

BIOGRAPHIEN

Mara Delius

1979 geboren, hat Allgemeine und Vergleichende Literaturwissenschaften in London und Stanford studiert und wurde 2008 am King's College promoviert. Sie ist Herausgeberin der *Literarischen Welt*, Leiterin des Feuilletons von *Welt* und *Welt am Sonntag* und in verschiedenen Literaturjurys aktiv, u. a. beim Ingeborg-Bachmann-Preis.

Paul Fretter

2001 in Berlin geboren, wuchs in Freiburg im Breisgau auf. Im Jahr 2020 zog es ihn zurück nach Berlin, wo er ein Praktikum bei einer Kommunikationsdesignerin und in einer Siebdruckwerkstatt machte. 2022 begann er seine Ausbildung zum staatlich anerkannten Graphikdesigner am Lette Verein Berlin. Daneben verkauft und tätowiert er freiberuflich seine eigenen Werke

Wieland Freund

Jahrgang 1969, schreibt seit 1998 für die *Welt*. Für seine Kinder- und Jugendbücher wurde er mit zahlreichen Preisen ausgezeichnet. 2019 vollendete er Michael Endes Fragment gebliebenen *Rodrigo Raubein*. 2023 erschien sein Roman *Dreizehnfurcht*.

Mladen Gladić

1975 in Münster (Westfalen) geboren, war nach universitären Stationen in Deutschland, der Schweiz und den USA von 2017 bis 2020 Feuilletonredakteur bei der Wochenzeitung *Der Freitag* und arbeitet seitdem im Kulturressort der *Welt*.

Matthias Heine

1961 in Kassel geboren, hat in Braunschweig Germanistik und Geschichte studiert. Seit über dreißig Jahren arbeitet er als Journalist in Berlin, seit 2010 ist er Kulturredakteur der *Welt*. Er hat mehrere Bücher zum Thema Deutsche Sprache veröffentlicht, zuletzt erschien 2024 im Dudenverlag *Kluge Wörter*.

Wolfgang Hörner

1964 in Öhringen (Hohenlohe) geboren, ist seit 2009 Verleger von Galiani Berlin. Zuvor arbeitete er beim Eichborn Verlag (u. a. für die ANDERE BIBLIOTHEK) und gründete und leitete Eichborn Berlin. Lektor zahlreicher Gegenwartsautoren und klassischer Entdeckungen. In der ANDEREN BIBLIOTHEK gab er unter anderem *Hermann und Ulrike* von Karl Wezel (Bd. 411/412) heraus und verfasste das Vorwort zu Johann Fischarts *Geschichtklitterung* (Bd. 151).

Richard Kämmerlings

geboren 1969 in Krefeld-Hüls, studierte Germanistik, Geschichte und Philosophie in Köln und Tübingen. 2000 wurde er bei der *FAZ* Literaturredakteur. Seit 2010 arbeitet er im Feuilleton der *Welt*, seit 2017 als Literarischer Korrespondent. 2011 erschien *Das kurze Glück der Gegenwart. Deutschsprachige Literatur seit 1989* (Klett-Cotta).

Gerhard Köpf

1948 in Pfronten/Allgäu geboren, war bis 2003 Literaturprofessor an verschiedenen Universitäten des In- und Auslandes, danach Gastprofessor an der Psychiatrischen Klinik der LMU München. Er schreibt Erzählungen und Romane sowie Fachbeiträge zu Psychopathologie und Literatur in der Zeitschrift *NeuroTransmitter.*

Tilman Krause

geboren 1959 in Kiel, studierte Germanistik, Geschichte, Romanistik in Tübingen, Paris und Berlin, wo er an der FU mit einer Arbeit über Friedrich Sieburg promoviert wurde. Nach Stationen bei *FAZ* und *Tagesspiegel* war er 1998 beteiligt an der Neugründung der *Literarischen Welt* als Samstagsbeilage der *Welt.* Seit 2013 ist er leitender Redakteur im Feuilleton.

Holger Kreitling

Jahrgang 1964, stammt aus Hessen. Er hat in Berlin Publizistik, Geschichte und Theaterwissenschaften studiert. Bei der *Welt* hat er im Feuilleton gearbeitet, von Sport-Großereignissen berichtet, war Reporter und ist derzeit Redakteur im Ressort »Wissen«.
Liest Bücher und Comics immer noch auf Papier.

Elmar Krekeler

1963 geboren, in Koblenz aufgewachsen, hat in Mainz Musikwissenschaft studiert. Seit vierzig Jahren schreibt er Musikkritiken, seit 1989 ist er Kulturredakteur der *Welt* und hat für mehrere Jahre die Geschicke der *Literarischen Welt* mitbestimmt. 2004 erhielt er den Alfred-Kerr-Preis für Literaturkritik.

Jan Küveler

1979 in Göttingen geboren, wurde 2014 an der Columbia University in Literatur promoviert.
Bei der *Welt* arbeitet er als Chefkorrespondent im Feuilleton. 2016 erschien sein Buch *Theater hassen* (Tropen).

Wolf Lepenies

1941 in Ostpreußen geboren, lehrte als Professor für Soziologie an der Freien Universität Berlin und leitete das Wissenschaftskolleg zu Berlin. Als Publizist schreibt er regelmäßig für die *Welt*, schwerpunktmäßig zu französischen und geisteswissenschaftlichen Themen.

Marianna Lieder
geboren 1978 in Hannover, hat Philosophie, Komparatistik und Romanistik in Bonn studiert. Seit 16 Jahren arbeitet sie als Kulturjournalistin und Literaturkritikerin für verschiedene Zeitungen und Magazine.

Cosima Lutz
geboren 1974 in Pegnitz, schreibt seit Ende ihrer Schulzeit Artikel fürs Feuilleton. In Erlangen und Wien studierte sie Theaterwissenschaft, Germanistik und Politik und promovierte über Jean Paul und das Essen. Ihre Texte über Film, Literatur und zeitgeschichtliche Themen erscheinen unter anderem bei der *Welt*, *Filmdienst* und *Zeit Online*. 2018 erhielt sie den Siegfried Kracauer Preis für die beste Filmkritik.

Rainer Moritz
1958 in Heilbronn geboren, leitet seit 2005 das Literaturhaus Hamburg. Zuvor war er leitend im Verlagswesen tätig, u. a. bei Hoffmann und Campe und Reclam Leipzig. Er schreibt als Literaturkritiker für verschiedene Medien und ist Autor zahlreicher Bücher, zuletzt erschien sein Roman *Vielleicht die letzte Liebe* (Kampa).

Michael Pilz
1965 in Berlin geboren, hat in Merseburg Chemie, in Halle Konzertgitarre und in Berlin Musikwissenschaft studiert. Seit 1992 arbeitet er als Journalist und Autor, seit 2014 als Redakteur im Feuilleton der *Welt*. Zuletzt veröffentlichte er im Residenz Verlag sein Buch *Tanz der Elemente. Die Schönheit des Periodensystems*.

Marc Reichwein

1975 in Konstanz geboren, hat Germanistik und Italianistik in Leipzig, Zürich und Siena studiert. Er schreibt seit 2010 fürs Feuilleton der *Welt* und wirkt als Mitherausgeber des im Metzler Verlag geplanten *Handbuch Feuilleton*.

Erhard Schütz

1946 in Holzhausen bei Kassel geboren, lehrte bis 2011 als Professor für Neuere Deutsche Literatur an der FU und HU Berlin. Er schreibt als Literaturkritiker regelmäßig für den *Freitag*, *Das Magazin* und die *Literarische Welt*.

Wolfgang Stock

1955 in Unkel am Rhein geboren, studierte Wirtschafts- und Sozialwissenschaften an der RWTH Aachen und in Barcelona. Er arbeitete über dreißig Jahre als Cheflektor und Verlagsleiter für den Econ Verlag und die Holtzbrinck Publishing Group. Er ist Gründer der Fanpage *hemingwayswelt.de* und lebt als Autor in Herrsching am Ammersee.

Lothar Struck

geboren 1959 in Mönchengladbach, arbeitete als kaufmännischer Angestellter. Publizistisch tätig ist er als Blogger und Autor. Zu seinen Veröffentlichungen zählen *»Der mit seinem Jugoslawien«. Peter Handke im Spannungsfeld zwischen Literatur, Medien und Politik* (Verlag Ille & Riemer) und *Der Geruch der Filme* über Peter Handke und das Kino (Mirabilis Verlag).

Gisela Trahms
1944 im westfälischen Eickelborn geboren, starb 2024 in Meerbusch bei Düsseldorf. Als pensionierte Oberstudienrätin (Lehramt Deutsch) schrieb sie Literaturkritiken, u. a. für den *Tagesspiegel*, die *FAZ* und die *Literarische Welt*.

Frank Trende
geboren 1963, ist Ministerialdirigent, Autor zahlreicher Beiträge und Bücher zur Kulturgeschichte des Nordens. Besonders beachtet wurde seine Untersuchung zur Landgewinnung im Nationalsozialismus und ihrer propagandistischen Inszenierung.

Joseph Wälzholz
geboren 1980, arbeitet im Verlag C. H. Beck und als Russischübersetzer. Zu seinen Buchveröffentlichungen zählen *Der asoziale Aufklärer. Salomon Maimons* Lebensgeschichte (Wallstein Verlag) und *100 superste 100-Seiten-Bücher* (Verlag Ille & Riemer).

Thomas Wagner
geboren 1967 in Rheinberg (NRW), arbeitete in der soziologischen Lehre und Forschung, in der Erwachsenenbildung und als Zeitungsredakteur. Als freier Autor schrieb er unter anderem für die *NZZ*, die *FAZ* und den *Freitag*. Zuletzt erschien sein Buch *Fahnenflucht in die Freiheit: Wie der Staat sich seine Feinde schuf. Skizzen zur Globalgeschichte der Demokratie* im Verlag Matthes & Seitz.

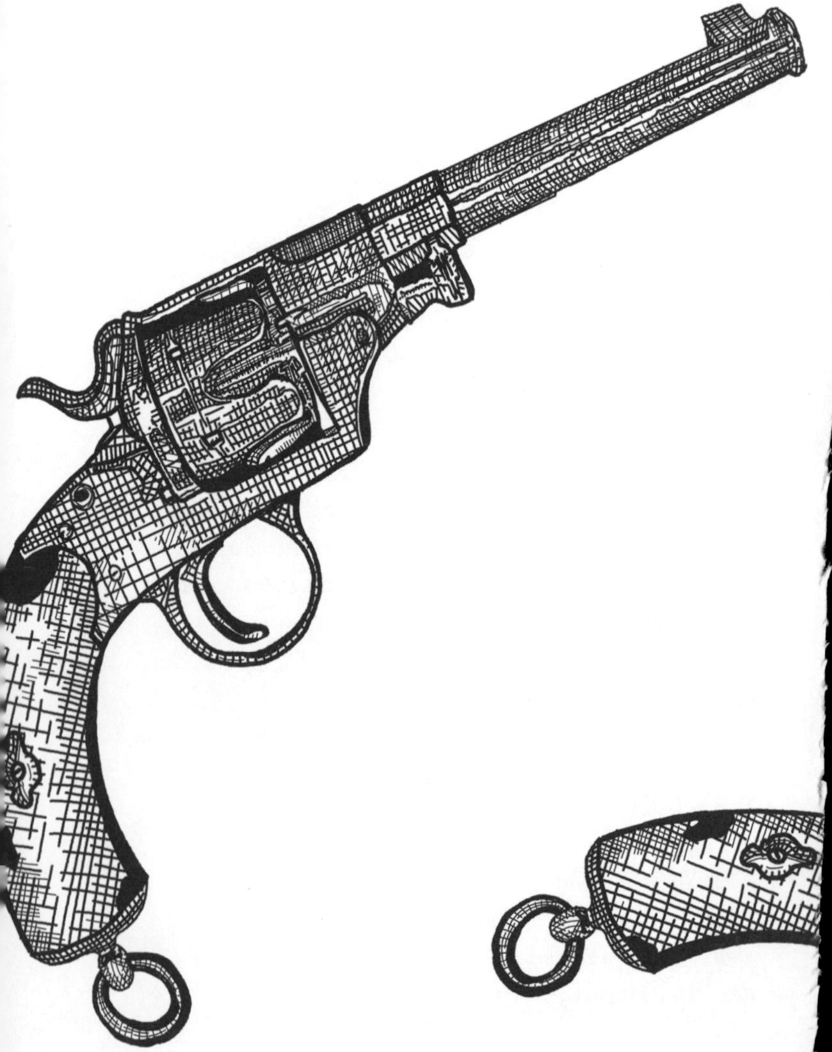

HELDEN, SCHURKEN UND STATISTEN

A

B

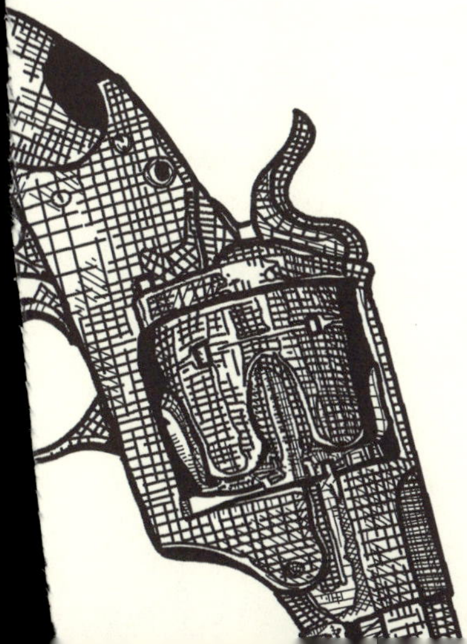

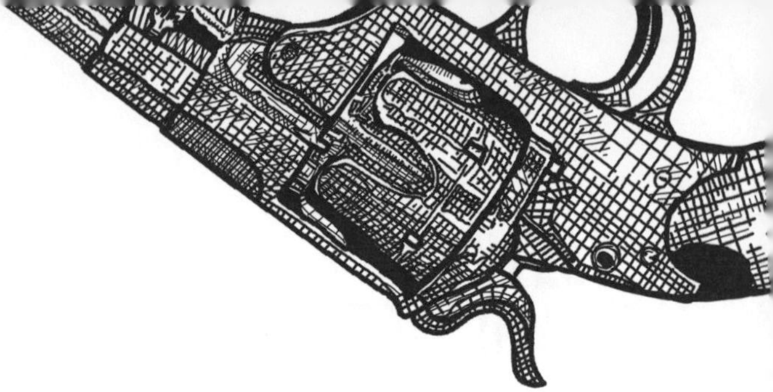

C

D

E

F

G

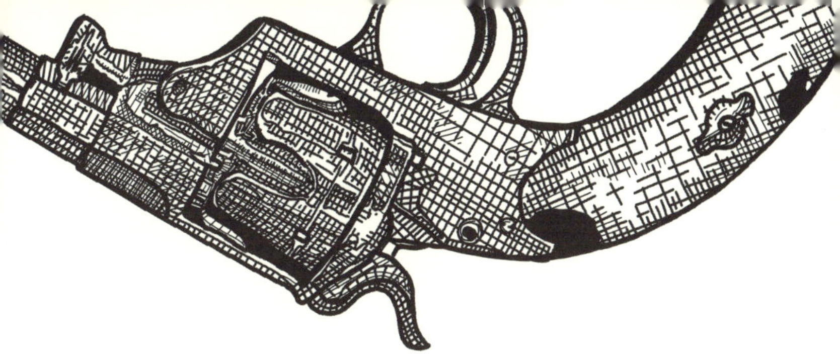

H

L

M

N

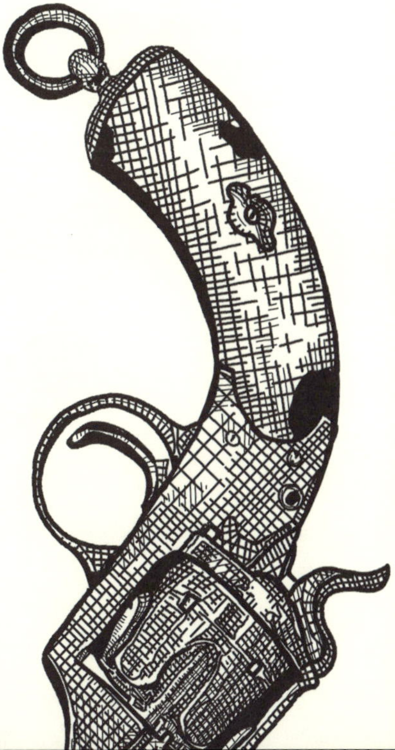

O

P

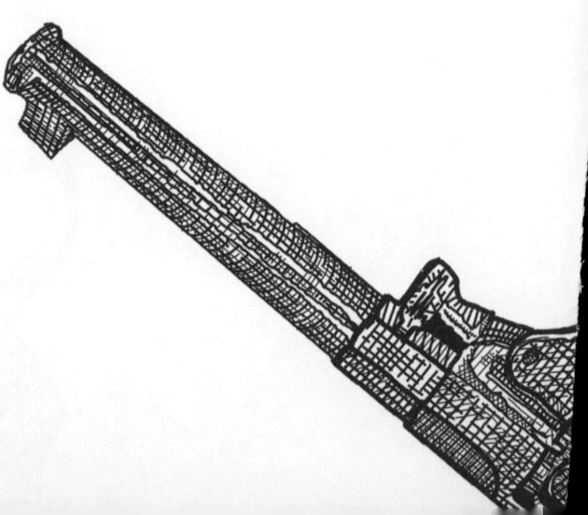

Q

R

S

T

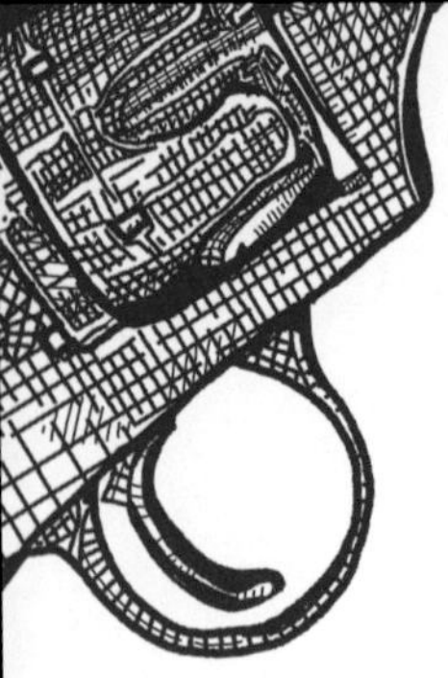

U

V

W

Y

Z

DIE ANDERE BIBLIOTHEK wird herausgegeben von NELE HOLDACK und RAINER WIELAND.

111 ACTIONSZENEN DER WELTLITERATUR
herausgegeben von Mara Delius und Marc Reichwein ist im September 2024 als vierhundertsiebenundsiebzigster Band der ANDEREN BIBLIOTHEK erschienen.

Die von Mara Delius und Marc Reichwein kuratierte Serie der LITERARISCHEN WELT, die diesem Band zugrunde liegt, erschien ab 2019 zunächst in der WELT, seit Herbst 2021 in der WELT AM SONNTAG. Sämtliche Beiträge wurden für die Buchveröffentlichung durchgesehen.

Wir danken Paul Fretter, der eigens für diesen Band 11 Illustrationen angefertigt hat.

Das Lektorat lag in den Händen von Nastassja Baum und Rainer Wieland.

Die Andere
Bibliothek

Dieses Buch wurde gestaltet und ausgestattet von Manja Hellpap, Berlin. Den Satz besorgte Dörlemann Satz, Lemförde, mit den Schriften Acumin Pro, Soleil und Miller Text. Die Herstellung lag in den Händen von Nadja Caspar.

Das Memminger MedienCentrum druckte auf 100g/m² holz- und säurefreies, ungestrichenes Fly. Dieses wurde von der Papierfabrik Schleipen ressourcenschonend hergestellt. Den Einband besorgte die Verlagsbuchbinderei Conzella in Aschheim-Dornach.

Einbandgestaltung unter Verwendung von Zeichnungen von © Paul Fretter

Die Originalausgaben der ANDEREN BIBLIOTHEK sind limitiert und nummeriert:

1–3333 2024

Dieses Buch trägt die Nummer:

2804 *

ISBN 978-3-8477-0483-6

Die Andere Bibliothek

www.aufbau-verlage.de
10969 Berlin, Prinzenstraße 85

Dieses Buch ist auch als E-Book erhältlich.